Uschi Glas
mit Renate v. Matuschka

Mit einem Lächeln
Mein Leben

DROEMER

Besuchen Sie uns im Internet:
www.droemer-knaur.de

Die Folie des Schutzumschlags sowie die Einschweißfolie sind
PE-Folien und biologisch abbaubar.
Dieses Buch wurde auf chlor- und säurefreiem Papier gedruckt.

Copyright © 2004 bei Droemer Verlag.
Ein Unternehmen der Droemerschen Verlagsanstalt
Th. Knaur Nachf. GmbH & Co. KG, München
Alle Rechte vorbehalten. Das Werk darf – auch teilweise –
nur mit Genehmigung des Verlages wiedergegeben werden.
Umschlaggestaltung: ZERO Werbeagentur, München
Umschlagabbildung: Horst »Ossi« Ossinger
Reproduktion: Vornehm, München
Satz: Ventura Publisher im Verlag
Druck und Bindung: Ebner & Spiegel, Ulm
Printed in Germany
ISBN 3-426-27323-3

4 5 3

*Für Benjamin, Alexander und Julia
und für meine Freunde,
die auch in stürmischen Zeiten
an meiner Seite standen*

»Das Edelste in der Liebe
ist das Vertrauen zueinander.«
Julius Grosse

Inhalt

Kapitel 1:	Der evangelische Neger aus Niederbayern ...	9
Kapitel 2:	Der einäugige Nikolaus und andere Auftritte	27
Kapitel 3:	Erwachsen werden	35
Kapitel 4:	Start ins Berufsleben	45
Kapitel 5:	In der Stadt der Träume	57
Kapitel 6:	Die ersten Schritte beim Film	67
Kapitel 7:	Schauspielunterricht	81
Kapitel 8:	Apanatschi – der erste große Auftritt	91
Kapitel 9:	Ein kurzes Kapitel über Männer	109
Kapitel 10:	Zur Sache, Schätzchen	115
Kapitel 11:	Schätzchen und die Folgen	133
Kapitel 12:	Bühnenstücke	151
Kapitel 13:	Erfahrungen einer öffentlichen Frau	163
Kapitel 14:	Zeit der Entscheidungen	193
Kapitel 15:	Begegnung mit der Zukunft	213
Kapitel 16:	Schwieriger Start ins Glück	223
Kapitel 17:	Ein Mann für eine Familie	229
Kapitel 18:	Das Wunderkind	237
Kapitel 19:	Familienleben	253
Kapitel 20:	Eine berufstätige Mutter	265
Kapitel 21:	Der Verfolger	277
Kapitel 22:	Wir werden eine Großfamilie	285
Kapitel 23:	Die Liebe zurückgeben	299
Kapitel 24:	Unsere glücklichsten Jahre	309
Kapitel 25:	Der Anfang vom Ende	321
Kapitel 26:	Im freien Fall	327
Kapitel 27:	Neue Wege	343

Bildnachweis ... 350

Kapitel 1
Der evangelische Neger aus Niederbayern

Wir waren vier Kinder zu Hause: Sigrid, sechs Jahre älter als ich, Gerhard, Heidi und ich, das Nesthäkchen. Mit meinen Geschwistern war alles in Ordnung, bloß ich sah nicht so aus, wie man in Niederbayern in der Regel aussah, damals, kurz nach dem Zweiten Weltkrieg. Ich hatte einen dunkleren Teint als die anderen und dazu rabenschwarze Haare mit ziemlich wilden, irrsinnigen Locken. Außerdem waren wir nicht katholisch.

Meine Mutter mit ihren vier Kindern (*v. l. n. r.*): Sigrid, Uschi, Heidi und Gerhard (1944)

Diese Andersartigkeit wurde durch meine Eltern noch verstärkt. Sie waren keine echten Niederbayern, aber sie waren auch keine Flüchtlinge. Denen hätte man die evangelische Religion nachgesehen. Uns nicht.

Mein dunkles Aussehen hatte ganz handfeste Folgen. Schon als kleines Kind wurde ich verhöhnt und wusste dabei kaum, wieso und warum oder was ich angestellt haben sollte, für das ich mich rechtfertigen müsste.»Negerlein, Negerlein!« riefen andere Kinder oft hinter mir her, weil meine dunkle Hautfarbe mich in ihren Augen verdächtig machte. Wir lebten in einer Zeit, als hin und wieder eine niederbayerische Jungfrau einen amerikanischen Besatzungssoldaten erhörte, obwohl es verboten war. Die Kinder aus solchen Beziehungen konnten reichlich dunkel sein, wenn der Vater dunkelhäutig war. Und das waren halt dann die Negerkinder. Dass ich als im März 1944 Geborene gar nicht das Produkt so eines anrüchigen Verhältnisses sein konnte, musste mir erst meine Mutter vorrechnen und den Schandmäulern entgegenhalten.

Ich habe mich lange mit Fäusten dagegen zur Wehr gesetzt, dass mir die Kinder in Landau dieses »Negerlein, Negerlein« nachriefen. Das war eine schmerzliche Erfahrung für mich, aber heute denke ich manchmal, dass es mich bei allem Kummer nicht schwächer machte, sondern stärker. Ich kann sehr gut nachempfinden, wie es jemandem geht, der ungerecht behandelt, verlacht oder diskriminiert wird. Vielleicht war das schon die erste Probe aufs Exempel dafür, dass ich mich nicht so leicht unterkriegen lasse, wenn man mich angreift oder zu Unrecht beschimpft.

Die Geschichte mit dem »Negerlein« hatte viel Prägendes für mich. »Negerlein« war damals mehr als ein Schimpfwort, es war vernichtend gemeint und hat mich auch unglaublich verletzt. Einmal fand ich im Kindergottesdienst in meinem Gebetbuch einen Zettel, den irgend jemand dort hineingeschmuggelt hatte, auf dem das ominöse Wort stand. Es war aber nicht nur das Wort allein, sondern ein schrecklicher Reim, der hieß:»Negerlein, dein Arsch ist fein.« Mir fiel der Zettel heraus, ich erstarrte vor Scham und Wut gleichzeitig und habe wahnsinnig geweint über soviel Gemeinheit. Ich blieb lange in der Kirchenbank sitzen, unfähig, meine Tränenflut zu bändigen.

Wir waren alle Außenseiter, die ganze Familie, denn meine Eltern waren keine Einheimischen aus Landau, sondern mein Vater war aus Franken und meine Mutter aus Schwaben zugezogen. Meine Eltern sahen zwar nicht anders aus, aber dass sie nicht so recht in den kleinen niederbayerischen Ort gehörten, das spürte ich auch als kleines Kind.

Zum Beispiel waren in Landau alle Menschen, außer den Flüchtlingen, katholisch. Nur wir nicht, obwohl wir Bayern waren. Die Flüchtlinge genossen zwar durchweg kein besonders hohes Ansehen und wurden von den Einheimischen eher mit Vorbehalten beäugt, aber sie waren eben in einer besonderen Rolle. Dazu gehörte, dass sie ruhig evangelisch sein durften. Wir allerdings waren einfach so evangelisch, ohne Grund, wie mir als Kind schien. Genauso wie wir »nur so« Fremde waren, ohne Grund auch das. Dass zudem die Eltern sehr, sehr arm waren, war zu jener Zeit zwar nichts Außergewöhnliches, aber es war für uns Kinder an jeder Ecke und zu jedem Augenblick spürbar.

Konfirmation bei Pfarrer Strecker (1958)

In Landau gab es zu der Zeit noch keine evangelische Kirche. Nach langem Hin und Her wurde beschlossen, dass die Protestanten die Spitalkirche »benutzen« durften – gegen einigen Widerstand natürlich. Die Flüchtlinge, hauptsächlich Schlesier, soweit ich mich erinnere, waren froh, und wir durften auch mit hinein, obwohl wir doch keine Schlesier waren. Nach dem Hauptgottesdienst folgte immer der Kindergottesdienst, den wir vier Geschwister regelmäßig gemeinsam besuchten. Pfarrer Hell hatte die gewaltigste Stimme, die ich je von einem Pfarrer gehört habe. Wenn er *Ein feste Burg ist unser Gott* anstimmte, musste man Angst haben, dass das Kirchenschiff zusammenbricht.

Wenn wir uns nach dem Gottesdienst von Pfarrer Hell verabschiedet hatten, blieb ich immer noch ein wenig am Portal stehen und beobachtete, wie der katholische Pfarrer mit seinen Ministranten die Kirche ausräucherte, wie mir schien – sie gingen mit Weihrauchampeln durch die Gänge und Bänke. Es war mir ein Rätsel, warum sie das taten. Stimmte denn irgend etwas nicht mit den Flüchtlingen und uns? Waren wir so anders, irgendwie »schmutzig«?

Religion war deshalb ein großes Thema für mich als Kind, weil meine Mutter eigentlich katholisch war, aber meinem Vater zuliebe evangelisch geworden ist – und damit war sie in ihrer Familie ziemlich erledigt. Einen Ketzer heiraten? Es war schon schlimm genug, dass es die überhaupt gab, aber dann auch noch einen heiraten! Heute kann man sich gar nicht vorstellen, welche Auswirkungen das auf das tägliche Leben hatte. Es fehlte nicht viel, und die Familie meiner Mutter hätte sich von ihr abgewandt.

Dabei habe ich die Eltern meiner Mutter heiß geliebt. Sie waren meine einzigen Großeltern. Die Eltern meines Vaters waren früh gestorben, ich habe sie nie kennengelernt. Von der Großmutter habe ich wohl meine »Farben«, denn sie hatte bis ins hohe Alter pechschwarze Haare und eine wunderbare Haut, die auch gelblich-bräunlich war wie die meine. Sie war eine Schönheit, dabei hat sie ihr Leben lang nur geschuftet und härteste Arbeit geleistet.

Das erste Mal hatte es sich meine Mutter mit ihren Eltern verdorben, als sie als Mädchen auf die Welt kam. Dass sie eigentlich ein Bub hatte werden sollen, zeigt ihr Name Josefa, der natürlich als Josef gedacht war. Sie litt ihr Leben lang unter diesem Namen.

Die Sitten waren rauh damals, lange gefackelt wurde nicht, und wenn man böse auf jemanden war, hat man dem das zu spüren gegeben. Ich glaube auch, dass meine Großmutter ihr Lebtag lang die Heirat ihrer Josefa mit dem evangelischen Mann nicht ganz verwunden hat.

Diese Großeltern lebten in Schwaben, der Großvater war Metzger und ein dicker, ziemlich gemütlicher Mensch. Ich habe sie beide geliebt und bin gerne in Ferien zu ihnen gefahren, weil dort einfach alles anders war als zu Hause. Die Oma war wohl manchmal etwas genervt von uns Kindern, wenn die Mutter uns dort abgeliefert hat, aber der Großvater hat uns wohl gar nicht richtig wahrgenommen. Es blieb, wie damals üblich, alles an der Hausfrau hängen, und so bekamen wir Kinder wohl eine gewisse Ablehnung aus schierer Erschöpfung zu spüren. Meine Schwestern hat das ziemlich gestört, ich aber fand es bei Oma und Opa unglaublich spannend.

Besonders der Metzgereibetrieb hatte es mir angetan. Ich durfte beim Wurstmachen helfen, das war ungewöhnlich und ungeheuer aufregend. Alles hat man damals noch mit den Händen gemacht, und ich durfte mithelfen, Weißwürste zu drehen. Sogar Bierschinken machte ich im Cutter, was sehr gefährlich war, denn man musste aufpassen, nicht mit den bloßen Händen in die riesigen Messer hineinzugreifen. Schrecklich waren allerdings immer die Schlachttage, vor denen ich mich richtiggehend gefürchtet habe. Weil ich das Schreien der Tiere einfach nicht aushalten konnte, floh ich immer in mein Zimmer und presste mir ein Kissen auf den Kopf, um nichts davon zu hören. Trotzdem klingt es mir noch heute in den Ohren.

Meine Großeltern mit Onkel Franz

Opa war dick und gemütlich und überließ die Arbeit seinem Sohn und weitgehend seiner Frau. Onkel Sepp, der natürlich auch Metzger werden musste, hasste diesen Beruf eigentlich, aber das interessierte niemanden. Nur den Einkauf des Schlachtviehs machte Opa selbst. Es war ein Genuss für mich, ihm beim Handeln zuzuhören. Oft dachte ich, es ginge um Leben und Tod, so heftig waren die Debatten.

Opa ging gern ins Wirtshaus, von wo er dann mit dem Rad nach Hause fuhr. Manchmal schmiss es ihn damit, und wenn man ihn dann fragte, wie es ihm ginge, antwortete er im breitesten Schwäbisch: »Ich wart aufs End.« Danach ist er zurück ins Wirtshaus gegangen, hat sein Bier getrunken und anschließend wieder irgendwie seinen Heimweg gefunden.

Manchmal trieb man mit mir auch furchtbare Scherze. Beispielsweise sperrte mich irgendwer in die Schlachterei ein, bis ich wie am Spieß schrie, weil ich nicht mehr rauskam und Angst hatte, dass jeden Moment das Kälbchen hereingeführt würde und ich mit ansehen müsste, wie es getötet wird. In schrecklicher Erinnerung ist mir auch, wie man mir beim Hühnerschlachten vorgeführt hat, dass das im wahrsten Sinn des Wortes kopflose Huhn noch weiterläuft. Ich war halb gelähmt vor Schreck und habe gellend geschrien, aber alles, was mir das einbrachte, war, dass herzlich über mich gelacht wurde.

So fremd diese Welt für mich war, so aufregend fand ich sie. Es mochte keine Kinderwelt sein, aber sie steckte voller Faszination für mich. Einerseits war sie mir unheimlich, andererseits aber auch auf eine bestimmte Weise beschützend. In jedem Fall war hier, wo alles ganz anders war als zu Hause in Landau bei den Eltern, für mich auch ein Stück Heimat und Familie.

Eines haben mich meine Eltern und meine Großeltern von klein auf gelehrt: zäh zu sein und bescheiden und niemals aufzugeben, gleich, was geschieht. Ich bin mir sicher, dass ich diesen Vorfahren und der eher harten und strengen Erziehung ein gutes Maß an Bodenständigkeit zu verdanken habe. Auch wenn es mich später, am Anfang meiner Filmkarriere, manchmal fast ein wenig gekränkt hat, mit welcher Selbstverständlichkeit meine Eltern und gerade auch meine Oma meine ersten Erfolge zur Kenntnis nahmen – es hat mir mit Sicherheit geholfen, nie wirklich abzuheben. Wenn ich heimkam, dann war ich die Uschi, und damit war alles gesagt, nichts anderes galt etwas. Hier zählten keine fernen Erfolge und keine fremden Großartigkeiten. Die Nachbarn mochten sagen, dass sie mich im Kino gesehen oder irgendwas gelesen hätten über mich, aber meine Eltern taten alles dafür, dass ich hübsch da bliebe, wo ich ihrer Meinung nach hingehörte: auf dem harten Boden der Wirklichkeit. Das war auch ein Stück Selbstkontrolle für mich, und ich werde meinen Eltern ewig dankbar sein, dass sie mich auf diese Weise gezwungen haben, »normal« zu bleiben.

So wuchs ich auf, eine Kindheit im Nachkriegsdeutschland, ein ganz normales Kinderdasein, tausendfach gelebt und nicht weiter ungewöhnlich. Bei uns zu Hause war alles ärmlich und karg, ein ewiges Sparen, ein Hin- und Herwenden. Ich war mindestens schon vierzehn Jahre alt, als ich mein erstes eigenes Kleidungsstück bekam, das nicht von meinen älteren Schwestern geerbt und nicht angestückelt war oder wie neu tat, weil es mit einem neuen Krägelchen versehen war, und dabei doch nicht verbergen konnte, wie abgetragen und schäbig es war.

Solche Erinnerungen teile ich mit vielen aus meiner Generation. Allerdings war es bei uns zu Hause schon besonders kärglich und sparsam. Wir waren eine sechsköpfige Familie, mein Vater hatte einen sehr einfachen Job, und meine Mutter hatte vier Kinder zu versorgen und satt zu machen. Das war eine gewaltige Aufgabe. Als Jüngste wurde ich oft meiner Schwester Sigrid zugeteilt, die sich um mich kümmern sollte. Heute verstehen wir uns sehr gut, aber damals hat sie mich dafür gehasst, dass sie meine Babysitterin sein sollte. Sigrid war immerhin sechs Jahre älter als ich – was sollte sie mit mir anfangen? Oft hat sie mir befohlen, mich einfach irgendwo auf einen Stein hinzusetzen, Ruhe zu geben und mich nicht von der Stelle zu rühren, bis sie mit ihren Freunden wiederkäme. Natürlich petzte ich das zu

Hause. Also bekam erst die »Große« eine Ohrfeige, weil sie nicht auf das Nesthäkchen aufgepasst hatte, und später, wenn keiner dabei war, bekam ich eine Ohrfeige von ihr – so schloss sich der Kreis der Gerechtigkeit.

Man könnte sagen, ich wusste mich schon früh in Position zu setzen: eine Freundin, meine Schwestern Sigrid und Heidi (*stehend*) und ich (*re.*) mit unserem Hund Hexi

Wie schlecht es den Menschen zu Beginn der fünfziger Jahre ging, ist heute kaum mehr vorstellbar. Ich erinnere mich an die sogenannte Speisung, die es von den Besatzern, in unserem Fall also von den Amerikanern, gab. Noch heute habe ich den Geruch dieses Essens in der Nase, vor allem den Duft der Erbsensuppe, die aus riesengroßen Töpfen an uns ausgeschenkt wurde. In meiner Erinnerung schmeckte es aufregend und köstlich. Und die Care-Pakete, die aus Amerika für die hungernde und arme

Bevölkerung kamen! Ich weiß noch genau, wie es roch, wenn so ein Paket ankam, in dem dann Kakao war oder Kekse und Schokolade und vor allem Fertigpulver, mit dem man sich Pudding machen konnte. Meine Schwester Heidi aß dieses Pulver manchmal pur, und einmal wäre sie fast daran erstickt.

Das waren Köstlichkeiten für uns, und ich denke mit einem großen Gefühl der Dankbarkeit daran, das für immer in mir wach bleiben wird.

Trotz aller Entbehrungen waren die frühen Kinderjahre herrlich, denn auch wenn wir von zu Hause aus streng gehalten wurden, lebten wir andererseits in einer ungebundenen Freiheit. Manche Erfahrung von damals ist zu einem Leitmotiv für meine späteren Lebensabschnitte geworden. Die eher weiche und liebevolle Mutter, die ihre Kinder sehr geliebt hat und unter dem strengen Ehemann und Vater ihrer Kinder wohl oft gelitten hat, ohne entscheidend etwas dagegen tun zu können, gab mir einen wichtigen Grundsatz mit auf den Weg: Man kann sich in jeder

Meine Mutter war eine schöne, stolze Frau

Lebenssituation seine Würde und seinen Anstand bewahren, vor allem aber darf man niemandem die Würde nehmen. Bis an ihr Lebensende verkörperte meine Mutter für mich das Prinzip, dass man sich immer und zu jeder Zeit im Spiegel anschauen können muss, ohne rot zu werden vor Scham. Und noch etwas hat meine Mutter uns immer vorgelebt: Auch wenn man wenig besitzt, kann man Freude geben und bereiten. Selbst bei größter Armut hatte sie immer noch einen Platz frei für jemanden, der noch weniger hatte als wir selbst. Meine Mutter schaffte es, aus allem etwas zu machen, sie konnte einfach zaubern.

Mein Vater war als wortkarger, verbitterter Mann aus dem Krieg zurückgekehrt. Ich habe viel an ihn gedacht und zu verstehen versucht, warum er so oft so streng, so unnachgiebig oder auch so hart und schweigsam war. Irgendwann habe ich begriffen, dass er wohl immer ein fremdes Leben geführt hat. Er hat ein »Mussleben« geführt, das er sich so nie vorgestellt hatte. Aus uns wollte er vor allem »anständige« Menschen machen, Menschen mit Rückgrat.

Ich will nicht darüber räsonieren, ob wir Kinder gewünscht waren oder nicht, aber wir waren dann halt einfach vier. Unser Vater musste sich abfinden mit dem, was ihm dieses Leben zu sein erlaubte. Er war künstlerisch sehr begabt und hat wunderbare Bilder gemalt, ganze Bücher hat er komponiert. Ich bin mir sicher, dass er gerne Künstler geworden wäre und seiner Begabung nach gelebt hätte. Aber er hatte keine Wahl. Er hatte eine Pflicht zu tun, die ihm irgendwann auferlegt worden war: Er musste seine Familie ernähren.

Vor dem Hintergrund dieser Erfahrungen war es für ihn ausgemachte Sache, dass seine Kinder etwas Ordentliches lernen sollten. Für uns Mädchen, die wir bekanntlich ja mal heiraten würden und für die sich deshalb die Frage nach einer langwierigen Ausbildung gar nicht stellte, hieß das: Wir sollten etwas Praktisches lernen.

Ich wäre gerne aufs Gymnasium gegangen wie manche meiner Freundinnen. Aber das hätte bedeutet, ins ferne Landshut zu fahren – eine Stunde Fahrzeit war das damals, ziemlich viel Aufwand für so einen Schulbesuch. Es stand nicht zur Debatte, dass das für mich überhaupt in Frage kommen könnte. »Wir haben das Geld nicht«, hieß es.

Der Vater

Zu Hause herrschte ein strenges Regiment, mein Vater war hart und ziemlich autoritär, auch die Mutter musste sich ihm unterwerfen. Keiner von uns hätte es gewagt, ihm zu widersprechen oder sich gar gegen ihn aufzulehnen. Meine Geschwister und ich hatten oft Probleme mit der übergroßen Strenge und Härte meines Vaters, aber als Kind und später als Heranwachsende musste ich mich selbstverständlich seinen Anordnungen und Regeln unterwerfen. Wie auch hätte ich mich ernsthaft dagegen auflehnen sollen? Ich weiß nur, dass ich mir sehr früh meine eigenen Gedanken gemacht habe und dass ich es immer berauschend fand, dass ich in meinem Kopf denken konnte, was ich wollte. Dass mir keiner da hineinschauen konnte und dass ich damit eine Art Ungebundenheit und Freiheit für mich hatte, auch wenn es äußerlich noch lange nicht soweit war. So habe ich mir schon in frühen Jahren und ausgestattet mit einer großen Portion Phantasie den Weg hinaus aus der strengen Enge vorgestellt. Ich erinnere mich an ein starkes Wollen, an ein Hoffen und Erwarten, von dem ich mich tragen und beflügeln ließ, selbst wenn es zunächst vielleicht noch in eine etwas unbestimmte Richtung ging.

So war unsere Jugend in den fünfziger Jahren geprägt von Not einerseits, aber auch von Aufbruch und Lust auf Neues. Dadurch, dass ich mir in Gedanken schon früh eine eigene Welt zu bauen begann, übte ich mich ein wenig in der Rolle der Rebellin. Das hat in der Zeit meines Erwachsenwerdens zu gewaltigen Konflikten vor allem mit meinem Vater geführt. Aber es hat auch noch etwas anderes bewirkt: Frühzeitig hat sich in meinem Kopf festgesetzt, dass ich unbedingt selbständig werden muss, dass ich nicht abhängig sein will und dass ich einen Beruf haben möchte, der mich frei macht, damit ich mich nie jemandem zu unterwerfen brauche.

Bei uns zu Hause galt noch der Satz, dass plappernde Kinder bei Tisch nicht erwünscht sind. Wer dagegen verstieß, musste »ab an den Katzentisch«. Der Vater hatte immer das letzte Wort, das war ein ehernes Gesetz, es sei denn, man wurde etwas gefragt. Das war nicht nur bei uns so, sondern eine verbreitete Haltung in vielen Familien. Dieser Enge begegnete ich damit, dass ich mir mein zukünftiges Leben etwas farbiger und aufregender dachte als in der Gegenwart.

Aber natürlich war ich ein ganz normal freches Kind, für jeden Unsinn zu haben und für jede Mutprobe erst recht. Und fröhlich war ich weiß Gott auch, ich hatte immer einen Haufen Spaß im

Sinn. Wenn all die Mutproben, die bestanden werden mussten, dann mal rauskamen, dann »fiel am Wochenende der Watschenbaum« um, wie es bei uns hieß, das heißt, es gab eine Tracht Prügel. Diese angekündigte Strafe fand ich immer besonders grässlich. Die gelegentliche schnelle Ohrfeige der Mutter war viel normaler und erträglicher. Das hatte seine guten oder auch schlechten Gründe, es war aber in dieser Zeit eine als ganz normal geltende Erziehungsmaßnahme.

Ich habe mir früh vorgenommen, vieles anders zu machen als meine Eltern und vor allem selbst die Verantwortung für mein Leben zu übernehmen, selbst etwas zu machen, was mir keiner würde nehmen können. Ich bin mir sicher, dass ich das schon zu einem Zeitpunkt wollte, an dem ich noch nicht verstehen und überblicken konnte, wie ein Leben im allgemeinen laufen würde und meines im besonderen. Da war ein tiefes Wollen, ich will noch gar nicht sagen, ein ausgesprochener Wille. Und eine gehörige Portion Trotz dazu. Ich wollte unabhängig sein, meine Meinung sagen können, nicht hinter dem Berg halten müssen.

൙

Die Zeit unmittelbar nach dem Krieg war bis in die Kinderspiele hinein deutlich von den gerade erst überstandenen Kriegsgefahren geprägt. Wenn ich mich bloß an meinen glühenden Wunsch erinnere, endlich einmal eine Handgranate aus dem Krieg irgendwo in einem Bombentrichter im Wald oder im Maisfeld zu finden! Es gab grausige Geschichten von Kindern, denen die Hände abgerissen wurden, und natürlich war es strikt verboten, Handgranaten, Blindgänger oder Munition zu suchen. Es konnte lebensgefährlich sein, solche Dinger anzufassen, und gottlob ist mein Wunsch nach so einem besonderen Fund nie in Erfüllung gegangen.

Ein anderer Nervenkitzel waren die Reste der Pfeiler einer

im Krieg bombardierten Eisenbahnbrücke. Die Eisenteile und -trümmer der Brücke waren mitten in der reißenden Isar unter der Wasseroberfläche, und sie waren lebensgefährlich für jeden Schwimmer. Man konnte sich den Bauch aufschlitzen und jämmerlich verbluten. Also war es natürlich strengstens verboten, auf der Höhe dieser Pfeiler die Isar zu durchschwimmen, und genauso selbstverständlich galt es als höchste Mutprobe unter uns Kindern, genau dies heimlich und möglichst oft doch zu tun. Die Isar war ein tückisches Gewässer mit vielen Strudeln. Fast jedes Jahr ist damals ein Kind ertrunken, und im nachhinein kriege ich noch bei dem Gedanken an diese Abenteuer eine Gänsehaut.

Es gab auch harmlosere Mutproben, zum Beispiel der Sprung vom Heuboden hinunter in den Stall – möglichst senkrecht, damit man sich recht passend das Genick hätte brechen können. Wir haben natürlich nicht geglaubt, wie gefährlich das alles war, und man musste auf jeden Fall mit dabei sein, um in einer Gruppe anerkannt zu werden.

In der kleinen Stadt gab es auch einen ewigen Kampf der »oberen Stadt« gegen die »untere Stadt«. Meine Freunde und ich gehörten zur unteren Stadt. An der oberen Stadt gab es eine Milchstelle. Es war jedes Mal eine Mutprobe, sich mit der Milchkanne dorthin zu schleichen und dann mit der gefüllten Kanne in der Hand in rasendem Tempo wieder zurück in die sichere »untere Stadt« zu sausen. Einer musste währenddessen Schmiere stehen, und weil ich die Jüngste war, wurde ich oft dazu eingeteilt. Kampfeslust einerseits und auch ein wenig Aufmucken gegen Verbote, das machte das Salz in der Suppe aus.

Es gab eine Art Anweisung, mit einem bestimmten Mädchen nicht zu spielen, ich weiß bis heute nicht, warum. Zu ihr bin ich dann einmal heimlich hingegangen, und wir wurden genauso heimlich Freundinnen. Sie lebte alleine mit ihrer Großmutter in einem Anwesen, und sie hat mich wahnsinnig beeindruckt, weil es bei ihr zu Hause etwas gab, was für mich das reinste Märchen war: Kracherl ohne Ende. Kracherl war eine Limonade, die es in verschiedenen scheußlichen Farben gab, in Giftgrün, Knallrot oder auch Orange, und immer mit viel Kohlensäure versetzt, so dass ein ganz spezielles lautes Ploppen und Zischen entstand, wenn man den Bügelverschluss mit dem weißen Porzellanstöpsel und der roten Gummiabdichtung öffnete. Kracherl war auch eines von diesen Dingen, die sowohl absolut verboten als auch absolut unerschwinglich waren. Der wahre Kindertraum also. Und bei diesem Mädchen stand das Zeug nur so herum. Ich weiß, dass ich nach ihrer Aufforderung zuzugreifen Kracherl getrunken habe, bis mir der Bauch platzen wollte. Es war herrlich, ich war im Kracherl-Paradies.

Manchmal versteckten wir uns im Heustadl und bauten uns im Heu lange Tunnels, durch die wir durchkrochen. Auch das war kein ganz ungefährliches Spiel, weil man steckenbleiben konnte, und einmal ist mir das auch passiert. Aber meine Freundin fand mich und zog mich im letzten Moment halb erstickt an den Füßen aus dem Heutunnel heraus. Von dieser Heimlichkeit hatte ich erst mal genug.

Kapitel 2
Der einäugige Nikolaus und andere Auftritte

Ich lebte das übliche Leben einer Jugend in den fünfziger Jahren mit allem, was dazugehörte: von der allgemeinen Armut, die sich langsam für viele in einen zunächst einfachen Wohlstand verwandelte – wenn auch nicht unbedingt für uns –, bis zu den moralischen Verlogenheiten und Prüderien, die jene Zeit so nachhaltig prägten und kennzeichneten.

Auf dem Spitalplatz in Landau (*v. l. n. r.*): Vorne gehe ich mit Heidi, dahinter Onkel und Tante aus Schwaben und meine Mutter mit Gerhard

Die Welt in Landau an der Isar war fern von irgendwelchen Ereignissen, sie war klein und sehr überschaubar, und die Grenzen waren entsprechend eng gesetzt. Nur in meinen Tagträumen konnte ich eine Türe aufmachen in eine andere Welt. Manchmal glaube ich, dass ich auf eine bestimmte Art wie ein Zirkuskind war, zumindest verspürte ich immer wieder so eine Art innerer Unruhe.

Jeder kannte jeden in Landau. Die kleinstädtisch überschaubare Ordnung bedeutete für uns Kinder aber nicht nur Enge, sondern auch ein Stück Sicherheit und Vertrautheit. Die Gegend, in der wir wohnten, war voller Handwerker. Hier gab es alles, was man zum normalen täglichen Leben brauchte, auch einen Schuster mit einem Schuhgeschäft. Unsere liebste Nachbarin war Frau Berleb, die das Schuhgeschäft führte.

Diese wunderbare Frau, die zwei Töchter in meinem Alter hatte, Inge und Traudl, muss mich vom ersten Tag an geliebt haben, jedenfalls hat sie mich immer verwöhnt. Ich war dort zu Hause wie bei meiner Mutter, nur dass Frau Berleb zusätzlich eben einen Narren an mir gefressen hatte. Sie lud mich immer zum Essen ein. Erst nach langer Zeit kam heraus, dass ich immer zweimal zu Mittag aß: sehr früh bei Berlebs und später dann noch einmal zu Hause. Ich muss einen gesegneten Appetit gehabt haben.

Bei Frau Berleb habe ich meine Liebe zu Schweinebraten entdeckt – in meiner Erinnerung gab es den jeden Tag bei ihr, mit Sauerkraut und Knödeln. Außer natürlich freitags, da gab es Fisch, schließlich waren Berlebs katholisch, wie es sich gehörte. Bei uns zu Hause gab es jeden Tag etwas anderes, höchstens mal am Sonntag Fleisch. Später habe ich dann schon begriffen, dass auch das eine Frage des Geldes war. Meine Mutter schaffte es allerdings immer, uns drei Gänge zu servieren, das war ihr ganzer Stolz.

Als kleines Kind sprang ich oft tanzend und singend vor unserem Haus herum. Frau Berleb fand das schön. Sie lehnte sich aus dem Fenster, wenn ich meine Vorstellung gab, und feuerte mich an weiterzumachen. Ich fand das herrlich und tat ihr gerne den Gefallen. Als »Gage« bekam ich ein Bonbon von ihr, das Seltenheitswert hatte. Die allerhöchste Besonderheit war allerdings erreicht, wenn ich manchmal ins Schuhgeschäft kommen und beim Verkaufen mithelfen durfte.

Mit Frau Berleb verbindet sich eine Geschichte, die auf eine nicht ganz ernsthafte Weise eine frühe wegweisende Erfahrung für mich gewesen sein könnte. Vorangegangen war ein Erlebnis mit einem Nikolaus, der Berlebs und uns besucht hatte. Zusammen mit dem in Bayern unvermeidlichen Krampus hatte er sich ganz schrecklich aufgeführt und uns Kindern so fürchterlich gedroht, dass meine Mutter ihn schließlich hinauswarf. Ich hatte schon zu weinen angefangen, weil wir Kinder das Vaterunser, das wir beten sollten, nicht mehr richtig hinbekamen und der Krampus uns Mädel sogar schlagen wollte. Daraufhin beschlossen meine Eltern, es sollte am besten gar keinen Nikolaus mehr geben. Familie Berleb wollte aber einen.

Mein Vater fiel für diese Rolle aus, und sonst war niemand da, der das hätte machen können. Ich fand, wenigstens die Berleb-Kinder sollten ihren Nikolaus haben. Obwohl sie im Alter nicht weit von mir entfernt waren, schlug ich vor, dass ich das Ganze übernehmen könnte. Frau Berleb lachte in sich hinein, als ich mit dem Vorschlag zu ihr kam, aber sie stimmte zu, wenn auch mehr zum Schein als ernst gemeint. Nun war guter Rat teuer, denn wie sollte ich kleines Mädchen mich glaubhaft als Nikolaus verkleiden? Meine Entschlossenheit aber war gewaltig, und so kam es zum ersten schauspielerischen Auftritt meines Lebens.

Beim Stöbern zu Hause hatte ich das alte, zerlöcherte Futter eines Mantels aus Hasenfell gefunden, das mir bis zu den Zehen ging, auf den Kopf setzte ich eine sogenannte Russenkappe, die vermutlich von meinem Vater aus dem Krieg stammte, hässlich ohnegleichen (Erich Honecker trug später auch so eine Kappe), und zum krönenden Abschluss setzte ich mir eine alte Sonnenbrille auf, die ich irgendwo gefunden hatte. Die hatte zwar nur noch ein Glas, das war dafür aber riesengroß, und nachdem ich mir noch einen dicken Schal ums Gesicht gewickelt hatte, bildete ich mir ein, dass ich dahinter nicht zu erkennen war. Das am einfachsten zu besorgende Utensil war ein Sack, in den ich mangels Masse genau zwei Bonbons reintat. Ich muss furchterregend ausgesehen haben. Als ich mich zu Hause im Spiegel musterte, kamen mir allerdings ziemliche Bedenken, ob ich mich in diesem Aufzug als Nikolaus würde verkaufen können. Kneifen galt nicht, ich hatte nun einmal den Anfang gemacht, und jetzt musste ich das auch weiter durchhalten.

Mit Kettengerassel und Riesenlärm hämmerte ich an die Türe der Berlebs. Nachdem ich eingelassen wurde, hatte ich meinen Auftritt in der Wohnküche, die zum Glück ziemlich düster war. Ich zog mächtig vom Leder und breitete vor Inge und Traudl alle ihre »Sünden« aus, die ich natürlich detailliert kannte. Als ich in meinem abenteuerlichen Kostüm abzog, ließ ich nicht nur die beiden Bonbons, sondern auch zwei vor Ehrfurcht erstarrte Mädchen zurück.

Nach einer Anstandsfrist schaute ich anschließend bei Berlebs vorbei. Inge und Traudl erzählten, dass ein total verrückter Nikolaus bei ihnen gewesen sei, der alles, aber auch wirklich alles von ihnen gewusst habe. So hatte ich mein Debüt als Schauspielerin mit der Hauptrolle in dem Einakter *Der einäugige Nikolaus*.

Ich war von meinem Auftritt mindestens genauso begeistert und erstaunt wie die Nachbarn. Bestimmt haben sie später, als ich längst Schauspielerin war, manchmal darüber gelacht, dass die Karriere eigentlich in ihrem Haus angefangen hat und Frau Berleb quasi meine Entdeckerin war.

Ist es nicht einfach ganz normal, als einigermaßen aufgewecktes Kind gerne in andere Rollen zu schlüpfen, sich träumend in irgend etwas hineinzudenken und, so wie die Buben gern Lokomotivführer werden wollen, als Mädchen von einer Karriere als

Zirkusprinzessin zu träumen? Ich träumte als junges Mädchen sicher von Auftritten mit viel Glitzer und großem Aufsehen, wenn auch noch nicht unbedingt an eine Karriere als Schauspielerin.

Das »drehbare« Genick

Im Alter von etwa acht Jahren habe ich zusammen mit meiner Schwester Heidi schon gehofft, den Einstieg ins Zirkusleben geschafft zu haben – was, wie man weiß, letztlich dann doch nicht gelungen ist. Aber unsere Hoffnungen waren groß, als in Landau ein Zirkus gastierte, der als Sensation eine Frau mit »drehbarem Genick« anpries. Das alleine war schon großartig anzusehen, aber das tollste war, dass der Zirkusdirektor für jeden, der das Kunststück nachmachen konnte, einen Preis von unglaublichen zehn D-Mark ausgesetzt hatte, spätere Aufnahme als Zirkusattraktion nicht ausgeschlossen.

Anatomisch war das »drehbare Genick« nahezu unmöglich zu

bewerkstelligen: Man musste eine Brücke schlagen und dann mit den Beinen im Kreis gehen, ohne den Kopf zu bewegen. Ich fand die Aussicht auf das unvorstellbare Honorar und die kommende Berühmtheit so aufregend, dass ich meine Schwester dazu animierte, täglich an dieser Figur zu üben. Was das Zeug hielt, drehten und verrenkten wir uns und krachten natürlich immer wieder zusammen – bis wir eines Tages das Gefühl hatten, wir wären soweit. Im Vorgefühl unserer Wichtigkeit und zugleich bebend vor Aufregung gingen wir zum Zirkusplatz. Aber der Zirkus war schon weitergereist. Der Platz lag öde und leer, unsere Träume zerstoben, Ruhm und Reichtum waren wieder in weite Ferne gerückt. Nur das »drehbare Genick« gehörte fortan zu meinem Repertoire.

༄

Ich habe mir immer meine eigenen Geschichten ausgedacht und mir eine Märchenwelt geschaffen. Leider konnte ich niemandem davon erzählen, weil sie dann ihren Zauber verloren hätte. Am Ortsrand lagen schon seit einiger Zeit große lange Betonrohre herum, die wohl für die Kanalisation gedacht waren, aber aus irgendeinem Grund geschah nichts damit. Wir hatten uns schon so an den Anblick gewöhnt, dass niemand mehr darauf achtete. Das eine Ende der Rohre war offen, am anderen Ende hing eine Holzverschalung über der Öffnung, so dass es im Inneren ganz dunkel war. Für mich war das der Eingang in eine Zauberwelt, die nur ich ganz alleine betreten durfte.

Und dort erstrahlte die Dunkelheit in hellem Glanz, denn im tiefsten Inneren des Rohrs wohnte die schönste Prinzessin, verzaubert natürlich, so dass ihre wunderschöne Gestalt nur für mich sichtbar war. Ich bin oft zu ihr gegangen, immer alleine natürlich, und habe ihr alles mögliche erzählt, von Kümmernissen und Freuden, von meinem Alltag, und sie hat mir von ihrem verwunschenen Rohredasein berichtet. Es war eine wundersam schöne Verbindung, die ich mit der Prinzessin hatte, und mir war bewusst, dass ich nicht darüber sprechen durfte, wenn ich sie nicht verlieren wollte. Einmal wollte ich aber doch meine Freundin in diese Zauberwelt mitnehmen. Sie jedoch hatte keine so ausgeprägte Phantasie wie ich, und so war außer den hässlichen grauen Rohren nichts zu sehen, als sie mit mir zu dem geheimnisvollen Ort kam. Sie lachte mich einfach aus.

Kapitel 3
Erwachsen werden

Familie wurde bei uns groß geschrieben. Jeden Sonntag gab es gemeinsame Unternehmungen: Ausflüge, Spaziergänge oder Wanderungen. Irgendwann jedoch mochte ich das nicht mehr. Ich wollte mit meinen Freunden etwas unternehmen, und als widerspenstige Person suchte ich mir meine Freunde und meine Clique selbst aus. Wenn diese ersten Orientierungen nach außen mit den Erwartungen der Familie kollidierten, dann gab es natürlich Krach und Ärger.

Mein Vater, ein aufrechter Sozialdemokrat, wollte zum Beispiel um keinen Preis, dass ich Tennis spielte. Ich wollte es aber, und ich konnte hundertmal fragen, warum er dagegen war, seine Antwort lautete stereotyp: »Da gehören wir nicht dazu!« Für ihn war damit jede Debatte über dieses Thema erledigt. Das konnte ich nicht akzeptieren. Ich spielte trotzdem Tennis.

Ich war ein wahnsinniger Trotzkopf und habe es immer wieder geschafft, meinen Vater bis zur Weißglut zu reizen. Wenn etwas vorgefallen war und er von mir wissen wollte, wie es dazu gekommen war, konnte ich ihm stundenlang einfach keine Antwort geben. Oft hat er trotzdem gewonnen, meistens aber ich. Es tut mir heute noch leid, dass ich ihn mit dieser Verstocktheit so sehr geärgert habe.

Viel später erst habe ich mich mit meinem Vater ausgesöhnt, mit ihm Frieden geschlossen und ihn auch viel besser verstanden. Ich begriff seine Not, die aus der Zeit heraus kam und aus den Umständen. Aber welches Kind kann sich schon in die Seele seiner Eltern hineinversetzen und ihr Innerstes verstehen? Unsere Mutter war eine schöne, stolze Frau, deren Leben eingezwängt war zwischen Mann und Kindern und die mit sehr, sehr wenig Geld wirtschaften musste. Mein Vater war ein zärtlicher Ehemann, der sie bis zu seinem Tod von ganzem Herzen liebte. Immer am Monatsanfang gab er ihr das Haushaltsgeld, mit dem sie dann auskommen musste. Ich habe meine stolze Mutter nur einmal weinen sehen, offensichtlich weil sie kein Geld mehr hatte und lange vor Monatsende schon anschreiben lassen musste. Mir zeriss es fast das Herz. Meine Mutter durfte nicht so traurig sein. Deshalb machte ich mir Gedanken, wie man diesen Zustand verbessern könnte. Und so erfand ich ein Geldsparspiel. Es schien mir ganz clever, wenn ich zu Beginn des Monats ein wenig von dem abzweigte, was da war. In der Schatulle, in der das Geld aufbewahrt wurde, versteckte ich hinter einem eingerissenen Futteral einen Schein als eiserne Reserve. Wenn es anfing eng zu werden, legte ich flugs den Schein aus dem Versteck wieder dazu. Natürlich durchschaute meine Mutter das Spiel irgendwann, aber sie war nicht böse deswegen, eher im Gegenteil.

Dabei war unsere Mutter so geschickt. Sie konnte haushalten, kochen, nähen und aus Nichts etwas zaubern. Das bewunderte auch unser Vater an ihr, und wenn er sie gut gelaunt foppen wollte, lobte er sein »Bepperl«. Damit war er bei ihr an der richtigen Adresse. Sie konnte schon »Josefa« nicht leiden, und um noch vieles weniger mochte sie »Bepperl« genannt werden. Aber in Bayern wird nun mal aus jedem Josef ein Bepperl.

Die Generation, die in den fünfziger Jahren ihre Jugend gelebt hat, musste mit vielen Widerständen rechnen, die für heutige Jugendliche kaum noch erklärbar und verständlich sind. Hinzu kam das Schweigen der Elterngeneration über die jüngste Vergangenheit. Man bekam keine Auskunft über das, was geschehen war und wie die Eltern oder Großeltern darin involviert waren. Auch die Lehrer in der Schule waren in bezug auf dieses Thema nicht besonders gesprächig. Im Lauf der Jahre gab es deshalb viele Auseinandersetzungen darüber.

Ein anderer Dauerkonflikt betraf die Sexualität. In diesem Zusammenhang bekam ich auch meine letzte Ohrfeige. Damals war ich sechzehn. Das war sogar für damalige Maßstäbe ziemlich hart. Auslöser war, dass ich mich gegen die Moralvorstellungen der fünfziger Jahre vergangen hatte. Es galt damals ja zum Beispiel als unanständig, wenn eine junge Frau Hosen anzog. Kam es gar unglaublicherweise zwischen einem jungen Mann und einem Mädchen zu einer heimlichen Verabredung – kein Mensch hätte das genauer beim Namen genannt –, dann war der Fall klar: Bei dem Mädchen musste es sich um ein verdorbenes Wesen handeln, von dem es sich fernzuhalten galt, weil es schon auf der schiefen Bahn war. Bis zur Hure war es nur ein winziger Schritt. Es genügte schon, wenn man mit einem Jungen beim ersten zaghaften Flirt erwischt wurde, bei dem außer einem etwas längeren Herumstehen und Herumalbern gar nichts weiter geschah. Unter solchen Umständen war der Ruf schnell ruiniert, zumal es immer aufmerksame Nachbarn gab, die jeden Fehltritt unverzüglich den Eltern hinterbrachten.

Nun hatte ich zwei »Verehrer«, wie man das damals nannte. Schon meine Schwestern hatten darunter zu leiden, dass mein Vater grundsätzlich alle diese Kandidaten als Verbrecher bezeichnete und dafür sorgte, dass die jungen Männer schnellstens das Weite suchten, wenn sie seiner ansichtig wurden. Ich hatte mir schon früh vorgenommen, dass das bei mir anders sein würde. Der sollte sich bloß trauen, mich ständig am Gängelband zu führen und mir alles, aber auch wirklich alles vorschreiben zu wollen!

Eines schönen Tages stand ich vor unserer Haustür und unterhielt mich mit den beiden Jungen. Nach kurzer Zeit kam eine meiner Schwestern herunter und bat ziemlich dringlich, ich solle nach oben kommen, der Vater koche bereits vor Zorn. Ich dachte gar nicht daran, mich dem väterlichen Erlass zu beugen, erzählte munter weiter und scherte mich den Teufel um ein mögliches Gezeter meines Vaters. Als nächste erschien meine Mutter und bat flehentlich, ich möge nun aber wirklich reinkommen, der Vater flippe sonst total aus. Ich aber dachte bei mir, dass ich mit sechzehn alt genug sei, um reden zu können, mit wem ich wollte, und blieb ungerührt vor der Haustüre stehen, plaudernd.

Auf einmal brüllte mein Vater von oben herunter: »Jetzt reicht's aber! Wenn ihr nicht gleich verschwunden seid da unten, dann komm ich runter!« Die beiden rannten in rasendem Tempo davon. Sie wussten, mit dem Herrn Glas war nicht gut Kirschen essen.

Mein Vater gab mir zwei kräftige Ohrfeigen und schrie dazu, man könne ja gleich die rote Laterne ans Haus hängen, wenn das so weiterginge mit mir. Ich war außer mir vor Wut und Empörung über die Demütigung. Dahinter verschwand ganz die Frage, warum man eine rote Laterne ans Haus hängen sollte. Das schien mir überhaupt keinen Sinn zu machen.

Natürlich erreichte der Vater damit das genaue Gegenteil dessen, was er erreichen wollte. Erziehung zum Ungehorsam, so könnte man das auch nennen. Und als ich dann irgendwann verstand, was es mit der roten Laterne auf sich hatte, empfand ich das noch einmal wie einen Schlag ins Gesicht.

Mein Vater war kein Schlägertyp, und wir haben auch nicht andauernd gestritten. Er hatte einfach Angst um seine drei Mädchen. Wie oft hat er mit später gesagt, dass ihm das alles sehr leid getan habe. Bei sechs Personen, die auf engstem Raum zusammenwohnten, führten die äußeren Umstände leicht zu Ausbrüchen. Alles in allem waren wir aber doch eine eng miteinander verbundene Familie. Im späteren Leben hat sich das oft bewährt, und ich bin froh, dass ich irgendwann verstanden habe, dass meine Eltern auf ihre Weise versucht haben, alles richtig zu machen.

Zwar galt ich als der Rebell in der Familie, aber was bedeutete das zu jener Zeit? War es etwa schon Rebellion, wenn ich hinter dem Rücken der Eltern Hosen anzog? War es eine Revolution, wenn ich mich beständig gegen elterliche Erlasse auflehnte? Oder wurde ich dadurch zur Rebellin, dass ich heimlich Elvis Presley hörte, was nicht einmal meinem älteren Bruder erlaubt war?

Meine Eltern waren ja nicht die einzigen, die sich so strikt und repressiv verhielten. Der Zeitgeist prägte die Moralvorstellungen und machte uns Jungen oft das Leben schwer. Wer kann sich

Zwei Uschis machen Modenschau

heute noch vorstellen, dass Musik von Elvis Presley als »Negermusik« verteufelt wurde, dass sein Klassiker »Love me tender« für die Eltern schon am äußersten Rand des Erträglichen war und als Wahnsinnsschweinerei bezeichnet wurde? Die Krone des Ganzen aber war »Jailhouse Rock« von Elvis – soweit kommt's noch, dass man Zuchthäuser besingt! All das trug nach dem Verständnis unserer Eltern den Keim der Verderbnis für uns junge Leute in sich. Wir haben uns natürlich über die Verbote hinweggesetzt und gehört, was wir wollten. Allerdings mussten wir ziemlich erfindungs- und ideenreich sein, um das zu schaffen. Vielleicht war es gar nicht so schlecht, dass überall eingebaute Hürden zu überwinden waren, so ärgerlich es auch war. Uns half es früh, zum Kämpfer zu werden, auch in den kleinen Dingen.

Andererseits waren wir deshalb oft aufsässig bis zur Unerträglichkeit. Zumindest für mich galt das mit Sicherheit. Ich war verschrien als Lehrerschreck, was noch dadurch verstärkt wurde, dass es vier Uschis in der Klasse gab, und gemeinsam waren wir für jeden Lehrer der reine Horror. Langsam war ich ja aus der »Negerlein«-Rolle herausgewachsen und machte jeden Unsinn mit, soweit das von zu Hause aus möglich war. Wenn mein Vater es nicht sah, zog ich heimlich eine Jeans an, die mir die »reiche« Uschi geschenkt hatte – und weil Hosentragen als total verdorben galt, kam ich mir unheimlich verrucht und mutig vor. Dass meine Mutter, die in diesen Dingen etwas verständnisvoller war, das unersetzliche Stück eines Tages wegwarf, weil es ein Loch hatte, habe ich ihr lange nicht verziehen. Allerdings fischte ich die Jeans noch einmal aus der Mülltonne heraus und hütete sie von nun an wie einen kostbaren Schatz. Denn Ersatz wäre in keinem Fall möglich gewesen.

Auch als wir jungen Mädchen uns zu schminken anfingen, war das natürlich mit endlosen Debatten im Familienkreis verbunden. Dabei gab es gar nicht viel Kosmetika, zumindest nichts

Erschwingliches. Mangels richtiger Lippenstifte schmierte man sich etwa dick Penatencreme auf die Lippen. Ein fettig weißer Mund sollte irgendwie aufregend wirken, und wenn man zusätzlich die Lippen etwas aufwarf und schmollend dreinsah, fühlte man sich damit dem Idol Brigitte Bardot erheblich näher. Dass wir dabei in Wahrheit ziemlich fürchterlich aussahen, lässt sich nicht bestreiten. Die Creme war zäh und dick und klebte kreideweiß auf den Lippen. Kein Wunder, schließlich war sie ja seit Generationen für etwas anderes gedacht. Dass die Eltern sagten, man sähe grundhässlich damit aus, bewies allerdings nur mal wieder deren absolutes Hinterwäldlertum.

Überhaupt die Vorbilder! Über die Taille von Brigitte Bardot hatte ich irgendwo gelesen, dass sie 59 Zentimeter messe. Daraufhin schnürten wir Mädchen uns so lange und so heftig, bis wir uns dem angestrebten Ideal nah genug fühlten – allerdings kamen wir durch das Einschnüren bis zum Anschlag auch dem Erstickungstod ziemlich nahe. Der Mode entsprechend trug man Petticoats, und zwar möglichst zwei oder drei übereinander. Das war natürlich eine Frage der Finanzen – wie hätte ich mir drei solcher Wunderdinger leisten sollen? Aber auch hier gab es einen Trick: Wir ärmeren unter den jungen Mädchen stärkten unser gutes Stück mit Gelatine, was ein relativ aufwendiger, aber hundertprozentig erfolgreicher Prozess war. Man musste das Zeug, das es in jedem Haushalt gab, nur einweichen und dann den Petticoat einige Zeit in dieser Suppe liegen lassen. Anschließend brauchte alles nur noch zu trocknen. Das dauerte allerdings. Wir hatten einen Dachboden, wo man diesen mühevollen Arbeiten relativ unbeobachtet von spießigen Familienmitgliedern nachgehen konnte. Die Mühe lohnte sich, denn schick, modisch, geschnürt und mit möglichst steif gestärkten Petticoats waren wir für die Probleme des Lebens schon ziemlich gut gerüstet.

Die Lehrer wurden halb wahnsinnig, wenn wir uns nach der

Begrüßung in der Klasse setzten, denn das Rascheln der Unterröcke wollte kein Ende nehmen. Ein Lehrer ließ sich einmal zu der Bemerkung hinreißen, man solle diese Dinger verbieten. Ein verächtliches »Buuuh!« war die Antwort – und die Petticoats raschelten gleich noch mal so laut.

Kapitel 4
Start ins Berufsleben

Die Schule in Landau habe ich 1960 mit der mittleren Reife beendet. Ich wäre gern wie manche meiner Freundinnen auch aufs Gymnasium gegangen, aber da das nun gar nicht in Betracht kam, fing ich eine Ausbildung als technische Zeichnerin an, mit dem vagen Gedanken, vielleicht einmal Architektin zu werden. Tatsächlich hatte ich früh eine Begabung für technische Zusammenhänge entwickelt und konnte stundenlang verbissen über Problemen brüten, die meine Geschwister und selbst mein Vater längst ad acta gelegt hatten. Ich war wahnsinnig stolz, wenn ich etwas geschafft hatte, an dem sich die anderen schon vergeblich versucht hatten. Diese Sturheit war oft Anlass für Gelächter zu Hause. Überhaupt hielt man sich immer an mich, wenn etwas nicht zu finden war oder sonst irgendein kleines Problem auftauchte. Dann hieß es immer: »Frag doch Uschi«, und das ist bis heute so geblieben.

Aber Technik hin oder her, insgeheim hegte ich damals schon den Traum, Schauspielerin zu werden. Ich verschlang die einschlägigen Hefte jener Zeit, wie die *Filmrevue* oder das wunderschön gemachte Magazin *Film und Frau*, das in edlen Brauntönen gehalten war und mit goldener Schrift auf der Titelseite von den Schönen und Erfolgreichen, den Berühmten und Großen aus der Welt des Films und der High-Society berichtete. Ich sammelte alles, was ich über Romy Schneider finden konnte. Ihre märchenhafte Karriere beeindruckte mich wahnsinnig, und gelegentlich habe ich mir erlaubt, davon zu träumen, auch einmal so berühmt wie sie zu werden. Ich sammelte Bilder von Mathias Fuchs, für den ich besonders schwärmte, und von Christian Wolf.

Auch die *Bravo* gab es damals schon, anders aufgemacht als heute und mit anderen Themen. In den Augen unserer Eltern war das ein total verdorbenes Blatt, oberflächlich, schädlich und vor allem unnütz. Also musste man sich das Heft heimlich besorgen. Eine der anderen Uschis hatte es immer; sie lieh es mir und erlaubte, dass ich Bilder von Stars ausschnitt, die ich dann in mein Geheimbuch einklebte.

Sogar ein Kino gab es in Landau. Es war ein Kino mit plüschigen Sitzen und einem roten Samtvorhang. Der öffnete sich immer zuerst für die *Fox tönende Wochenschau* und stellte so die Verbindung zur großen, weiten Welt her. Ich habe noch heute die Fanfare der *Fox Wochenschau* im Ohr, es war das Signal für umfassende Information in einer Zeit, da es dafür nur das Radio oder ebendie berühmte *Wochenschau* gab. Die Sprecher der *Wochenschau* hatten immer besonders dramatisch und wichtig klingende Stimmen, alles war von ungeheurer Bedeutung, was man zu sehen und zu hören bekam, und die Bandbreite der Information reichte von politischen Ereignissen bis zu irgendeinem Filmball mit großen bekannten Stars. Erst danach kam der eigentliche Film.

Das Kino kostete natürlich Eintritt, und als ich noch klein war, hatte ich wenig bis gar kein Geld. Die Betreiberin des Kinos, Frau Vilsmaier, muss oft gesehen haben, wie ich mich im Dunkeln durch den samtenen Eingangsvorhang ins Kino geschlichen habe, ohne zu bezahlen. Trotzdem hat sie beide Augen zugedrückt, und so ist meine Kinolust für immer mit dem roten Samtvorhang von Frau Vilsmaier verbunden.

Aber nicht nur als Zuschauer und Fan war ich von der Schauspielerei fasziniert, ich hatte auch ein wirkliches »Stück« im Repertoire. Es war ein Einpersonenstück und hieß *Der Professor und die Fliege*. Ich hatte es mir irgendwann mal selbst ausgedacht und spielte es allen vor, die es sehen wollten. Tatsächlich hatte ich einigen Erfolg damit und musste es in der Jugendgruppe und bei allen möglichen Anlässen immer wieder spielen, weil alle es so witzig fanden. Das Stück handelte von einem sehr zerstreuten Professor, den ich mit einem Kissen um den Bauch darstellte, wie er in seinem Zimmer arbeiten möchte und ständig von einer Fliege gestört wird. Es war natürlich weitgehend eine Pantomime, die ich da aufführte, obwohl ich auch die surrende Fliege »geben« musste, was zu einer interessanten Doppelrolle führte. Ich wurde so oft gebeten, »den Professor« zu spielen, dass ich es schließlich nicht mehr hören mochte.

Die Schule, die ich besuchte, war eine Wirtschaftsrealschule, wo man in erster Linie fit gemacht wurde für Buchhaltung, Steno, Schreibmaschine, eben für alles, was man so brauchte für ein Berufsleben. Meine Lieblingsfächer waren allerdings Mathematik, Physik und Chemie.

Dann stolperte ich eines Tages über eine Stellenanzeige, in der genau das gesucht wurde, was ich gelernt hatte, und ein nettes Gehalt wurde auch in Aussicht gestellt. Arbeitsort war Dingolfing. Dort arbeitete auch mein Vater bei der Firma Hans Glas, einer ehemaligen Landmaschinenfabrik, die nach dem Krieg das legendäre Goggomobil und sportliche Limousinen entwickelte und produzierte. Es war eine zufällige Namensgleichheit, mein Vater war mit dem Automobilfabrikanten nicht verwandt. Als die Glas GmbH Mitte der sechziger Jahre wie viele kleine Automobilhersteller in Deutschland in wirtschaftliche Schwierigkeiten kam, übernahm BMW das Werk, in dem zu Spitzenzeiten rund viertausendsiebenhundert Arbeiter die Fahrzeuge montiert hatten – und Glas-Konstruktionen festigten das Image von BMW als Hersteller sportlicher Limousinen.

Ich bewarb mich also bei der Firma Maschinen-Bayer, stellte mich vor und wurde gleich genommen. Mein Arbeitsplatz war in der Buchhaltung des Elektrogeschäfts. Maschinen-Bayer verkaufte Kühlschränke und Staubsauger und vor allem viele landwirtschaftliche Geräte.

Als begeisterter Technikfreak stürzte ich mich, wenn alles in der Buchhaltung getan war, gern ins Verkaufsgeschehen. Dieser

Leidenschaft hatte ich schon in Frau Berlebs Schuhgeschäft gefrönt, nur dass es jetzt nicht um Schuhe, sondern um hochtechnische Geräte ging, meine alte Lust. Maschinen aller Art waren damals etwas ganz Besonderes. Kühlschränke, Gefriertruhen, Wäscheschleudern und Waschmaschinen waren ziemlich neue Errungenschaften, die sich anfangs nur wenige Haushalte leisten konnten.

Ich erinnere mich noch an den Verkauf der ersten und einzigen Melkmaschine in meinem Leben und vor allem an den Bauern, der sie erstand. Er kam nämlich ziemlich oft in das Geschäft, und bald zogen mich alle auf, weil er immer nach der »Kleinen« in der Buchhaltung fragte. Als er sich dann tatsächlich zur Anschaffung der für damalige Verhältnisse irrsinnig teuren Melkmaschine entschlossen hatte, wollte er sie von mir erklärt haben, was mich in ziemliche Bedrängnis brachte. Techniklust hin oder her – ich hatte einfach keine Ahnung, konnte und wollte das aber natürlich keinesfalls zugeben. Trotzdem: Ich musste es schaffen. Ich zwang mich, ganz konsequent zu denken und die Teile nacheinander in einen logischen Zusammenhang zu bringen. Bald hatte ich mich warmgeredet und gab, immer kühner werdend, bis hin zum Pulsator grandiose Beschreibungen ab.

Der Bauer schien beeindruckt und versprach, am nächsten Tag wiederzukommen und das Ding abzuholen. Mein Chef hatte sich hinter einer Ecke verborgen meine kurzerhand erdachten Ausführungen angehört. Jetzt lachte er sich halbtot über die, wie er meinte, göttliche Eingebung, die mich gerettet hatte.

Am nächsten Tag kam tatsächlich der Bauer mit seiner Frau. Nach einem Blick auf mich junges Mädchen sagte die resolute Bäuerin etwas spitz zu ihrem Mann, Appetit könne er sich ja auswärts holen, aber gegessen werde daheim ... Als die beiden wieder draußen waren, klärten mich meine Kollegen auf, was es mit dem Appetit auf sich hatte. Ob ich denn nicht gemerkt habe, dass der Bauer immer nur meinetwegen gekommen sei? Aber die Hauptsache war, dass die Melkmaschine verkauft war und ich von Herrn Bayer die erste Provision meines Lebens ausbezahlt bekam, genau wie seine Vertreter, die direkt zu den Bauern fuhren und dort ihre Geschäfte machten.

Wenn jemand auf meine Neigung für technische Dinge aufmerksam geworden wäre und ich die entsprechende Ausbildung bekommen hätte, hätte mein Lebensweg auch ganz anders verlaufen können. Wer weiß, vielleicht wäre ich dann heute technischer Direktor bei den städtischen Wasserwerken in Dingolfing. So aber habe ich es nur zum Reparateur komplizierter Maschinen gebracht.

Mein Chef, Herr Bayer, war ein Technikfreak, er liebte alle technischen Neuerungen, und so schaffte er eines Tages eine Buchungsmaschine von Olivetti an. Das war damals, Anfang der sechziger Jahre, der letzte Schrei. Lena, die Chefbuchhalterin, stand allerdings von Anfang an auf Kriegsfuß mit diesem tollen Ding. Irgendwann zahlte es ihr die Maschine heim und sprang abends nicht mehr auf null zurück, sondern blieb einfach bei 999 999 stecken. Für einen ordentlichen Buchhalter war das die reinste Horrorvorstellung.

Ich kleines Kirchenlicht hörte mir die Klagen an. Da Lena nur halbtags arbeitete, konnte ich mich mit dem Schaden befassen und ihn zu beheben versuchen. Heimlich schlich ich mich in den Raum, wo die sündhaft teure Olivetti stand, und nahm sie sorgfältig auseinander, Schräubchen für Schräubchen. Ich klappte die Abdeckung weg und schaute in die Eingeweide. Ich tippte auf Tasten und versuchte zu ergründen, warum die sture Maschine einfach nicht bereit war, auf die Null zurückzugehen, wenn man ihr das eingab. Ich war wild entschlossen, den Fehler zu finden, und wenn ich die Maschine dafür komplett in ihre Einzelteile zerlegen musste.

So eine Maschine verfügt über ziemlich viele Einzelteile, und ich legte eins neben das andere schön ordentlich vor mich hin, mit Genauigkeit hatte ich noch nie ein Problem gehabt. Ich hatte eine Art fotografisches Gedächtnis für solche Aufgaben, und so prägte ich mir genau ein, an welcher Stelle die Teile beim Zusammenbauen wieder eingesetzt werden mussten. Während ich so dasaß, brütend und glücklich, weil ich soviel Spaß daran hatte, diese kleinen, präzisen Handgriffe zu tun und letztlich vielleicht ein großes Werk hinzukriegen – die Retterin der Buchhaltung! –, kam mein Chef zur Tür herein. Ich wundere mich noch heute, dass ihn nicht auf der Stelle der Schlag traf. Er wurde kalkweiß, rang nach Luft und musste sich am Tresen festhalten. Kaum imstande, ein Wort zu sagen, fragte er mit letzter Kraft, was zum Teufel ich hier mache, und meinte, dass ich auf der Stelle aufhören solle, mich an der wunderbarsten aller Buchungsmaschinen zu vergreifen. Ob ich überhaupt eine Ahnung hätte, was diese Maschine kostete? Von so komplizierten technischen Geräten verstünde ich ja nun wohl wirklich nichts.

Mir wurde zwar etwas mulmig zumute, aber ich wagte doch, durchdrungen von der Mission, die ich zu erfüllen hatte, ihn mit fester Stimme zu bitten, wieder rauszugehen und mich meine Arbeit tun zu lassen. Ich würde einen Fehler in der Maschine suchen, schließlich wisse er doch, dass sie nicht richtig auf null zurückgehe. Er solle mich mal machen lassen, ich würde das alles wieder ordentlich hinkriegen. Herr Bayer war so schockiert, dass er wie ein Schlafwandler den Raum verließ und mich gewähren ließ.

Tatsächlich ist es mir gelungen, das Ding zu reparieren und auch wieder richtig zusammenzubauen. Keine der zig Schrauben blieb übrig. Platzend vor Stolz führte ich zum guten Ende allen das wunderbar funktionierende Ergebnis vor. Jahre später, als ich schon längst Schauspielerin in München war und meiner alten Firma einen Besuch abstattete, erzählte Herr Bayer noch einmal

Als Schauspielerin stattete ich meinem alten Chef noch mal einen Besuch ab

diese Schauergeschichte. Ihm werde heute noch schlecht, wenn er daran denke, dass ich mich an der heiligen Olivetti vergriffen hatte.

༄

Ich war jung, ich hatte einen großen Freundeskreis, in meiner Freizeit spielte ich Tennis, und ich fand das Leben ganz rund. Das, was man einen »festen Freund« nannte, hatte ich nicht. In unserer großen Clique waren mehr Jungs als Mädchen, und ich verstand mich mit den Jungs immer gut. Partys wurden gefeiert, Rock 'n' Roll wurde getanzt und die berühmte Negermusik gehört, die den Abscheu der Erwachsenen hervorrief. Aber die fanden es ja auch einen Skandal, dass Elvis Presley seine Hüften so obszön beim Singen bewegte. Einer in der Clique, Alfred aus Wallersdorf, hatte seinen eigenen Partykeller. In dem alten Ziegelgewölbe konnten wir Bottle-Partys feiern, die damals in waren, und so laut sein, wie wir wollten. Es wurde gejazzt ohne Ende, jedes Wochenende, keinen Menschen störte das.

Eine neue große Freiheit eroberte ich mir, als ich den heißersehnten Führerschein machte. Erstaunlicherweise war mein Vater Komplize beim »Schwarzfahren« in den Wäldern, wo er sein »Zwergerl«, wie er mich liebevoll nannte, auf seinem Glas T 700 üben ließ, der sein ganzer Stolz war. Er ließ mich rückwärts einparken üben, weil er das so ungeheuer wichtig fand. Ich bin heute noch Weltmeister in dieser Disziplin. Durch diese Übungsfahrten mit dem Vater reduzierten sich meine Fahrstunden auf ein Minimum, und pünktlich zum achtzehnten Geburtstag wollte ich das ersehnte Dokument auch haben.

Als ich zur Führerscheinprüfung antrat, sagte mein Fahrlehrer, dass wir leider den schrecklichsten aller Prüfer erwischt hätten und ich garantiert durchfallen würde, denn der könne keine Frauen am Steuer leiden und so junge wie mich schon gleich gar nicht. Als ich an der Reihe war, stieg gerade eine heulende Frau aus dem Prüfungsauto. Die Voraussetzungen waren also phantastisch. Es war um die Mittagszeit in Dingolfing, und das bedeutete, dass Tausende von Radlern aus der Autofabrik Glas unterwegs waren. Und ich mittendrin! Schlimmer hätte ich es nicht erwischen können. Der Prüfer nörgelte dauernd vor sich hin, was so junge Dinger wie ich am Lenkrad zu suchen hätten, aber ein echter Fehler war mir noch nicht unterlaufen. Es war grauenhaft, aber ich zwang mich, ganz konzentriert zu bleiben und mich nicht aus der Ruhe bringen zu lassen.

Ich musste zwischen den vielen Radlern hindurch abbiegen, es war eine höllische Fahrt. Wie ein Luchs passte ich auf, dass ich nicht den kleinsten Fehler machte. Mein Kampfgeist war geweckt, ich wollte mich dem schimpfenden und nörgelnden Prüfer nicht einfach ergeben. Der wurde zunehmend ärgerlich, weil er mir so gar nichts anhaben konnte. Als er dann die kleinste Parklücke entdeckte, in die ein Auto nur hineinpassen konnte, wies er mich an, genau da einzuparken. Seine Augen funkelten vor Freude. Er setzte wohl darauf, dass ich das nicht schaffen würde. Mir wurde schummerig vor Schreck – aber wozu hatte ich denn mit meinem Vater soviel geübt? Und tatsächlich, das Auto stand wie eine Eins in der Lücke, millimetergenau – ich hatte meinen Führerschein. Und das alles ohne Servolenkung.

Trotz dieser neuen Freiheit oder gerade deshalb wuchs die Sehnsucht, nach München zu gehen. Den heimatlichen Herd zu verlassen, mich alleine in der Großstadt durchzuschlagen, das hatte was.

Nun waren zwar bereits mein Bruder Gerhard und Sigrid, meine älteste Schwester, in München, aber die waren ja auch ein paar Jahre älter als ich und hatten den Sprung gewagt. Mit meinen siebzehn, achtzehn Jahren war ich mir meiner Sache selbst gar nicht so sicher. In diesem Alter ist man auf der Suche – nach Zielen, nach Ideen, nach Anerkennung. Es ging mir gut, ich war fröhlich, hatte Freunde, einen ganz netten Job. Was also wollte ich eigentlich?

Ganz tief im Inneren rumorte es gewaltig. Sollte ich dieses angenehme Leben weiterleben? Mal nach Deggendorf oder nach Straubing in die große Welt fahren, nach Landshut ins Theater gehen, mich mit den ersten verheirateten Freundinnen und ihren kleinen Kindern treffen? Sollte ich einfach diesen netten, bequemen Weg gehen? Dazu brauchte ich nur einen der jungen Männer zu erhören, die mich durchaus heiraten wollten, selbst auch Kinder zu bekommen, Tennis zu spielen und für immer da zu bleiben, wo ich war.

Vielleicht wäre das ganz toll und wunderbar geworden, aber ich wollte etwas anderes, ich war neugierig, ich wollte raus. Irgendwie wollte ich mehr, auch wenn ich nicht genau wusste, was. Ich hatte viele Fragen und viele Träume.

Zu dieser Zeit wurde man erst mit einundzwanzig Jahren volljährig, und es stand außer Frage, dass die Eltern nach wie vor ein gewichtiges Wort mitzureden hatten bei allen Planungen und Lebensentwürfen. Aber das Naheliegendste wollte ich nicht. Einfach das Leben so anzunehmen, wie es sich gerade bot, und alles so zu tun, wie viele es taten – das konnte ich mir nicht schönreden. Das reichte mir nicht, ich wollte mehr sein als nur ein hübsches, begehrtes Mädchen.

Ich wollte etwas werden.

Ich wollte nach München.

Aber vor den Schritt, den heimatlichen Hafen, den sicheren Hort und die elterliche Fürsorge zu verlassen, die mir ein gutes Leben sichern sollte, hatte das Schicksal die Macht des väterlichen Wortes gestellt. Und mein Vater war dagegen. Ich stellte wieder und wieder fest, dass ich ebenfalls nach München gehen würde. Wenn nicht jetzt, dann eben später. Irgendwann einmal. Der Vater sagte dazu nur, dass das gar nicht in Frage komme. Er hätte genausogut auch nichts sagen können. Unbeeindruckt wiederholte ich meine Absichten regelmäßig, nach dem Motto, steter Tropfen höhlt den Stein.

So reizvoll ich mir die Großstadt vorstellte und sosehr es mich danach verlangte, in der Stadt zu sein, so beängstigend war die Vorstellung natürlich auf der anderen Seite. Wenn die Freundesclique mal in die Stadt nach München fuhr, war das unglaublich exotisch. München tickte so ganz anders als unser kleines Landau oder Dingolfing. Ich war zufällig am Marienplatz, mitten in der Stadt, als sich am 22. November 1963 die Nachricht von der

Ermordung John F. Kennedys verbreitete. Der ganze verkehrsreiche Platz erstarrte, es wurde totenstill. Die Stadt reagierte wie ein einziger großer Organismus. Sie war tot in diesem Moment. Mit der Fremde, die eine Großstadt wie München auch bedeutete, verbanden sich für mich zwei starke Empfindungen: eine gewaltige Anziehungskraft und zugleich die Furcht vor dem Schritt auf unbekanntes Terrain. Zu Hause in Landau war es zwar eng, aber alles war gesichert und warm. In Dingolfing, bei der Firma Bayer, war ich längst die Melkmaschinen-Uschi; sie mochten mich dort, bei ihnen war ich gut aufgehoben. Dass ich neben meinem Gehalt regelmäßig Provisionen für die Geräte einstrich, die ich verkauft hatte, war sehr angenehm. Die Firma war wie eine zweite kleine Familie für mich. Meine Chefs und die Kollegen mochten mich, ich mochte sie – warum wollte, sollte, wünschte ich also, das alles zu verlassen?

Kapitel 5
In der Stadt der Träume

Es geschah einmal, dass in Dingolfing ein Film gedreht wurde. Was wie ein Märchen klingt, war plötzlich Wirklichkeit: Dreharbeiten in unserer kleinen Stadt! In der Stadt, wo ich brav meiner Arbeit nachging, in der ich mittlerweile als Verkaufstalent galt, weil ich angeblich jedem alles verkaufen konnte, was Frau Bayer einmal zu dem grotesken Seufzer veranlasste, sie hoffe, die Kunden würden die Sachen nicht wieder zurückbringen, die ich ihnen »angedreht« hätte. In der Stadt, in der ich davon träumte, Schauspielerin zu werden.

Die Dreharbeiten waren eine Sensation, und natürlich sind alle, die konnten, dorthin gelaufen. Es war faszinierend, dabei zuzusehen, wie ein Film entstand. Es gab so viele Menschen dort, dass man zunächst gar nicht verstand, was sie alle machten. Und doch hatte jeder seine bestimmte Aufgabe: die Maskenbildner, die Beleuchter, der Regieassistent, die Schauspieler, der Kameramann und der Regisseur. Wie bei einem fein abgestimmten Räderwerk griff alles ineinander.

Bei dieser Gelegenheit bin ich mit dem Kameramann ins Gespräch gekommen und habe auch seinen Assistenten kennengelernt, den Hannes Fürbringer, Sohn des berühmten Schauspielers Ernst F. Fürbringer. Hannes erzählte mit einer großen Selbstverständlichkeit vom Filmen, denn durch seinen Vater dürfte er das ganze Geschäft von Kindesbeinen an gekannt haben. Wir wollten alles wissen und fragten ihm Löcher in den Bauch: Wie funktioniert dies? Warum muss man das oder jenes tun? Ich konnte gar nicht genug bekommen von dieser faszinierenden Welt.

Damals fing etwas an in mir zu ziehen, wie ein Gummizug, der mich unweigerlich immer näher an diese neue und fremde Atmosphäre heranbrachte. Das gefiel mir alles so sehr, und als Hannes Fürbringer mir riet, nach München zu kommen und bloß nicht auf dem Land zu versauern, Melkmaschinen zu verkaufen und die Buchführung für Maschinen-Bayer zu machen, war das natürlich Wasser auf meine Traummühlen. Das war es, was ich hören wollte und was ich brauchte: jemand, der mich ermunterte, der es ganz normal fand, nach München zu gehen, weil man sich einfach dafür entscheiden konnte, das zu tun. Wenn man wollte.

Ganz so einfach war es nicht. Aber ich musste das hinkriegen. Letztlich sollten mich meine Dickschädeligkeit, mein Wille und mein Durchhaltevermögen zum Sieg führen.

Ich habe tatsächlich durchgesetzt, nach München zu gehen. 1964, mein Schicksalsjahr.

ॐ

Mein Leben in München fing mehr als bescheiden an, und es sollte noch für lange Zeit sehr bescheiden bleiben. Außerdem war es arbeitsreich, sehr arbeitsreich.

Mein Weggang von zu Hause war schwierig gewesen, aber zuletzt stimmte mein Vater dann doch zu. Er war besorgt, aber er gab nach. Und das Wichtigste von allem: Mein Vater konnte dagegen sein, dass ich etwas Bestimmtes unternahm, aber trotz allem gab er mir immer das sichere Gefühl, dass ich zu jeder Zeit und ohne Vorbehalt mit Rückendeckung und Hilfe von zu Hause rechnen konnte. Daheim stehe die Tür jederzeit für mich offen, hat er zum Abschied gesagt.

Dieses Wissen macht das eigene Rückgrat ganz schön stark, gibt Sicherheit und hat mich manche kitzlige Lebenssituation leichter bestehen lassen. Das war mein anderer Gummizug, fest verankert bei den Eltern.

ॐ

Sigrid und Gerhard, die ältesten von uns Geschwistern, arbeiteten schon in München, nur Heidi hielt noch die Stellung zu

Hause. Ich fand einen Job in einer Anwaltskanzlei, wo ich meine Freundin Dörte kennenlernte. Mir gefiel es dort allerdings nicht besonders, so dass ich schon bald zu einem Fuhrunternehmen wechselte.

Ich war zwanzig Jahre alt, endlich in der Stadt meiner Träume gelandet und hatte einen Job, mit dem ich zwar keine Reichtümer verdienen konnte, aber einigermaßen zurechtkam. Bald hatte ich auch einen großen, bunten und sehr anregenden Freundeskreis, denn Hannes Fürbringer nahm mich zu seinen Freunden mit. Das war eine Clique von Kameraleuten, Fotografen und viel verrücktem anderen Volk, die alle gleich wild auf Kino, Kino, Kino waren. In München gab es ein paar mehr Kinos als in Landau, und ich ging sooft ich konnte hinein, sah alle Filme, die liefen, und war selig, wenn mir einer was von Dreharbeiten erzählte, von der bunten Wunderwelt.

Damals lernte ich Sigi Hengstenberg kennen, die heute zu den besten Fotografen Deutschlands zählt. Wir sind nach wie vor befreundet und arbeiten immer noch intensiv zusammen. Auch

Als »Münchner Mädchen« in der *Quick*

der Regisseur, Schauspieler und Fotograf Roger Fritz war dabei. Er hat das erste Foto von mir gemacht, das in einer Illustrierten veröffentlicht wurde. Die *Quick* illustrierte damit einen Artikel zum Thema »Münchner Mädchen – Fräulein Wunder«.

Das war ein Leben, wie es mir gefiel. Zwar war mein Geld meistens schon in der Mitte des Monats aufgebraucht, aber dann gab es halt trocken Brot und Milch, das machte nichts. Mir machte alles Freude, der Beginn der sechziger Jahre war schon ein gutes Stück entfernt vom Mief des Jahrzehnts davor. Die sogenannten Halbstarken hatten mit ihrer Randale bei Rockkonzerten als erste die Generation unserer Eltern in Angst und Schrecken versetzt. Auch die sogenannten Schwabinger Krawalle vom Juni 1962 hatten schon Schlagzeilen gemacht; richtiggehende Straßenschlachten zwischen Jugendlichen und Polizisten waren das gewesen, ausgelöst durch das harte Vorgehen der Polizei gegen Straßenmusikanten. Das war eine unvorstellbare Erschütterung, aber es war nur ein schwacher Vorgeschmack auf das, was kommen sollte. Der große Generationskonflikt war noch nicht ausgebrochen. Noch hielt sich alles in überschaubaren Grenzen. Aber es brodelte bereits.

Wir haben nächtelang diskutiert und uns die Köpfe heiß geredet. Aber wir lebten auch ein heiter-wildes Stück Schwabing, voller Lust am wahren Vergnügen.

Auf dem Weg zu meinen Träumen war ich schon ein wenig weitergekommen, wenn ich auch noch immer nicht mit letzter Klarheit wusste, was ich eigentlich wollte. Zumindest war ich glücklich, freute mich über ein abwechslungsreiches Leben, tat meine Arbeit ganz gern und fühlte mich einfach gut. Ich stand auf eigenen Füßen, musste mir mein Leben einteilen, mein Geld auch, und für mich sorgen. Hier war keine Mutter mehr, die mir etwas abgenommen hätte.

In Bogenhausen hatte ich ein eigenes kleines Zimmer im sogenannten Souterrain gemietet. In Wirklichkeit lag es natürlich ganz klar im Keller. Aber selbst das wurde mir schnell zu teuer. Das Geld reichte vorn und hinten nicht, selten kam ich bis zum Monatsende damit aus. Irgendwie ging es trotzdem, dass man sich so durchmogelte, und zur Not musste ich eben zaubern. Wie man das machte, kannte ich ja von meiner Mutter. Und zur Not gab es immer noch ein Glas selbsteingemachtes Kompott von meiner Mutter – da wurden dann halt Apfelmustage eingelegt. Da Dörte, die Kollegin aus der Anwaltskanzlei, auch immer finanzielle Engpässe hatte, beschlossen wir, uns eine Wohnung zu teilen. Also zog ich zu Dörte und wohnte mit ihr in Schwabing, Schelling-, Ecke Augustenstraße. Das war schönstes München, mitten in der Welt und nah genug, um alles machen zu können. Genau so hatte ich es mir immer ausgemalt.

Nach der Büroarbeit stürzte ich mich ins berühmte Highlife in Schwabing. Die Leopoldstraße war der Nabel der Welt, die Cafés quollen über vor Studenten und Flaneuren aller Art. Jeder, der dabeisein wollte, musste sich an den einschlägigen Plätzen sehen lassen, nachmittags zum Kaffee, Eis oder Bier, abends in den Kneipen, die dort am Weg lagen und einen Hauch von internationalem Großstadtflair verbreiteten. Die Mischung, die München damals bot, war absolut einmalig in Deutschland. Nirgendwo sonst gab es das, dass die einen auf Stühlen im Freien saßen und ihren Kaffee schlürften und die anderen beobachteten, die immer wieder die Leopoldstraße auf und ab fuhren, im VW-Cabrio vielleicht gar, und ihrerseits die taxierten, die sich da cliquenweise versammelt hatten. Es war das reinste Schaulaufen.

Der wichtigste Platz war das Café Europa an der Ecke Franz-Joseph- und Leopoldstraße. Hier hatte man den Überblick über fast alles und alle, jeder kannte jeden. Das klingt nach Kleinstadt im Großformat, und ein wenig dörflich war dieser Schwabinger Flaniermarkt der Eitelkeiten tatsächlich. Wahrscheinlich macht genau das den Charme aus, den sich diese Ecke von München bis heute bewahrt hat.

Wir haben wild diskutiert über alles, was das Leben hergab, über Politik, über Beziehungen und Liebschaften genauso wie über die neuesten Filme – mein Lieblingsthema. Eines Tages nahm mich Hannes Fürbringer zu einer Filmpremiere mit. Ich fand es atemberaubend, zum ersten Mal in meinem Leben bei so einem aufregenden Ereignis dabei zu sein. Hinterher waren wir alle zur Premierenfeier eingeladen. Ich habe nur noch in Erinnerung, dass es sich um einen Episodenfilm gehandelt hat, über den sich viele am Tisch ziemlich begeistert äußerten, und dass der große Star Curd Jürgens auch mitgespielt hatte. Alles redete durcheinander, jeder hatte etwas zu sagen, und ich, Obergrünschnabel, der ich war, fiel über eine Szene her, die mir gar nicht gefallen hatte. Da ich ein Kinofreak von gewaltigen Ausmaßen war, legte ich los und erklärte, dass da irgendwelche Gefühle nicht gestimmt hätten und dass man das ganz anders hätte machen müssen und ich das eben so sähe. Punktum.

Mit meinen zwanzig Jahren hatte ich wahrlich die Kompetenz, mich als Filmkritikerin aufzuspielen. Ein mir völlig unbekannter Mann fragte interessiert nach, wie ich das denn alles meinte und ob ich was mit Film zu tun hätte. Auf seine Frage, ob ich schauspielern könne, antwortete ich ziemlich dreist mit einem klaren »Ja«. Da war weiß Gott der Wunsch der Vater dieser Antwort.

Ich erklärte dem Unbekannten, was ich falsch fand, er widersprach mir, ich wieder ihm, und so waren wir im Nu mitten in einer heißen Diskussion. Er schien mit der Zeit ein bisschen wütend zu werden, aber das war mir ziemlich egal, ich sagte einfach meine Meinung.

Dann erzählte ich ihm auch von mir. Dass ich Kino »fresse«, in alle Filme gehe, die ich nur sehen konnte, dass ins Kino zu gehen einfach das allergrößte Vergnügen für mich bedeutete und dass ich gerne eine richtige Schauspielerin werden würde. Im Augenblick sei ich aber noch nicht soweit, ich hätte da schon noch an mir zu arbeiten und würde einstweilen meinen Lebensunterhalt als Sekretärin verdienen. Das war ja nun nicht ganz gelogen, nur ein bisschen geflunkert.

Der unbekannte Mensch fragte mich, ob ich mir denn zutrauen würde zu spielen, und natürlich zögerte ich keine Sekunde, die Frage mit dem ganzen Selbstvertrauen meines jungen Lebens sofort wieder mit Ja zu beantworten. Der große Unbekannte meinte, er wolle mal über alles nachdenken, und dann sehe man schon mal. Stand auf und ging.

Ich fand dieses Gespräch großartig und war sehr zufrieden mit mir.

Doch kaum war der Unbekannte fort, fielen die anderen über mich her und fragten, ob ich eigentlich total verrückt geworden sei und überhaupt keine Ahnung habe, wer das sei? Natürlich nicht, ich war ja wirklich ahnungslos. Also klärte man mich auf: Dies sei Horst Wendlandt, er sei bei Rialto-Film, und die hätten diesen Film produziert, außerdem sei er der Produzent von allen Edgar-Wallace-Filmen und vor allem von *Winnetou*, und überhaupt sei das peinlich, wenn ich so gescheit daherredete. Ich verstünde schließlich nun auch nicht so viel vom Film, dass ich gleich sein neuestes Werk verreißen müsse ...

Groß gekümmert hat mich das nicht. Was war denn schon passiert? Ich hatte meine Meinung gesagt – na und?

෴

Meine Zimmerkollegin Dörte und ich teilten uns zwar getreulich die Kosten, kamen allerdings auch zu zweit nicht so furchtbar gut zurecht. Ab Monatsmitte brannte es oft lichterloh bei uns beiden, wir legten zusammen, so gut es ging, und ernährten uns nur noch von trockenen Semmeln, wenn es sein musste. Das haben unzählige andere auch so erlebt. Die meisten unseres Alters waren nicht so gut eingesäumt.

Allerdings leisteten wir uns den Luxus eines Telefons. Einen

Telefonanschluss zu haben war damals nicht selbstverständlich. Und dass wir einen hatten, hieß noch lange nicht, dass er auch funktionierte. Denn natürlich passierte es wieder und wieder, dass wir nicht erreichbar waren, weil die Telefonrechnung nicht pünktlich bezahlt wurde. Das war immer so peinlich, weil eine Ansage den Anrufer darüber informierte, dass der Telefonanschluss »vorübergehend nicht erreichbar« sei. Da wusste natürlich jeder gleich, warum: Die Telefonrechnung war mal wieder nicht bezahlt.

An dem Tag, als ein Anruf aus Berlin kam, von einer Frau Busch von Rialto-Film, war der Anschluss aber erreichbar, die Rechnung also bezahlt. Ich war nicht da, aber Dörte war gerade zu Hause. Diese Frau Busch fragte nach mir, weil sie ein Drehbuch zu verschicken habe an Frau Ursula Glas, und wollte wissen, ob die Adresse und der Name richtig seien. Abends erzählte mir Dörte kichernd von dem Anruf. Mir war nicht besonders wohl zumute bei der Geschichte. Ich hatte das blöde Gefühl, dass mich einer aus der Clique reinlegen wollte. Denn natürlich lachten die Freunde manchmal über mich und machten ihre Witze über meinen Filmfimmel, wie sie es nannten. Und schließlich: Warum sollte jemand aus Berlin für mich anrufen und mir braver Sekretärin ein Drehbuch schicken wollen? Ich hörte schon das schallende Gelächter, wenn ich auf den blöden Trick reinfiele. Also verdonnerte ich Dörte zu absolutem Stillschweigen, verdrängte die Geschichte und wartete.

Doch dann kam ein dickes Kuvert aus Berlin mit einem Drehbuch drin. Ich hatte in meinem Leben noch nie ein Drehbuch gesehen, und selbst, als ich es in der Hand hatte, dachte ich immer noch, es könnte sich irgend jemand einen ganz üblen Scherz mit mir erlauben. Ich konnte mir überhaupt keinen Reim auf die ganze Geschichte machen.

Aber zu dem Drehbuch gab es auch einen Brief, in dem stand, ich möge das Ganze doch einmal durchlesen, man denke an die

Rolle der »Mary-Ann«, die ich in dem Edgar-Wallace-Film *Der unheimliche Mönch* verkörpern sollte. Unterschrieben von Horst Wendlandt.

Mir wurden die Knie weich, dann wurde mir schwindlig, dann überlegte ich noch mal, wer sich einen windigen Scherz mit mir erlauben könnte, und dann nahm ich das Ganze noch mal in die Hand und las alles von vorn bis hinten durch. Natürlich war das die Miniausgabe einer Rolle, aber jemand meinte da etwas ernst mit mir. Anscheinend. Und da Unterschrift, Poststempel, Drehbuch und der vorangegangene Anruf nicht alle dem Gehirn eines Menschen entsprungen sein konnten, der mich in die Pfanne hauen wollte, musste das alles wohl wahr sein. Zumindest so wahr, dass ich es wagen konnte, Frau Busch in Berlin anzurufen und mit einigermaßen fester Stimme zu sagen, dass ich die Rolle in dem Edgar-Wallace-Film gern übernehmen würde.

Kapitel 6
Die ersten Schritte beim Film

Im März 1965 wurde ich einundzwanzig – Volljährigkeit! Die kleine Uschi aus Landau an der Isar, die als Sekretärin in München beim Fuhrunternehmer Wamprechtshammer arbeitet und ansonsten in ihrer Freundesclique in München-Schwabing und näherer Umgebung fröhlich ist, kriegt auf einmal einen Zipfel von dem zu fassen, wovon sie manchmal geträumt hat und wovon sie jetzt, wo es wahr zu werden scheint, fürchtet, dass es wahr werden könnte: das Angebot, in einem Film mitzuarbeiten. Ganz ernsthaft, ohne Abstriche, ohne Fallen und Finten. Fassen konnte ich das alles nicht.

Nachdem ich zugesagt hatte, bei *Der unheimliche Mönch* mitzumachen, ging eine Routine los, die mich blutigen Neuling in tiefste Nöte und Unsicherheiten stürzte. Da rief etwa jemand an und stellte mir Fragen zu meiner Garderobe: ob ich ein Reisekostüm hätte? Und einen Trenchcoat? Ich sagte zu allem einfach ja, weil ich nichts verstand. Damals musste man für so eine kleine Rolle seine eigene Garderobe mitbringen, und meine war nun so überaus üppig eigentlich nicht.

Dann meldete sich ein bärbeißig klingender Mann, Kerz sei sein Name, er sei der Aufnahmeleiter, und wohin er mir die Fahrkarte nach Hameln schicken solle. Hameln? Außer dem berühmten Rattenfänger fiel mir nichts dazu ein. Ich hatte kaum eine Ahnung, wo das war, und konnte mir überhaupt nicht vorstellen, dass dort ein Film gedreht werden sollte, irgendwo in der Pampa, wie mir schien.

Dann schwebte ich wieder auf Wolke sieben. Film! Ich mittendrin! Wenn ich ins Kino ging, steckte ich immer noch lange danach im Geschehen, und nun sollte ich selbst von Anfang an dabei sein. Mir war ständig schwindlig vor Aufregung, denn immer noch hatte ich im Hinterkopf das beängstigende Gefühl, es könnte sich letztlich doch alles in Luft auflösen. Aber das war nicht der einzige Grund, weshalb ich solche gewaltigen Wechselbäder an Gefühlen durchlebte. Es gab da noch zwei andere Hürden zu überwinden, die eine in Gestalt meiner Eltern, oder besser: meines Vaters, die andere in Gestalt meines Chefs, des Herrn Wamprechtshammer.

Rialto-Film teilte mir mit, dass ich zu einem bestimmten Datum in Hameln zu sein hätte, eine Woche würde ich dort für Außenaufnahmen gebraucht. Später müsste ich dann noch einmal kommen, dann aber nach Berlin, ins Studio.

Für die Eltern-Hürde hatte ich mir einen Plan zurechtgelegt. Ich war im März 1965 volljährig geworden und brauchte deshalb nicht zu befürchten, man könnte mir rundheraus verbieten, den Vertrag zu unterschreiben, zum Drehen zu fahren und so weiter. Aber volljährig hin oder her: Ich hatte ein enges Verhältnis zu den Eltern, und sie wussten natürlich Bescheid über die Wege, die ich ging. Ich aber wusste auch Bescheid, dass nämlich bei den Wörtern »Film« und »Schauspielerei« sämtliche roten Lichter im Kopf meines Vaters angehen würden und ich sofort in grässlichste Erklärungsnot käme. Also beschloss ich, nach Hameln zu fahren und erst von dort aus die Eltern über meinen Ausflug ins Filmgeschäft zu informieren. Es kam genau so, wie ich es befürchtet hatte. Ich rief aus Hameln an, sprach mit meiner Mutter, berichtete etwas stockend, wo ich war und was ich hier tat. Meine Mutter gab sofort den Hörer an meinen Vater weiter, der wie erwartet die roten Lampen angehen sah – rot in dem Sinn wie damals bei der Szene an unserer Haustür – und verkündete, er sei entschieden dagegen. Und er wolle bloß nirgendwo, aber auch wirklich nirgendwo, etwas in einer Zeitung lesen müssen über diesen Ausflug seiner Tochter ins Filmgeschäft. Das war kein Problem, dachte ich, aber ich hätte mir doch gerne seinen Segen abgeholt.

Diesen Segen bekam ich zu guter Letzt dann doch: In einem Brief, den mir mein Vater nach Hameln schrieb, bekräftigte er zwar noch mal, dass er sich einfach Sorgen mache um mich, aber er wünsche mir doch alles Gute, denn gegen meinen Dickkopf komme sowieso niemand an. Diese Zustimmung, so »erzwungen« sie auch sein mochte, war mir wichtig. Ich hätte ja in meinem Alter tun und lassen können, was ich wollte, aber ich wollte immer, dass meine Eltern wussten, was ich mache, und irgendwie auch damit einverstanden waren.

Sehr viel schwieriger war die Hürde mit meinem Chef, dem Fuhrunternehmer Wamprechtshammer, zu nehmen. Ich arbeitete gerne dort, hatte einen guten Job, der mir Spaß machte, und eine extrem nette Kollegin, mit der ich mir die Arbeit im Büro teilte. Sie war für die Immobilien zuständig und ich für das Fuhrgeschäft. Es mussten Lastwagen eingeteilt werden, die in Kiesgruben fuhren, manchmal musste ich aber auch die Fahrer, möglichst gleich sechs auf einmal, zum Abholen neuer Lkws nach Kassel kutschieren. Dabei war ich mit allen gut Freund und hatte das sichere Gefühl, gebraucht zu werden. Um so weniger konnte ich so ohne weiteres Urlaub nehmen oder gar den ganzen Job sausen lassen, nur weil ich einmal im Leben diese Chance zum Filmen bekam.

Als der Zeitpunkt immer näher rückte, an dem ich Farbe bekennen musste, nahm ich meinen ganzen Mut zusammen, ging zu Herrn Wamprechtshammer und bat ihn um eine Woche unbezahlten Urlaub. Er war fassungslos und fragte, wozu das denn gut sei? Schließlich erklärte ich ihm die Sache. Daraufhin lachte er fürchterlich und spottete im breitesten Bayerisch, ob ich wirklich glaubte, dass »die da oben« ausgerechnet auf mich gewartet hätten. Ich sollte lieber wieder an die Arbeit gehen. Weil ich aber bettelte und drohte, er solle mir unbezahlten Urlaub geben, sonst käme ich vielleicht nie wieder, kam er ins Überlegen. Schließlich sagte er: »Ich weiß schon, dass du stur bist, da kann man nichts machen, so bist' halt. Also, wenn'st ganz sicher wiederkommst, dann meinetwegen.« Damit gab er mir seinen nicht ganz freiwilligen Segen zu der Unternehmung. Ich wiederum versprach ihm glücklich, auf jeden Fall wieder zurückzukommen in die Firma und meine Arbeit weiter zu tun wie bisher. Das besiegelten wir mit Handschlag.

So bin ich also nach Hameln abgedampft. Mit gehörigem Herzklopfen. Das Drehbuch habe ich wohl zwanzigmal gelesen, und meine Rolle gebüffelt bis zum Umfallen. Am Ende konnte ich das ganze Drehbuch auswendig. Kurz bevor ich in Hameln ankam, streifte mich noch einmal, ein allerletztes Mal, der Gedanke, die ganze Clique aus München könnte da stehen und sich halb totlachen, wie ich als hoffnungsfroher Filmstar aus dem Zug stieg.

Es war einerseits wie im Märchen, andererseits haben mich immer wieder nagende Zweifel befallen, wieso ausgerechnet die kleine Helga Ursula Glas, Sekretärin, wohnhaft Schelling-, Ecke Augustenstraße in München-Schwabing, die keiner kannte, plötzlich in einem Film erscheinen sollte, in dem sich höchst illustre Namen aus der Filmwelt tummelten. Und wie illuster die waren: Hauptdarstellerin war Karin Dor, ein Star zu jener Zeit, außerdem spielten Harald Leipnitz, Siegfried Lowitz, Dieter Eppler. Es gab drei Anfängerinnen: Dunja Rajter, Susanne Hsiao – die spätere Frau von Harald Juhnke – und mich.

Am Bahnhof in Hameln wartete keine Abordnung, um mich zu verlachen. Die letzten dummen Zweifel waren endgültig verflogen, aber natürlich war ich wahnsinnig unsicher. Weder wusste ich, was ein »Set« ist, noch, wie ich mich verhalten sollte. Der grobe Herr Kerz, der mich schon bei seinem Anruf in München so eingeschüchtert hatte, holte mich ab. Er war saugrob, und ich hatte einen gewaltigen Respekt. Dass er in Wahrheit ein Herz aus Gold hatte und überhaupt nicht grob war, habe ich erst viel später begriffen. Zu seinem Erscheinungsbild, das so rauh war, passte die Story gut, dass er früher mal Krokodilfänger in Australien gewesen war – da wird man vielleicht etwas rauher im Ton.

Zunächst einmal wurde ich der Kostümbildnerin Irene Pauli vorgestellt. Alles, was ich dabeihatte, wurde von Frau Pauli genauestens besichtigt, mein bescheidenes kariertes Kostüm ging tatsächlich als »Reisekostüm« durch, die Schuhe waren auch genehmigt, und dann schlich ich auf mein Zimmer, wo ich nun zum einundzwanzigsten Mal das Drehbuch las. Mulmig war mir zumute, fremd fühlte ich mich, und zu allem Überfluss stand mir der Anruf bei den Eltern noch bevor, was auch nicht gerade zur Hebung meiner Stimmung beitrug, die eine Mischung war aus Angst und höchster Spannung.

֎

Für den Abend war ein Treffen aller Mitarbeiter und Schauspieler angesagt, die an diesem Wallace-Film mitwirkten, und ich saß, glühend vor Bewunderung, neben Dieter Eppler. Scheu und aufgeregt, wie ich war, wagte ich kaum, ihn anzusehen. Alle saßen da, die ich nur aus Filmen oder aus Zeitschriften kannte: der Lowitz, der Leipnitz, die schöne Karin Dor – und ich, das Mädel aus München mit der absoluten Null-Erfahrung.

Dieter Eppler war unglaublich nett zu mir, und darum habe ich mir nach einer Weile ein Herz gefasst und ihm gestanden, dass ich noch nie im Leben einen Film gemacht hatte. Und dass ich gar nicht wüsste, was ich tun müsste, und außer ihm das niemandem zu erzählen wagte. Er wandte sich mir zu, voller Freundlichkeit, ganz ruhig und geduldig, und fing zu erklären an, was ich wirklich beherzigen sollte.

Er sagte, ich müsse den Text so gut beherrschen, dass ich ihn leben könne, und zwar jederzeit. Wenn man mich nachts aufwecken oder mich jemand anstupsen würde, dürfte ich über den Text nicht mehr nachdenken, er müsse in mir sein, erst dann könne man die Figur, die man darstellen soll, mit Leben ausfüllen. Texte dürfe man nie »sprechen«, sondern müsse sie sich zutiefst einverleiben. Erst dann werde der Schauspieler glaubwürdig. Das war sein Credo, und das war sein Rat an mich.

Von Dieter Eppler bekam ich an diesem Abend meinen allerersten Schauspielunterricht, und ich bin ihm für diese Ratschläge bis zum heutigen Tag dankbar. Er hätte ja auch ganz anders reagieren und mich für eine dumme Gans halten können, die unbedarft inmitten ausgebildeter Schauspieler sitzt. Aber er verhielt sich wie ein großer Kollege zu mir.

Am nächsten Tag war Drehbeginn. Ich war mit meiner Minirolle nicht gleich dran, und so bat ich den grummeligen Herrn Kerz, ob ich bei den Aufnahmen zuschauen dürfe. Ob ich dabei war oder nicht, schien ihm völlig gleichgültig zu sein, aber für mich war es wichtig zu sehen, wie alles abläuft am Drehort, auf dem sogenannten Set.

Beim Fotografiertwerden muss man posieren, mit der Kamera spielen, vielleicht sogar direkt in die Kamera hineinschauen. Ein Schauspieler jedoch schaut genau nicht in die Kamera, wenn er spielt, sondern er ignoriert sie und bewegt sich so natürlich wie möglich, wie im normalen Leben.

Begierig saugte ich alles auf, was geschah. Gleich am ersten Tag spielten Harald Leipnitz und Karin Dor. Eine Kamera war auf einer Schiene aufgebaut und begleitete die Schauspieler. Dann kam der Clou – Karin Dor musste eine Schiene überqueren, sie schwebte förmlich darüber, kein Blick nach unten, traumwandlerisch sicher ging sie. Nicht nur die Kamera, auch die Schiene durfte praktisch nicht vorhanden sein.

Ich passte sehr genau auf, was die Profis taten, wie sie gingen, standen, sich anschauten, spielten. Ich war hochkonzentriert und sicher nicht eine einzige Sekunde unaufmerksam.

Am nächsten Tag waren wir Greenhorns dran, Susanne Hsiao, Dunja Rajter und ich. Unsere Rollen war klein, und wir mussten einfach ins kalte Wasser springen, aber keiner meckerte. Es war ganz klare, harte Arbeit, und wenn eine Aufnahme nicht passte, wurde die Szene eben wiederholt. Uns flogen Begriffe um die Ohren, die wir kaum verstanden: noch eine »Halbtotale«

oder ein »Close up«, ein »Gegenschuss« – wir durften uns gehörig anstrengen, so schnell wie möglich alles zu kapieren und aufzunehmen.

Ich bekam ein »Close up«, das heißt, dass zum ersten Mal die Klappe vor meiner Nase geschlagen wurde und die Kamera mich in Großaufnahme filmte. Ich bat um göttlichen Beistand, dass ich mich nicht ausgerechnet jetzt versprechen würde. Dieter Eppler, mein Schauspiellehrer vom ersten Abend, hatte mich nicht verraten, und so wusste niemand, dass ich keine Ahnung hatte und dringend auf Ratschläge angewiesen war. Der Regisseur des Films, Harald Reinl, der Mann von Karin Dor, gab ruhig seine Anweisungen, und ich bemühte mich, zu tun, was man von mir verlangte, und diszipliniert den Anweisungen zu folgen.

Am Abend nach diesem ersten Drehtag machte mich eine freudige Erschöpfung zwar müde, aber auch ausgesprochen glücklich. Es war wunderbar, was ich zu tun hatte, und ich war voller Spannung, aber zugleich innerlich wie gebremst. Das kam daher, weil ich mir selbst gegenüber kritisch blieb. So gelang es mir, nicht übermütig zu werden, sondern bei allem Hochgefühl immer im Hinterkopf zu behalten, dass die nächste Stolperstufe ganz bestimmt noch kommen würde. Immer schön bescheiden und aufmerksam bleiben.

In dieser ersten Woche als »Filmschauspielerin« lernte ich eine ganze Menge. Schließlich hielt ich meine neugierige Nase tief rein in alles, was sich mir darbot, und las für mich auf, was mir wichtig schien, auch Abstoßendes war darunter. So saß die ganze Crew, einschließlich der bekannten Stars, eines Abends im Hotel beim Essen, als plötzlich ein Kind vorbeikam und einen jener Berühmten fragte, ob es bittschön ein »Telegramm« haben könnte. Da verlor dieser damals sehr bekannte Schauspieler jegliche Contenance und herrschte das kleine Wesen an: »Erstens heißt das nicht ›Telegramm‹, sondern ›Autogramm‹, und zweitens habe ich ein Recht, in Ruhe zu essen. Was fällt dir ein, mich hier einfach zu stören!« Uns anderen am Tisch sind fast Messer und Gabel aus der Hand gefallen, weil der berühmte Kollege gar so wütend war, und das Kind, den Tränen nahe, schlich wie ein begossener Pudel zu seinem Tisch zurück.

Die Stimmung war natürlich hin, niemand hatte mehr Spaß an dem Zusammensein. Ich dachte mir, wenn je im Leben einer von mir ein Autogramm haben will, dann soll er es immer und jederzeit bekommen.

୫ଧ

Die Woche in Hameln war schnell um, und danach musste ich nur noch mal für zwei Tage nach Berlin. Wie versprochen kehrte ich nach München zurück und zur Firma von Herrn Wamprechtshammer. Der Film war fertig, die Episode war beendet, und nun organisierte ich wieder ganz brav meine Lastwagenfahrten und heftete Stundenzettel ab – das war's wohl gewesen.

Zwar habe ich mich immer wieder ermahnt, nicht zu viele Wünsche mit mir herumzuschleppen, aber trotzdem habe ich natürlich weiter geträumt. Dann wieder war ich voller Zweifel, ob ich überhaupt Talent zur Schauspielerei hatte. In den schlimmsten Träumen stellte ich mir vor, dass ein Anruf käme, mit dem man mir mitteilte, dass der ganze Film weggeschmissen werden musste wegen mir.

Ich lebte ohne Netz und ohne doppelten Boden. Ich musste arbeiten, mein Geld verdienen fürs tägliche Leben, und weit und breit war niemand, der mir eine finanzielle Basis hätte geben können. Das musste ich schon alleine bewältigen. An den Besuch einer Schauspielschule war unter diesen Umständen nicht zu denken. Das war einer meiner großen Träume, der keine Chance auf Verwirklichung hatte.

So nahm ich also den Ausflug als eine schöne Unterbrechung, nicht einmal meiner treuen Clique habe ich viel davon erzählt, obwohl die Freunde natürlich wissen wollten, wie es war, wen ich getroffen hatte und ob es etwas mit Perspektive wäre. Ich wollte die ganze Sache für mich behalten, wollte diese aufregende Erfahrung mit den Dreharbeiten nicht zerreden.

Frühzeitig etwas aufzugeben war noch nie mein Ding, aber was meine Schauspielkarriere betrifft, sind so viele Zufälligkeiten und so viele merkwürdige und mehr als glücklich zu nennende Umstände zusammengekommen, dass es fast unwirklich klingt.

Viele Wochen waren seit der Filmerei vergangen, als eines Tages das Büro von Herrn Wendlandt anrief, der Chef selbst wolle mich sprechen. Der berlinerte kräftig ins Telefon, nannte mich »Kleene«, sprach davon, dass ja alles ganz gut geklappt habe, und dem Verleih, der Constantin-Film, hätten die Muster ebenfalls ganz gut gefallen. Rialto-Film gehörte damals einem Dänen, Preben Philipsen, dem gefiel ich anscheinend auch, jedenfalls erzählte mir Wendlandt, man sei der Meinung, aus der »Kleenen« könnte noch was werden. Mir wurde heiß und kalt, ich freute mich natürlich irrsinnig, hatte aber gleich schon wieder innerlich die Bremsen angezogen.

Dann kam's: Horst Wendlandt bot mir einen Vertrag an, der mir eine zweijährige Ausbildungszeit garantierte mit anschließender fünfjähriger Option. Im Klartext hieß das, dass ich zwei Jahre lang Schauspielunterricht bekommen und Gesang, Tanzen, Singen und alles Handwerkszeug lernen könnte; während dieser Zeit würde ich mit einer Art Taschengeld ausgestattet. Im Gegenzug müsste ich dann anschließend alle Rollen, die ich bekäme, mit Rialto gegenrechnen, also das Geld, das die Firma in mich investierte, wieder zurückverdienen. So einen Vertrag nannte man Hollywood-Vertrag, weil die Großen wie MGM oder Warner Brothers solche Verträge machten.

Wendlandt legte mit den Worten auf, man würde mir gleich in den nächsten Tagen den Vertrag zuschicken, und ich solle möglichst bald unterschreiben, damit alles gleich auf den Weg gebracht war.

Was hatte dieser Mensch gesagt? Vertrag? Unterschreiben? Es war Wahnsinn, plötzlich konnte ich all das machen, wovon ich immer geträumt hatte! Ich musste das Leben neu ordnen – und meine Zusage, mein »Schwur« an Herrn Wamprechtshammer, ganz bestimmt bei ihm zu bleiben? Nach meinem einmaligen Ausflug ins Filmgeschäft?

Das Kuvert von Rialto-Film kam. Ich wollte es gar nicht öffnen, ließ es liegen, schlug einen Bogen darum herum, steckte es unter irgend etwas anderes, machte es unsichtbar. Nicht hinschauen, nicht wahrnehmen, erst mal wegsperren, war mein erster Reflex, und ich muss gestehen, dass ich das noch öfter im Leben so gemacht habe. Man weiß zwar, dass die Wirklichkeit einen in jedem Fall einholt, aber mit dieser etwas albernen Verhaltensweise kann man sich noch eine kleine Pause gönnen, bevor es ernst wird.

Irgendwann kam ich nicht mehr darum herum, zu lesen, was man mir vorschlug. Mir gingen die Augen über. Denn mit diesem Angebot hatte sich das Problem erledigt, dass ich mir nie eine Schauspielausbildung würde leisten können. Ich bekam nicht viel Geld während der zwei Ausbildungsjahre, aber immerhin etwa so viel, wie ich bei Herrn Wamprechtshammer verdiente, und dafür konnte ich lernen, lernen, lernen – alles, wovon ich immer geträumt hatte, schien nun greifbar nahe.

Die Erfüllung aller Träume also? Ja. Das Dumme war nur, dass ich Herrn Wamprechtshammer per Handschlag mein Ehrenwort gegeben hatte, bei ihm zu bleiben. Das war eine Verpflichtung für mich. Wie konnte ich da zu ihm gehen und sagen »April, April, ich schmeiß doch den ganzen Kram hin, breche mein Wort und verschwinde jetzt endgültig, ich mache eine Schauspielausbildung«?

Das habe ich mich nicht getraut. Wochenlang habe ich mich

gequält mit der Entscheidung, die Berliner riefen immer wieder an und konnten nicht fassen, dass dort in München ein so dummes Gör saß, das eine ziemlich einmalige Chance einfach ignorierte und nicht einmal antwortete.

Die Anrufe wurden dringlicher. Der Ton von Frau Busch wurde zunehmend gereizter, meine Lage immer fataler. Unzählige Male war ich schon vor der Tür meines Chefs gestanden, entschlossen, ihm alles zu sagen, ihn um Verständnis zu bitten und darum, mich gehen zu lassen. Jedesmal hatte ich wieder kehrtgemacht, war zurück an meinen Arbeitsplatz gegangen. Ich brachte einfach nicht den Mut dazu auf.

Ich sprach mit niemandem darüber, auch nicht mit den Eltern, das wäre ohnehin die falsche Zielgruppe für dieses Thema gewesen. Außerdem war ich längst der Meinung, dass man seine Entscheidungen selbständig treffen muss im Leben. Damals fing an, was ich mir bis heute so bewahrt habe: Ich mache mir selber Gedanken um meine Entscheidungen. Natürlich frage ich und hole mir andere Meinungen ein, aber im Endeffekt bleibe ich alleine mit mir. Ich muss ohne jede äußere Beeinflussung dazu kommen, ein klares Ja oder Nein zu einer Sache zu sagen. Zu guter Letzt ist man immer nur auf sich selbst angewiesen und allein für seine Entscheidungen verantwortlich.

In diesem Fall hat mir das Schicksal die Entscheidung abgenommen. Was passierte, ist so unvorstellbar, dass ich es aus jedem Drehbuch gestrichen hätte, weil es mir zu konstruiert vorkäme. Aber manchmal gibt es im Leben Wendungen, die entscheidend sein können für einen ganzen Lebenslauf.

Mittlerweile waren die Anrufe aus Berlin nicht mehr dringlich, sie waren auch nicht mehr höflich, es war bereits ein Zustand erreicht, dass Frau Busch nur noch vom tobenden Herrn Wendlandt sprach, dem so etwas noch nie untergekommen sei, und wenn ich nicht innerhalb der nächsten zwei Tage eine

Entscheidung fällen würde, sei das ganze Angebot hinfällig. Grußlos beendete sie das Telefonat und schmiss den Hörer auf die Gabel.

Offensichtlich wussten sie in Berlin nicht mehr, was sie von mir halten sollten. Zwei Jahre Ausbildung mit kleinem Gehalt, das war natürlich wirklich eine Sicherheit, die eigentlich meine Entscheidung hätte beflügeln müssen. Statt dessen ließ ich mich entweder verleugnen oder bat flehentlich noch um ein wenig mehr Zeit für meine Zusage.

Zwei Tage. Mit diesem Ultimatum im Kopf war ich auf dem Weg ins Büro. Mir war schlecht, am liebsten wäre ich einfach zu Hause unter der Bettdecke geblieben. Mir war klar, dass ich an diesem Tag meinem Chef alles sagen musste. Bislang hatte mir der Mut gefehlt, alle, aber auch wirklich alle Konsequenzen zu tragen. Es war eine Art von Treue, die mich so lähmte, die Treue zu meinem gegebenen Wort. Das muss ja nicht die schlechteste Motivation dafür sein, sich um eine Entscheidung herumzudrücken. Wahrscheinlich spielte zusätzlich auch ein bisschen Furcht vor dem Neuen mit. Denn dieser Vertrag bedeutete in letzter Konsequenz den Ausstieg aus der gesicherten bürgerlichen Bahn und das Einschwenken auf einen ganz neuen, ziemlich unbekannten Weg.

Ich schlich mich also ins Büro, begrüßte meine Kollegen nur knapp und wollte die Sache in meinem Zimmer noch einmal durchdenken, ehe ich zu Herrn Wamprechtshammer gehen würde, um ihm alles zu gestehen.

Normalerweise war unser Chef sehr pünktlich, obendrein hatte er an diesem Morgen einen besonders wichtigen Termin, aber er war noch nicht eingetroffen. Der Druck, unter dem ich stand, war kaum mehr auszuhalten. Der Chef kam und kam nicht, sein Termin rückte immer näher, und er war noch immer nicht da. Ich rief bei seiner Frau an, aber die wusste auch nur zu sagen, dass er schon vor einer ganzen Weile von zu Hause aufgebrochen sei. Herr Wamprechtshammer aber kam nicht, weder an diesem noch an einem anderen Tag.

Etwas Grauenvolles war geschehen: Er hatte einen Autounfall, bei dem er auf der Stelle getötet wurde.

Es war entsetzlich. Seine junge Frau hatte ein kleines Baby, sie hatte ihren Mann verloren und den Vater ihres Kindes, und wir in der Firma hatten unseren Chef verloren. Mir wurde vor Schreck, Trauer und Mitgefühl ganz elend.

Dann ging alles ganz schnell. Die Firma wurde aufgelöst, und ich war arbeitslos. Dass mir durch einen so schrecklichen Schicksalsschlag eine der wichtigsten Entscheidungen meines Lebens abgenommen worden war und ich ohnehin in jedem Fall neu anfangen musste, war kaum zu fassen.

Dieses Erlebnis zählt zu den unglaublichsten und auch unheimlichsten Wegmarken in meinem Leben.

Kapitel 7
Schauspielunterricht

Es war wirklich ein Neuanfang. Ich ging wieder zur Schule, ich konnte lernen und vor allem das, was ich so gerne lernen wollte. Der durch die Büroarbeit vorgegebene Tagesablauf war aus meinem Leben verschwunden, ich musste mir die Zeit selbst einteilen und zu Hause lernen und arbeiten, wenn andere wie meine Freundin Dörte ins Büro gingen. Das wollte auch erst gelernt werden. Mein Leben hatte seine Richtung gefunden, das fühlte ich klar und deutlich.

Als ich in Berlin anrief, um endlich zuzusagen, hatte ich das sehr bestimmte Gefühl, dass Frau Busch mich längst nicht mehr leiden konnte. Sie meinte nur trocken, dass es ja wohl auch höchste Zeit gewesen sei, mich zu entscheiden.

Als ich meinen Eltern davon erzählte, murmelte der Vater etwas von meiner üblichen Sturheit, gegen die er ohnehin nichts ausrichten könne, während die Mutter ganz gelassen war und nur fragte, ob das wirklich sein müsse. Zuletzt sagte sie, ich solle es halt machen, wenn ich unbedingt wolle. Zur Not könnte ich ja jederzeit wieder als Sekretärin arbeiten.

Ich war zweiundzwanzig Jahre alt, und nichts und niemand hätte mich von meinem Entschluss abbringen können, aber wie immer wollte ich gern den Segen der Eltern dazu haben.

※

Mein tägliches Leben änderte sich grundlegend. Ich hatte viel zu tun, um alles zu bewältigen, was man von mir erwartete. Rialto-Film hatte mir Annemarie Hanschke als Schauspiellehrerin vermittelt, die selbst lange Jahre als Schauspielerin gearbeitet hatte und zu jener Zeit viele bekannte Künstler ausbildete. Der Unterricht bei ihr war knochenhart, so gnadenlos und unerbittlich, so ohne jeden Glanz und Glamour, dass ich oft und oft nahe dran war, alles hinzuschmeißen und alle Ambitionen einfach fahren zu lassen.

Das geringste war noch, alleine zu Hause zu bleiben und die Disziplin aufzubringen, Rollen auswendig zu lernen. Obwohl auch das schon schwierig genug war. Ich wohnte immer noch mit Dörte zusammen, die morgens fröhlich ins Büro verschwand, während ich allein mit mir zurückblieb, auf dem Zimmer hockte und meine Texte büffelte. Viel lieber hätte ich manchmal alles hingeschmissen und wäre ins Café gegangen.

Und dann der Unterricht bei Annemarie Hanschke ... Ich sollte das gute und freundschaftliche Ende vorwegnehmen und erzählen, welch innige Freundschaft mich bis zu ihrem Tod mit Annemarie Hanschke verbunden hat. Wir hatten immer Kontakt zueinander, sie verfolgte alle Wege in meiner Schauspiellaufbahn und schrieb mir liebevolle Briefe, mit einem Glückspfennig versehen, wenn sie etwas bemerkenswert fand oder einen Film von mir gesehen hatte. Ich habe sie sehr verehrt und wirklich geliebt.

Als sie starb, war aus München nur noch Sky Dumont zu ihrer Beerdigung nach Berlin gekommen. Wir erzählten uns die tollsten Geschichten von »der Hanschke«, die ein wirklich bemerkenswerter Mensch gewesen war, und konnten über vieles herzlich lachen in unseren wehmütigen Erinnerungen an diese großartige Frau.

Damals allerdings, im Jahr 1966, wenn ich zu ihr in die Geibelstraße in München-Bogenhausen gehen und mit ihr lernen musste, konnte von Liebe oder gar tiefer Verehrung keine Rede sein. Manchmal hasste ich sie sogar richtiggehend für die Schinderei, die sie mit uns Schülern betrieb, für ihre Gnadenlosigkeit und ihre eiserne Strenge.

Annemarie Hanschke lebte in einer winzigen Wohnung, das war Arbeits-, Wohn- und Schlafstätte in einem. Ihr machte das gar nichts aus, sie bezog alles in den Unterricht mit ein, was sich anbot, und wenn es der Briefträger war. Tatsächlich ist es mir passiert, dass der Briefträger, ein älterer Herr, einmal gerade klingelte, als wir Shakespeare-Texte probten. Als Frau Hanschke ihn fragte, ob er wohl einen Augenblick Zeit habe, und der arme Mann das ganz arglos bejahte, pflanzte sie ihn auf einen Stuhl, nötigte ihn, dort ruhig sitzen zu bleiben, und forderte mich auf, die Julia zu sein und den Briefträger als meinen Romeo zu betrachten. *Romeo und Julia* – was für hochromantische Vorstellungen von Ergriffenheit und überwältigendem Einsatz verbindet der Schauspieleleve damit! Aber hier? Ein Briefträger, stocksteif und schweißgebadet, weil er in seiner dicken Postlerjacke als Romeo agieren soll – und ich sollte spielen, mich auf die Knie werfen und überzeugend sein. Es war die Hölle. Und immer wieder ihre Ermahnungen – sei, was du darstellen willst, sei die Person, schlüpfe hinein, lebe, kümmere dich nicht um die äußeren Umstände, sei hemmungslos, sei echt. Überzeuge!

Meine Schauspiellehrerin Annemarie Hanschke (um 1966)

Manchen Morgen war ich mir beim Aufwachen ganz sicher, dass ich nie, nie mehr zu Annemarie Hanschke gehen wollte, um nichts in der Welt würde ich auch nur eine Minute noch etwas lernen, selbst das Tanzen und das Singen, die mir besonders großen Spaß machten, würde ich einfach lassen. Natürlich waren das nur Gedankenspielereien, spätestens in der Senkrechten kam meine Disziplin zurück, denn schließlich hatte ich für das, was man mir bot, auch etwas zu leisten. Außerdem war Aufgeben sowieso nie meine Sache, erst recht nicht angesichts der unglaublichen Chance, die so unverhofft in mein Leben geschneit war.

Ich würde es ihnen schon allen zeigen, und wenn's schwierig wurde, wuchsen mir immer Hörner: zur Verteidigung, zum Abreagieren, als Schutz. Das Stöhnen über die vielen neuen und ungewohnten Dinge, die nun mein Leben bestimmten, gehörte einfach dazu, und ich war weiß Gott nicht die einzige, die über die unnachsichtige Härte der Hanschke manchmal richtig verzweifelt war.

Während dieser Zeit habe ich wirklich bittere Tränen vergossen. Immer jedoch, wenn ich meinte, die Qual nicht mehr ertragen zu können, dann spürte Frau Hanschke das mit ihrer Sensibilität, die sie neben ihrer Unerbittlichkeit auch auszeichnete. Denn sosehr sie auch Profi durch und durch war, und damit ohne Erbarmen, so hatte sie doch geradezu eine Extraportion Menschlichkeit in sich. Sie wusste, wie schwer es ist, die Schauspielerei zu erlernen, wie hart der Beruf ist. Nur wusste sie auch, dass jede Nachgiebigkeit zur Laxheit verführt, das Verderben für jeden Schauspieler. Um so stärker wirkte ihr Lob, das sie in der rechten Dosierung und zur rechten Zeit einsetzte. Außerdem hatte sie kleine Belohnungen parat, der einfachsten Art zwar, aber überwältigend im Effekt.

Eine ihrer herrlichsten Belohnungen war für mich etwas ganz Besonderes: Sie kochte gut, und ich esse gern. Am allerbesten war ihre Linsensuppe mit Backpflaumen nach schlesischer Art. War ich also total mutlos und schlich nach einem grässlichen Unterricht halb gebrochen von dannen, empfing sie mich am nächsten

Tag garantiert mit einem Teller dieser köstlichen Suppe, oder sie bot mir einen an, wenn ich besonders gut gewesen war und sie mir eine Freude machen wollte. Annemarie Hanschkes Linsensuppe war der Hauptpreis, das wussten alle. Wenn man also den anderen Schülern erzählte, dass einem die wunderbare Suppe serviert worden war, war oft ein vernehmliches Stöhnen zu hören, denn es war klar, was das bedeutete: ein absolutes Super-Lob.

Annemarie Hanschke gab nur Einzelunterricht, manchmal auch Doppelunterricht, weil sie fand, dass ihre Konzentration dann höher war. Und wenn man nach vier Stunden Unterricht völlig erledigt und erschöpft war, fand sie das ganz in Ordnung. »So ist es recht«, pflegte sie im Angesicht ihrer müden Schützlinge zufrieden zu sagen.

Meine Übungen sollten jeden Tag mit dem Pflichtprogramm des Schauspielschülers, dem *Kleinen Hey,* einem Lehrbuch über die Kunst des Sprechens, beginnen. Das hörte sich dann so an: »Ratta-Ratta-Rattata« oder »Mamamamm Mammamon Mammamin«. Diese und viele andere rhythmisch zu wiederholende Übungen machte ich zu Hause nur wenige Male in Anwesenheit meiner Freundin Dörte. Sie drohte mir mit Mord und Totschlag, sollte ich das morgens, ehe sie zur Arbeit musste, noch einmal laut und deutlich üben.

Bald wurde ich auch von einer Agentur betreut. Die Agentur Alexander nahm mich, in Koordination mit Frau Hanschke, unter ihre Fittiche. Ilse Alexander führte die Agentur, die für ihre internationalen Belange mit der weltweit operierenden William Morris Agency in New York verbunden war. Ilse Alexander war eine wunderbare, sehr vornehme Dame, die einen feinen Humor hatte, und gleichzeitig war sie ein Profi durch und durch und sah auf ihre Schützlinge. Ihr Wort galt etwas, und sie war in der Branche sehr angesehen.

Das Leben war nicht nur Schinderei und Lernen. Schließlich war ich erst zweiundzwanzig Jahre alt, und auch wenn ich den Ehrgeiz hatte, alles zu lernen und zu begreifen, so hatte ich doch einfach Lust am Leben. Wir pflegten Endlosdebatten über alles, was das Leben uns an Fragen stellte: den Staat, die Gesellschaft, die Eltern, die sexuelle Befreiung, die Pille – alles war Thema in den Kneipen und Cafés, in denen wir uns trafen. Oft kamen wir heftig ins Streiten dabei, vor allem wenn ich den Eindruck hatte, jemand wollte mich auf vorgegebene Gleise setzen. Ich habe es lieber, wenn ich mich nicht an Vorgaben halten muss, sondern die Dinge unvoreingenommen so sehen und beurteilen kann, wie ich persönlich es für richtig halte.

Wir hatten diese enorme Freiheit und Lust, mit der man so vieles tun konnte, was unseren Eltern noch unmöglich war. Während die Generation vor uns, gebeutelt von Krieg und Entbehrung, gearbeitet hat ohne Ende – das Wirtschaftswunder der

Ilse Alexander, meine Agentin (um 1980)

fünfziger Jahre kam ja nicht als heilige Entfaltung über uns –, waren wir die ersten, die schon genießen konnten. Alles war frisch, alles war neu, es herrschte Aufbruchstimmung, und man konnte so vieles schaffen, wenn man wollte. Es war noch Zukunft für uns da, es machte Freude, zu planen, wo wir hinwollten.

München, Schwabing, die Clique, die Feste, die Möglichkeiten – es war schön, mittendrin zu sein. Ich fand es herrlich, Menschen kennenzulernen, die etwas zu sagen hatten. Ich fand es köstlich, schräge Typen zu treffen, die mir ihr schräges Auto liehen, mit dem ich dann die Leopoldstraße auf und ab fuhr und mich göttlich fühlte. Ich hatte zwar nicht viel Geld, aber ich konnte auch nur mit einem Gin Tonic den ganzen Abend bei *Aleco* sitzen, in jener Kneipe, die das blanke *Muss* in dieser Zeit war. Wer hier reindurfte, war sozusagen drin im »Inner Circle«. Das spielte sich alles noch ohne Türsteher ab, die kamen erst sehr viel später in Mode. Aleco hatte das alles im Griff. Der wunderbare Grieche, eine Seele von Mensch und geliebt und geachtet von allen seinen Gästen, entschied selbst, wer zu ihm passte oder nicht.

München war – nicht nur für mich und nicht nur zum Ausgehen – längst der heimliche Nabel der bundesdeutschen Welt. Die Nächte im *Käfig* an der Ecke Franz-Joseph-/Leopoldstraße waren ebenso aufregend wie im *P1*, damals noch im Keller im Haus der Kunst. Nicht zu vergessen der *Wiener Playboy* in der Briennerstraße, den Tommy Hörbiger führte und der ebenfalls ein Muss war. Ganz groß heraus kam in der Leopoldstraße das *Big Apple* von Sergio, den alle Mädchen anhimmelten. Dann gab es noch den berühmten Club *James*, geführt von James Graser, damals der »Playboy Nr. 1« in Deutschland. Das war nicht unser Revier, aber der Club gehörte zur »In-Szene«, und fast täglich stand etwas über James Graser in der Zeitung.

Charly Maier war auch einer dieser wunderbaren Menschen, die über Jahrzehnte mit ihrer Art, ihrem Witz und ihrer Gutmütigkeit ein München verkörpert haben, wie es so wahrscheinlich für immer vorbei ist. Ihm, der ein Freund geblieben ist bis zu seinem Tod im Herbst 2003, muss an dieser Stelle noch ein Kranz geflochten werden. Er half jedem, der etwas von ihm wollte, er war der freundlichste Mensch auf der Welt. In jenen Jahren hatte Charly mit einer neu aufgebauten Firma zu tun, die Autos für Besorgungen organisierte. »Call-Car« nannte sich diese Revolution, billiger als ein Taxi, aber genauso zuverlässig. Er selbst hatte ein Auto, das der Traum eines jeden von uns war, einen Stingray, ein schwarzes Cabriolet mit einem Sound, der an ein schweres Motorboot erinnerte. Dieser amerikanische Schlitten war das Tollste vom Tollen, unüberbietbar grandios. Wer damit die Leopoldstraße auf und ab cruisen durfte, war der King. Ich, das Mädel aus Niederbayern, hatte gelegentlich auch das Glück, dass Charly mir sein Wahnsinnsauto lieh, weil ich ihn so lange angebettelt hatte. Wenn ich damit fahren durfte, fühlte ich mich wie eine Königin. Da Charly ganz in meiner Nähe wohnte, musste sein Auto oft dran glauben.

Charly Maier ging auch als Disco-König in die Münchner Geschichte ein. Das legendäre *Charly M.* war einst der Hit, sehr erfolgreich, immer nett. Wir alle, die mit ihm befreundet waren, haben ihn tief betrauert, als er starb. Wer sein Wort hatte, der konnte sich darauf verlassen, wer ihn einmal im Leben lachen gehört hatte, der vergisst nie dieses leise Schnurren, das von ganz tief innen kam.

Jeder Mensch hat im Leben ein paar ganz wichtige Freunde, die einem aber immer nah sind, auch ohne dass man sich ständig sieht – Charly Maier war so ein Mensch, mit dem man eine tiefe Verbindung behielt. Einfach so, egal, was war.

Kapitel 8
Apanatschi – der erste große Auftritt

Mitten in meine Ausbildung zur Schauspielerin hinein kam die Frage an meine strenge Lehrerin Hanschke, ob sie mir schon zutrauen würde, eine Hauptrolle in einem Film zu spielen. So wurde ich wieder einmal ziemlich unvermutet in ein neues Abenteuer hineinkatapultiert: Rialto-Film bot mir die Rolle der Apanatschi in dem Film *Winnetou und das Halbblut Apanatschi* an.

Ursula Glas aus Landau an der Isar, die eine eher unbedeutende Nebenrolle in einem Wallace-Film gespielt hatte, sollte nun also neben Pierre Brice und Lex Barker, den richtig Großen des Filmgeschäfts, die weibliche Hauptrolle spielen. Es war das pure Glück für mich. Über Gagen brauchte man nicht zu reden, denn die sollten ja meine Ausbildung finanzieren. Ich bekam etwas Wichtigeres als Geld: Ich hatte die Chancen meines Lebens alle auf der Habenseite.

Sogar was mich in der Kindheit so belastet hatte, dass ich wie ein »Negerlein« aussah, sollte jetzt noch sein Gutes haben: Für die Rolle als Apanatschi war es ganz passend, als Halbblut durchzugehen. Der vermeintliche Nachteil meiner dunklen Haare und des dunklen Teints geriet mir jetzt zum Vorteil!

Ich hatte noch einen anderen Grund, mich über die Rolle so wahnsinnig zu freuen. Audrey Hepburn, für die ich so sehr schwärmte, hatte in *Denen man nicht vergibt* auch einmal ein Halbblut gespielt, sie die Wunderbare, Zarte, Großartige. Und ich, ich kleine Unbekannte, durfte nun auch eine solche Rolle spielen!

Mein erstes »Casting«, wie man das heute nennt – damals hieß es schlicht »Vorsprechen« –, werde ich nie vergessen. Der Regisseur Paul May, der die Probeaufnahmen machte, ließ mich einen Vorhang »anspielen«, das heißt, wo der Vorhang war, sollte die Goldmine sein, und mein Text begann mit: »Das ist ja Gold – richtiges Gold ...« Ich fühlte mich an meine Romeo-und-Julia-Zeiten erinnert. Da steht man also, starrt den Vorhang an, spricht mit Winnetou, den man sich natürlich vorstellen muss, weil irgendwer seine Textpassagen bloß vorliest, und man selbst muss als Apanatschi überzeugen. Ein albernes Gefühl bekommt man dabei, und sobald man seinen Part beendet hat, ist man überzeugt, die Rolle nie zu bekommen. Man fragt sich, was ist das für ein Beruf? Aber dann – der Anruf: Ich bekam die Rolle der Apanatschi!

Der Film wurde in Jugoslawien gedreht, das im Jahr 1966 noch kommunistisch geführt war. Allerdings hob sich Jugoslawiens Präsident Tito noch positiv ab von den anderen kommunistischen Staatschefs.

Die Unterkünfte waren eher bescheiden und die Verpflegung auch. Doch das waren absolute Nebensächlichkeiten. Die Filmcrew lebte in kleinen Bungalows in einer Bucht am Meer, es war alles wunderschön. Lex Barker kam in seiner Luxusyacht *Peter Pan* an unsere adriatische Bucht gefahren. Mit dabei war seine äußerst kapriziöse Ehefrau Tita, die die Puppen tanzen ließ, wenn ihr danach war. Und es war ihr danach, weil nichts langweiliger ist, als auf dem Set nichts zu tun zu haben und nur auf den Liebsten zu warten. So musste Lex Barker manchmal nachts mit ihr nach Venedig fahren, weil sie es so *boring* fand bei den Filmleuten. Am nächsten Tag musste Lex dann wieder fit sein zum Drehen, da hat sie ihm schon einiges abverlangt. Er war ein unglaublich netter Kollege, ganz freundlich und immer bereit, sich auf andere einzustellen. Ein absoluter Vollprofi, wie Amerikaner es fast immer sind.

Tita, später eine verheiratete Thyssen, war eine unglaublich temperamentvolle und witzige Frau, aber sie konnte aus dem Stand derart verrückt spielen, dass dabei die Scheiben zu Bruch gingen. Alle haben ihre Wutanfälle gefürchtet, und es kostete beträchtliche Mühe, sie wieder in normales Fahrwasser zu bringen. Ersatz für die zerstören Glasscheiben zu bekommen war gar nicht so einfach, die mussten dann eilends aus dem kapitalistischen Ausland importiert werden. Vor lauter Langeweile begann Tita schließlich sogar zu stricken!

Damals sprachen die Schauspieler beim Drehen alle ihre eigene Sprache, das heißt, Pierre Brice sprach französisch, Lex Barker und Walter Barnes, mein Vater im Film, redeten englisch, und Götz George, mein Freund und Verlobter im Film, und ich sprachen deutsch. Hinterher wurde dann alles synchronisiert. Die Synchronisation war aber nicht nur dem babylonischen Sprachwirrwarr geschuldet, sondern hatte auch mit dem enormen Krach zu tun, den das Stromaggregat verursachte. Heute hat man ganz andere Techniken, die Aggregate sind »silent«, also schallgedämmt, und man schaut darauf, dass man jeden Ton gebrauchen kann, denn eine Synchronisation wäre viel zu teuer.

Für mich war alles ein Riesenabenteuer. Was ich alles zu tun hatte! Als Apanatschi hatte ich nicht nur mit einem Adler umzugehen, sondern natürlich auch mit Pferden. Da ich von Kindesbeinen an ein tiefgehendes, gutes Verhältnis zu Tieren habe, konnte ich gar nicht verstehen, warum mich alle vor dem Adler warnten. Es sei gefährlich, Fotos mit ihm zu machen, sagten sie, er könne mich angreifen. Ich hatte ziemlich Respekt vor diesem Riesentier, und als er sich auf meinem Arm niederließ, spürte ich sein enormes Gewicht. Aber Gott sei Dank war der Adler friedlich.

Herrlich waren die Reiterszenen. Ich hatte zwar nie eine richtige Reitausbildung gemacht, war aber in meiner frühen Jugend schon auf Pferden gesessen und konnte einfach mit einem Pferd umgehen. Für meine Rolle durfte ich das Pferd haben, das sonst Stewart Granger ritt, wenn er bei Winnetou-Filmen mitmachte. Kuban war trotz seiner Filmerfahrung unglaublich nervös. Jedenfalls drohte Kuban ständig zu scheuen, er fürchtete sich zu Tode vor der Filmklappe, die vor jeder Szene geschlagen werden muss. Bei Filmaufnahmen kann das ziemlich gefährlich sein. Mein Ehrgeiz war, das Pferd so in den Griff zu bekommen, ihm so viel Vertrauen zu geben, dass es die Angst verlor. Am liebsten hätte ich auch die Stunts mit Kuban selbst gemacht, also die gefährlicheren Auftritte, für die extra Profis engagiert sind, die das berufsmäßig machen, die sogenannten Kaskadeure. Aber alles ließ man mich nicht machen.

Von Mal zu Mal klappte es besser mit Kuban. Aber an einem Tag war so viel Nervosität am Set, dass sie sich auf Kuban übertrug. Ich versuchte ihn zu beruhigen. Ich bat um ein wenig Zeit, wollte mit ihm einfach etwas wegreiten und ihn dann zum Dreh wieder zurückbringen. Aber einer der Kaskadeure forderte mich in ziemlich unwirschem Ton auf, sofort abzusteigen. Er nahm Kuban mit sich.

Als er wiederkam, war das fuchsrote Fell des Pferdes dunkel vor Schweiß, das Tier zitterte. Er hatte Kuban geschlagen, um seinen Willen zu brechen. Eine grauenvolle Tat. Ich war außer mir und schrie, nie wieder solle ein Mensch »meinen« Kuban anfassen. Worauf mir der schreckliche Typ ganz kühl antwortete, ich solle mich einfach raushalten aus Sachen, von denen ich nichts verstünde.

Ich habe dennoch mit Kuban gearbeitet, bis lange nach Drehschluss habe ich mich um ihn gekümmert, und am Ende habe ich »mein« Pferd so hingekriegt, dass es ganz handzahm war. Von der Filmcrew haben sich bestimmt einige gewundert, dass die nette Uschi so ausflippen konnte, aber so wichtig kann keine Arbeit sein, dass sie es rechtfertigt, Menschen oder Tiere zu quälen.

Sechs Wochen lang wurde gedreht, und irgendwann habe ich mich tatsächlich als Halbblut gefühlt. Wenn ich in meinen Lederklamotten auf dem Pferd saß, war ich Apanatschi. Übersetzt heißt Apanatschi übrigens »kleine Tapferkeit«. Das gefiel mir besonders gut, denn es hat ein bisschen was von einem Lebensmotto an sich.

※

Bei diesen Dreharbeiten haben mich für eine Woche meine Eltern besucht. Es war das erste Mal, dass sie mich bei der Arbeit sehen konnten, und ich bin überzeugt, dass es vor allem für meinen Vater enorm wichtig war, zu sehen, dass es sich bei meinem Beruf um knochenharte Arbeit handelte. Weit und breit gab es keine Hollywoodschaukel, und nirgends floss der Champagner.

Meine Eltern erlebten mit, welche Anforderungen das tägliche Drehen an mich stellte, und sie sahen auch, wenn ich mutlos war. Das war viel häufiger der Fall, als man sich vorstellen kann. Denn der Erfolg, der sich dann ja schlagartig mit diesem Film für mich einstellte, ist weder programmierbar, noch kann man auch nur einen Hauch davon spüren, wenn man gerade mitten in der Arbeit steckt. Bis sie vollendet ist, dauert es gewaltig lange, und es gibt unendlich viele Gelegenheiten, um an der Qualität der eigenen Arbeit zu zweifeln oder gar zu verzweifeln.

Wenn ich gar zu mutlos war, dachte ich immer an Annemarie Hanschke und ihre Linsensuppe. Die Belohnung für Gelungenes! Außer meiner Hameln-Tour hatte ich keinerlei Erfahrung mit Dreharbeiten und natürlich gewaltigen Respekt vor den Weltstars, mit denen ich arbeiten durfte.

Zum Glück war meine Freundin Dörte mit dabei. Die Rialto-Film hatte eine Produktionssekretärin gesucht, und Dörte übernahm den Job. Damit war sie auch ein wenig meine Händchenhalterin. Das tat mir unheimlich gut. Ich hatte also ein paar vertraute Menschen um mich herum und war nicht ganz auf mich allein gestellt.

※

Die Welturaufführung von *Winnetou und das Halbblut Apanatschi* war in Essen. Wir fuhren in offenen Autos durch die Stadt, saßen auf den Kofferraumdeckeln und winkten einer unübersehbaren Menschenmenge zu. Die Seitenstraßen links und rechts hatte man abgesperrt. Filmpremieren waren damals gigantische Inszenierungen, die Menschen drückten und drängelten, dass einem angst und bange werden konnte.

Zwar hatte ich schon die Premiere von *Der unheimliche Mönch* miterlebt. Aber *Apanatschi* war nun ein Farbfilm, mein erster, und ich spielte die Hauptrolle, meine erste. Ich hatte davor natürlich schon Winnetou-Verfilmungen gesehen, hatte mich wohlig im Kinosessel geräkelt und zum Beispiel die wunderbare Marie Versini als Winnetous Schwester gesehen, und alles, alles hatte ich wunderbar gefunden – auch die Musik von Martin Böttcher.

Ob als Apanatschi oder später mit Roy Black, jahrelang war es das gleiche Bild: Schon auf der Autofahrt zu einer Autogrammstunde waren wir von Fans umlagert

Und nun war ich in der Hauptrolle auf der Leinwand zu sehen. So stolz es mich machte, gleichzeitig war mir ziemlich unheimlich dabei zumute. Bis heute habe ich ein Problem damit, mich selbst in einem Film anzusehen. Immer wieder merke ich, dass für mich ein Film in dem Moment beendet ist, wenn die Dreharbeiten vorbei sind. Dann bleibt nur noch das Bangen, ob die Menschen mögen, was man für sie gemacht hat.

Wir sind damals von Stadt zu Stadt gefahren, um den Film vorzustellen, und überall war die Reaktion des Publikums ähnlich. Mir war zwar schon klar, dass die meisten Leute wegen Lex Barker und Pierre Brice gekommen waren, aber anscheinend war meine Apanatschi auch ganz gut angekommen. Ich muss zugeben, es waren die reinsten Glücksgefühle, die mich bewegten. Plötzlich war ich in den Mittelpunkt geraten, und wer da leugnen wollte, dass das nicht überwältigend ist, wäre einfach ein Lügner.

Ich bekam eine Anfrage von einem gewissen Wolfgang Rademann für ein Interview mit einer Berliner Zeitung. Alle, die davon hörten, warnten mich und wussten zu erzählen, dieser Rademann sei dafür bekannt, dass er gnadenlos hart sein könne und eine spitze Feder führe. Ich solle auf mein Mundwerk aufpassen, sonst ginge das sicher vom ersten Augenblick an schief und Rademann würde mich so in die Pfanne hauen, dass ich nicht mehr wüsste, wo oben und unten ist. Aber so leicht ließ ich mich nicht ins Bockshorn jagen. Zwar war ich noch ein ziemliches Greenhorn, aber ich war fest entschlossen, diese Prüfung unerschrocken zu bestehen.

Der Kerl, so nannte ich ihn im stillen, traf sich mit mir im Hotel Kempinski in Berlin. Er war ein wenig herablassend nach dem Motto: »Ach, man will also Schauspielerin sein und ernst genommen werden?« Ich versuchte einfach mein Bestes. Mehr, als so zu sein, wie ich eben bin, konnte ich ohnehin nicht tun. Hinterher fragten alle neugierig, wie es gewesen sei und ob er recht ekelhaft gewesen sei. Ich fand das gar nicht, wusste aber auch nicht, was er aus dem Gespräch machen würde. Am nächsten Tag schlug ich das Interview auf und fiel fast in Ohnmacht: Da war ein doppelseitiges Bild von mir und dazu die Zeile: »Ein Star fällt vom Himmel«. Rademann, der heute übrigens ein erfolgreicher Fernsehproduzent ist, hatte eine wahre Hymne auf mich geschrieben.

Doch die Prominenz hatte auch ihre Tücken. So sind wir bei einem unserer Auftritte, in Stuttgart auf dem Killesberg, durch die Begeisterung einer riesigen Menschenmenge in eine nahezu lebensgefährliche Situation geraten. Man hatte extra ein kleines Holzhäuschen in der Art eines Glühweinstands für uns konstruiert, wo wir nebeneinander saßen und Autogramme geben sollten. Es waren aber derart viele Leute gekommen und alle drängelten wie verrückt, so dass das Häuschen langsam immer weiter weggeschoben wurde. Weit und breit gab es keine Menschenseele, die das hätte verhindern können, und so rutschte das Holzhaus immer weiter in Richtung Abgrund. Pierre, Lex und ich hatten schon panische Angst, einfach abzustürzen, als sich schließlich Einsatzwagen der Polizei einen Weg durch die Menge bahnten und uns retteten.

Durch Apanatschi war ich von einer völlig Unbekannten schlagartig zu einer Filmschauspielerin geworden, die einen Film tragen kann. Horst Wendlandt sagte immer, er habe ja gleich gewusst, dass aus der »Kleenen« noch was werde, und im tiefen Niederbayern gab es auch jemanden, der das sagte: Frau Berleb, meine liebe Nachbarin, deren Kindern ich den einäugigen Nikolaus vorgespielt hatte, erzählte jedem in Landau, dass sie es schon immer gewusst habe, dass aus der Uschi was wird und dass meine Karriere bei ihr begonnen habe. Was so falsch ja nun gar nicht war.

Trotz des ganzen Rummels um meine Person gab es immer noch die gute alte Clique in München. Die Freunde hatten sich nicht verändert, die Freundschaften auch nicht, dafür hatte ich bald den Spitznamen »Apaknatschi« weg. Das war und blieb der andere Teil in meinem Leben, hier war immer der Platz und die Umgebung, wo ich in Ruhe vor Anker gehen konnte.

Noch vor dieser ersten Hauptrolle hatten sich verschiedene wohlmeinende Leute den Kopf zerbrochen, wie mein Künstlername lauten sollte, denn »Glas« klinge doch viel zu kühl, vor allem im Ausland. Ich reagierte darauf eher panisch, denn die Vorstellung, einen anderen Namen tragen zu müssen, fand ich grauenvoll, es war, als würde ich mich selbst verlieren. Natürlich dachte man daran, mir einen Namen zu verpassen, dessen Anfangsbuchstaben ein Markenzeichen wie BB oder MM ergeben würden, wie es damals Mode war. Aber ich hatte keine Lust darauf, und zudem war mein Widerspruchsgeist geweckt – entweder würde ich es schaffen, mit meinem Namen Karriere zu machen, oder gar nicht. Schließlich empfahl man mir, wenigstens den Vornamen etwas seriöser zu gestalten, womit ich einverstanden war. So stehe ich also bei *Apanatschi* als Ursula Glas im Vorspann und auf den Plakaten.

Einige Jahre später, als ich bereits öfter mit Roy Black drehte, konnte ich hautnah miterleben, was die Spaltung in einen Künstlernamen und einen bürgerlichen Namen für die betreffende Persönlichkeit bedeuten konnte. Es gab immer einen Gerd Höllerich und einen Roy Black – und niemals waren die beiden dieselbe Person. Vermutlich hat er das nie richtig verarbeiten können.

Ich jedenfalls hätte das Gefühl gehabt, mich von mir selbst zu verabschieden, und so blieb es, den Zureden der kompetentesten Ratgeber zum Trotz, bei Glas.

WINNETOU und das Halbblut Apanatschi

Ein Ultrascope-Farbfilm in Eastmancolor
nach dem Roman „Halbblut" von Karl May

Drehbuch: Fred Denger · Kamera: Heinz Hölscher · Musik: Martin Böttcher
Bauten: Vladimir Tadej · Kostüme: Irms Pauli · Schnitt: Jutta Hering
Pyrotechnik: Erwin Lange · Regie-Assistenz: Gundula von Seelen · Ton: Matija Barbalić · Aufnahmeleitung: Herbert Kerz · Produktions-Assistenz: Charles M. Wakefield · Produktionsleitung: Wolfgang Kühnlenz · Herstellungsleitung: Erwin Gitt

GESAMTLEITUNG: Horst Wendlandt
REGIE: Harald Philipp

Apanatschi, der Tochter des Siedlers Mac Haller und seiner indianischen Frau Mine-Yota, wird von ihrem Vater anläßlich ihrer Verlobung mit dem jungen Pelzjäger Jeff Brown eine bisher geheimgehaltene Goldmine am Rocky Corner geschenkt. Sie empfindet keine Freude darüber, sondern ahnt, daß hinter dem Gold das Unheil lauert. Als ihr Vater einem Mordanschlag goldgieriger „Freunde" zum Opfer fällt, ist Apanatschi als einzige Mitwisserin plötzlich ein gejagtes Wild. Bei Old Shatterhand, der als Ingenieur den Bahnbau in dieser Gegend leitet, findet sie mit ihrem kleinen Bruder Happy eine erste Zuflucht, wird aber trotzdem von einer Bande, die das Städtchen Rocky-Town terrorisiert, entführt. Durch eine dramatische Aktion der Eisenbahner kann Old Shatterhand zwar das Mädchen wieder befreien — wobei ihm Jeff mit seinen Zauberkunststücken wertvolle Hilfe leistet —, aber die Stadt geht dabei in Flammen auf. Die Entführung Happys aus dem Lager der Apatschen veranlaßt Winnetou, den Banditen die Goldmine als Lösegeld zu überlassen, da dies ihren Untergang beschleunigt. Bandenchef Curly-Bill wird im Goldrausch von dem rebellierenden Judge erschossen, der die Beute in einem Stollen in Rocky-Town deponiert. Die Sprengung des Stollens durch Old Shatterhand verwandelt die Stadt in ein Inferno. Mit Hilfe der Kiowa-Indianer werden die Reste der Bande vernichtet. So kann in Mine-Yotas Blockhaus mit Apanatschi — die das Gold den Siedlern zum Wiederaufbau schenkt —, mit Jeff und Happy endlich wieder das Glück einziehen...

DARSTELLER:

Old Shatterhand	Lex Barker
Winnetou	Pierre Brice
Jeff	Götz George
Sam Hawkens	Ralf Wolter
Mac Haller	Walter Barnes
Curly-Bill	Ilija Djuvalekovski
Happy	Marinko Cosić
Bessy	Nada Kasapić
Sloan	Petar Dobrić
Pincky	Vladimir Leib
Hank	Abdurahmen Salja
Judge	Mihail Baloh

und als

Apanatschi	Ursula Glas

und

Jazo Jagarinec / Zvonko Dobrin / Ivo Krištof /
Rikard Brzecka / Vladimir Rogoz / Adam
Vedernjak

PRODUKTION:
Rialto Film Preben Philipsen, GmbH. & Co. KG., Berlin
Jadran Film, Zagreb
VERLEIH: Constantin Film, München
Foto: ringpress-Krau/Rialto/Constantin
Foto: ringpress/Rialto/Constantin

»Ursula« Glas spielte die Apanatschi

Allmählich nahm mein Traum Formen an und schickte sich an, ein Beruf zu werden. Dahinter stand harte Arbeit, und trotz *Apanatschi* und weiterer Filmangebote ging ich natürlich nach wie vor zum Schauspielunterricht.

Angesichts dieses Erfolgs fanden es die Agentur Alexander und Frau Hanschke ganz wichtig, dass ich Englisch lernte. Ich sollte die Sprache akzentfrei beherrschen, um jederzeit auch für internationale Verpflichtungen einsetzbar zu sein. Mit meinem bisschen Englisch aus Landau war ich meilenweit davon entfernt, mich fließend in dieser Sprache zu verständigen. Die Lösung war ein Aufenthalt in London, Sprachschule und Schauspielunterricht gleichzeitig, bis ich die Sprache vollkommen beherrschen würde. Ich war begeistert, ich durfte nach England. Und fliegen!

Meine Begeisterung fiel ziemlich rasch in sich zusammen, als ich merkte, worauf ich mich eingelassen hatte. Intensives Lernen erwartete mich in London, innerhalb von vier Monaten musste ich fit sein. Es waren vier Monate, die mir zeitweise unmenschlich lang und einsam erschienen. Man muss sich das vorstellen: In London kannte ich keine Menschenseele. Nicht ein einziger Mensch war in dieser riesengroßen Stadt für mich zuständig, und das kann verdammt einsam und auch verzweifelt machen. Dazu kam anfänglich natürlich noch die Sprachbarriere – schließlich war das ja der Grund meines Aufenthalts. Täglich mit zu Hause zu telefonieren war ausgeschlossen, das war mörderisch teuer. Meine Freunde, die Clique, all die Menschen, mit denen ich täglich zu tun hatte, waren unerreichbar fern.

Ich wohnte in einem Apartment von der Größe eines etwas üppiger bemessenen Badehandtuchs mit angeschlossener Küchenecke im Zwergenformat. Das sogenannte Bad verdiente den Namen kaum und hätte einer Generalreinigung bedurft. Aber sei's drum, hier war der mir zugedachte Platz, und ich musste da durch. Sinnigerweise hieß das Haus *The White House*.

Es half nichts, mich vor Sehnsucht nach meinen Münchnern, nach meiner Wohnung mit Dörte zu verzehren, ich wollte und musste das schaffen. Also ging ich brav jeden Morgen in die Sprachschule, wo ich lernen sollte, ohne Akzent Englisch zu sprechen. Die Klassen waren so zusammengestellt, dass jede Nationalität nur einmal vertreten war. Japaner, Franzosen, Spanier waren mit mir im Kurs, aber keine anderen Deutschen, mit denen ich in die Heimatsprache hätte ausbüxen können. Nach einiger Zeit freundete ich mich mit einem Jungen aus der Klasse an, der aus Genf kam. Patrick war Jude und wurde von vielen jüdischen Familien, die er vorher gar nicht kannte, wie in einer Art Netzwerk weitergereicht und ein bisschen verwöhnt. Er hat mich einfach mitgenommen, hat mich vorgestellt, und wie selbstverständlich war ich auch mit aufgenommen. Als Deutsche. Im Jahr 1966.

Mein anderer »Gesprächspartner« war der Fernseher, der ständig lief. Was ich da zu sehen bekam, war mehr als schockierend für mich. Die BBC zeigte ohne Unterlass Filme über die Deutschen und die Greuel, die sie in der Nazi-Zeit angerichtet hatten. Manchmal waren die grauenvollen Bilder so unerträglich, dass ich abschalten musste. Erst in London habe ich das ganze Ausmaß der Verbrechen begriffen. Millionen von Juden waren in den Konzentrationslagern ermordet worden. Zum ersten Mal sah ich die Bilder von Bergen toter Menschen. Gerade mal zwanzig Jahre lag das zurück. Immer wieder habe ich mich furchtbar geschämt, ich fühlte mich schuldig und ging mit der nagenden Frage umher, wie das je hatte geschehen können. Manchmal war ich froh, dass man mich wegen meiner dunklen Farben für eine Italienerin oder Spanierin hielt.

Im Schauspielunterricht war Shakespeare mein Futter – nie werde ich die türkisen und schwarzweißen *Penguin-Plays*-Hefte vergessen. Der Schauspiellehrer war sehr britisch und sehr streng und achtete darauf, dass die Aussprache korrektes »Queens-English« war. Das durfte ich dann im *Othello* als Desdemona unter Beweis stellen.

Es war ein hartes Stück Arbeit, und ich brauchte alle meine Sinne, um diese Zeit zu überstehen. Es gab Augenblicke, in denen ich dachte, dass ich alles hinschmeiße und nach Hause fahre. Weg von der Fremdheit, von der Einsamkeit, heim in den gemütlichen Hafen.

Natürlich bin ich geblieben, und natürlich war in London nicht alles furchtbar, schließlich war das eine aufregende Stadt. Die erste U-Bahn meines Lebens lernte ich hier kennen, die Londoner Subway. Den Geruch, der aus den tiefen Gewölben hochstieg, empfand ich allerdings als beängstigend, alles schien mir muffig und dunkel, ich hatte sofort eine tiefgehende Abneigung gegen das U-Bahn-Fahren. Also entschloss ich mich, zu Fuß zu gehen, wo es nur möglich war. Ich habe mir London tatsächlich erlaufen, ich kenne die Stadt in- und auswendig.

Gegen Ende meines Aufenthalts kam Heidelinde Weis zu Dreharbeiten nach London, und da sie ebenfalls von der Agentur Alexander vertreten wurde, trafen wir uns. Sie war damals schon so nett wie heute, rief bei mir an und meinte, wenn ich Zeit und Lust hätte, sollten wir uns sehen. Lust – was für eine Frage! Wenn ich etwas im Überfluss hatte, war es mindestens die Lust. Es war Balsam für meine etwas wunde Seele, diese fröhliche Kollegin zu treffen. Heidelinde Weis kann lachen, wie ich keinen zweiten Menschen je lachen gehört habe. Einfach herzerwärmend.

Durch sie lernte ich auch Helmut Berger kennen. Er war ebenfalls Schauspielschüler, wurde aber schon von Visconti gefördert und lebte im Gegensatz zu mir wie die Made im Speck. Er bewohnte ein Stadthaus, in dem wir uns manchmal zum Tee trafen, sehr vornehm und sehr *distinguished*. Berger war wirklich ein Bild von einem Mann, er sah hinreißend aus. Er bereitete sich auf Viscontis *Ludwig II.* vor, mit Romy Schneider – ein Film, in dem übrigens meine Lehrerin Annemarie Hanschke als Ludwigs Mutter mitspielte.

Ich hatte ein Erlebnis der besonderen Art in London, das mich mit einem Hauch von Luxus umwehte, aber fürchterlich endete. Irgendwie hatte Rialto-Film organisiert, dass mir völlig fremde internationale Filmleute mich zu einem wahnsinnig vornehmen Abendessen einluden. Ich wurde ins *Wheeler's* gebeten, eines der feinsten Lokale Londons, wo ich sonst nie einen Fuß hineingesetzt hätte. Alles war vom Feinsten, und ich genoss es, nicht in meinem Mini-Apartment zu sitzen und Kekse zu kauen. Es gab Austern! Ich aß sie fein und zierlich und fand alles köstlich. Eine dieser Austern schmeckte seltsam. Man weiß ja eigentlich, dass das gefährlich sein kann, aber es war unmöglich für mich, das Getier wieder auszuspucken, ich wäre erbleicht vor Scham. Also, was blieb mir anders übrig, als das Zeug tapfer runterzuschlucken.

Wenn ich das bloß nicht getan hätte! In der kommenden Nacht wurde mir so schlecht wie nie zuvor im Leben, ich dachte ernsthaft, ich müsste sterben, nicht einmal mehr gehen konnte ich, ich war wie gelähmt. Es war entsetzlich. Alles verschwamm vor meinen Augen, und ich hatte Panik, blind zu werden. Drei Tage lang war ich total außer Gefecht gesetzt. Das war der Gipfel meiner Einsamkeit in dieser großen Stadt. Es war kein Mensch da, der sich um mich kümmerte, und ich fühlte mich grauenvoll und war zu Tode geängstigt. Nie ist man verlassener, als wenn man sich todelend fühlt. Und nie habe ich mich verlassener und elender gefühlt als damals.

Heute ist diese Art von Verlassenheit undenkbar. Man würde ja wenigstens eine SMS schicken an einen Menschen, den man mag, und bekäme sicher Antwort.

Das einzig Gute daran war, dass man in so schwierigen Lebenssituationen viele lange Briefe schrieb. Diese Briefe lassen sich gut aufheben, sie überdauern die Zeit. Man kann sie nicht aus Versehen löschen, sie können nicht »abstürzen«, sie bleiben lebendig, wenn man will. Nach dem Tod meiner Eltern habe ich viele gebündelte Zeugen aus langen Jahren gefunden – ein Schatz!

Im Endeffekt hat mir die Zeit in London viel gebracht, sehr viel sogar. Nicht nur, dass ich Englisch gelernt habe, es war auch eine Probe aufs Exempel, wie weit ich mit mir selbst gehen konnte und wie groß mein Durchhaltevermögen war.

Ich fand, es war ganz schön groß. Mein abenteuerlicher Heimflug am 23. Dezember setzte der ganzen Geschichte noch die Krone auf: Kurz nach dem Start in London musste unser Flugzeug wegen eines massiven Maschinenschadens wieder umdrehen, und als ich nach vielen Aufregungen und ungeheuren Verspätungen gerade noch rechtzeitig zum Heiligen Abend in Landau bei meinen Eltern ankam, war ich mehr tot als lebendig.

Aber jetzt war alles überstanden.

Im Frühjahr 1967 drehte ich in Wien mit Hans-Jürgen Bäumler und Marika Kilius *Das große Glück*, anschließend mit Joachim Fuchsberger in Berlin *Der Mönch mit der Peitsche*. Auf dem Eis waren Marika Kilius und Hans-Jürgen Bäumler ein hocherfolgreiches Paar gewesen, aber nie im privaten Leben. Immer auf der Suche nach einer guten Geschichte, stellte die Presse nun Spekulationen an, dass Uschi Glas und Hans-Jürgen Bäumler ein Paar sein sollten. Endlos tauchten Reportagen, Berichte, Vermutungen, Gerüchte auf, ob und wie und warum oder warum auch nicht Hans-Jürgen Bäumler und ich ein Liebespaar wären.

Wir sind bis heute Freunde, aber wir waren nie ein Paar. Die Medien kümmerte das nicht. Wenn das Leben nicht so spielte, wie sie wollten, erfanden sie sich ihre Geschichten kurzerhand selbst.

Zum ersten Mal erlebte ich, wie mit den Gefühlen fremder Menschen gespielt werden kann, wie eine »Story« einfach passen musste, ob wahr oder unwahr, das war völlig unerheblich. Damit habe ich mich nie anfreunden können.

Kapitel 9
Ein kurzes Kapitel über Männer

Meine erste Liebe ging in Landshut ins Gymnasium und wohnte in Dingolfing, ich war in Landau. Kennengelernt haben wir uns bei einem Schwimmwettbewerb. Er war Erster geworden, und er sah berauschend gut aus. Unnötig zu sagen, dass es eine rein platonische Liebe war, die reinste Liebe, die man sich denken kann, und natürlich war sie für die Ewigkeit angelegt. Wir schrieben uns Briefe, in denen unser erster Kuss immer und immer wieder beschrieben wurde. Er hatte noch nicht stattgefunden, aber in unseren Briefen küssten wir uns unablässig.

Zu Hause durfte niemand von diesen Briefen wissen, deshalb hatte ich mich mit Frau Berleb verschworen, dass sie die Briefe in Empfang nahm. Daheim herrschte das bekannt strenge Regiment, es wäre undenkbar gewesen, dorthin Briefe schicken zu lassen. Dieser heimliche Briefwechsel war Romantik pur.

Endlich haben wir uns verabredet und sind aus entgegengesetzten Richtungen an der Isar entlang aufeinander zugegangen. Er marschierte von Dingolfing aus los und ich von Landau. Irgendwo würden wir uns treffen, das war gewiss. Auf der normalen Landstraße lagen immerhin neunzehn Kilometer zwischen den beiden Orten. Das Herzklopfen wurde durch das Bewusstsein, dass ich im Begriff war, etwas Verbotenes zu tun, noch gesteigert. Allerdings war auch das schlechte Gewissen ständig im Hinterkopf pochend mit dabei.

Selig sind wir uns in die Arme gesunken, als wir uns trafen. Der erste Kuss war tatsächlich so schön und so zärtlich, wie wir uns das immer ausgemalt hatten. Als ich mich nach einer Weile zitternd vor Aufregung wieder auf den Heimweg machte, hoffte ich inständig, von diesem wunderbaren Kuss nicht schwanger geworden zu sein.

Aufklärung fand so statt, dass wir auf dem Schulhof mal dies und mal jenes hörten. Meistens waren es Schweinereien, die wir nicht genau verstanden. Oder man blätterte emsig im Lexikon, ob dort vielleicht Näheres zu gewissen Vorgängen zu finden sein könnte, die man aber selbst nicht genau benennen konnte. Wie also dann richtig nachschlagen? So schlugen wir uns mit unserem Halbwissen einigermaßen durch und versuchten, uns den Rest zusammenzureimen. Das Maß an Uninformiertheit war wirklich katastrophal.

Ich wurde also nicht schwanger. Das war auch gut so, denn mit meiner ersten Liebe war es eines Tages aus und vorbei, und das trotz unserer romantischen Wege und trotz der herrlichen Eiskaffee-Treffen, die einfach göttlich waren. Eine boshafte Freundin steckte mir, dass der Junge weder ein Jahr älter sei, wie er behauptete, noch sei ich die einzige Freundin: Auf dem Gymnasium habe er noch mehrere andere. Als ich dann noch erfuhr, dass seine Familie aus der Kirche ausgetreten war, brach eine Welt zusammen. Ich hatte mir die zauberhafte Hochzeit schon so schön ausgemalt: Mit Orgelgebraus wollte ich ihn im weißen Brautkleid in einer schönen Kirche heiraten. Aber nach diesen erschütternden Informationen waren die Träume jäh vorbei. Mit meinen fünfzehn Jahren musste ich einsehen, dass das vermeintliche Glück sich keineswegs so leicht einfangen ließ.

Vor einiger Zeit traf ich meine erste Liebe in einem Biergarten. Er stand plötzlich vor mir und fragte: »Kennst du mich noch?« Ich erkannte ihn sofort – nach über vierzig Jahren.

Ein anderer junger Mann, von dem ich erzählen will, war eines Tages in unserer Münchner Clique aufgetaucht. Ich fand ihn sympathisch, und wir kamen miteinander ins Gespräch. Damals hatte ich schon ein paar Filme gedreht, *Apanatschi* hatte mich bekannt gemacht, es umwehte mich ein kleiner Hauch von Weltläufigkeit und Erfolg – aber eben nur ein Hauch. Irgendwann rief der nette Mann dann bei mir in der Einzimmerwohnung an, die Dörte und ich uns teilten, um mich zum Essen einzuladen. Ich hatte Lust, ihn zu treffen, er hatte mir gefallen, warum also nicht der Einladung folgen?

Wir waren das *happy couple*: Bobby Arnold und ich (1967)

Wir gingen in ein Lokal, das mitten in Schwabing, in der berühmten kleinen Siegesstraße lag. Es war sündhaft teuer, und ich zerbrach mir den Kopf, wie man am unauffälligsten die Rechnung teilen konnte. Aber als es ans Zahlen ging, beglich er ohne zu zögern die Rechnung.

Ich hätte mir die Sorgen sparen können. Der arme Mann war ein sehr wohlhabender junger Mann, und er konnte sich das leisten. Sein Name hätte mir als Filmschauspielerin durchaus etwas sagen können, tat's aber nicht.

So kam ich mit Bob Arnold in Verbindung, eine Verbindung, die über lange Zeit sehr schön, liebevoll, verrückt, übermütig und lustig war. Bob war der Sohn des Mitbegründers der Münchner Filmtechnikfirma Arnold & Richter, kurz ARRI, die sich mit Spitzentechnologie vor allem im Bereich Kameras und Licht international einen Namen gemacht hat.

Wir beide waren das *happy couple* jener Zeit. Bob, oder Bobby, wie wir ihn nannten, war noch Student, als wir uns kennenlernten, und wohnte bei seinen Eltern in der Türkenstraße. Ich lebte bei Dörte, und jeder von uns ging seiner Arbeit nach, von rauschendem Highlife also keine Spur.

Bobs Eltern waren unglaublich warmherzig, liebenswürdig und großzügig. Mehr oder minder waren wir alle arm, die Studenten sowieso, ich auch, also konnte keiner von uns große Sprünge machen. Aber Bobs Eltern nahmen uns immer auf, fütterten uns, und wir konnten hausen und ein köstliches Leben haben, wie wir wollten. In der Nähe von Rosenheim hatten sie ein herrlich gelegenes Anwesen. Für mich war es dort immer wie auf einer Insel. Eine Insel der Entspannung und der herrlichsten Möglichkeiten, Spaß zu haben.

Dr. August Arnold, Bobs Vater, war der Erfinder der weltberühmten Arriflex-Kamera, ein toller Mann. Ich konnte stundenlang mit ihm reden. Neugierig, wie ich bin, und technikbegeistert dazu, konnte ich nicht genug kriegen von den Erzählungen über die vielen Patente, die dieser kluge Mann wegen seiner Erfindungen innehatte. Es hat mich fasziniert, welche technischen Pioniertaten ihm in seinem Leben schon gelungen waren, was er alles erfunden und konstruiert hatte, wie erfolgreich er war und wie gelassen er mit diesen Erfolgen umging. Ich glaube, unsere Zuneigung war gegenseitig, er mochte es gerne, wenn ihm einer zuhörte, und ich war begeistert von ihm, weil er alles so anschaulich erklären konnte. Manchmal haben wir gemeinsam alte Filme angeschaut, in einer alten primitiven

Scheune, die zu einem Kino umfunktioniert war, mit Projektor und allem Schnickschnack. Das war Arnolds Privatkino. Vielleicht das Bemerkenswerteste an August Arnold war seine ungeheuere Bescheidenheit.

Bob und ich hatten eine wunderbare Zeit miteinander. Diese nahezu fünf Jahre dauernde Verbindung gab mir Kraft und Rückhalt. Ich musste mich nie verstellen, wir waren einfach ein gutes Paar.

Kapitel 10
Zur Sache, Schätzchen

Eines Tages im Jahr 1967 kam von Schamoni-Film eine Anfrage an die Agentur Alexander wegen eines Films. Es lag noch gar kein richtiges Drehbuch vor, aber die Geschichte war in ihren Rohzügen bekannt und hat mich sofort gepackt, ich kann gar nicht genau sagen, warum. Ich fand sie einfach toll. Mein Instinkt sagte mir, dass das etwas war, das Witz hatte. Die Brüder Schamoni hatten in der Branche bereits einen guten Namen, und ich freute mich, dass man mich haben wollte für das Projekt. Ich sollte also zum berühmt-berüchtigten Casting kommen.

Es gab nur ein Problem: Durch meinen »Hollywood«-Vertrag mit Rialto war ich völlig gebunden und konnte nicht einfach irgendwelche Angebote annehmen. Ich hatte mich vertraglich dazu verpflichtet, alles, was man mir anbot, mit Rialto-Film abzusprechen. Ich wollte unbedingt die Zustimmung bekommen, diesen Film mit Schamoni zu drehen.

Also fing ich an, meine Agentin Ilse Alexander davon zu überzeugen, dass ich diesen Film unbedingt machen musste. Geschehe, was wolle.

Sie war genauso unbedingt der Meinung, dass das Ganze eine unausgegorene Schnapsidee sei. Dass Wendlandt in Berlin das sowieso nicht genehmigen würde. Und wenn ich so stur bliebe und wieder mal meinen Kopf durchsetzen wolle, dann solle ich ihm das gefälligst mal selbst erklären. Sie nehme das nicht auf sich.

Also rief ich Wendlandt in Berlin an und erklärte ihm die ganze Angelegenheit. Er war ziemlich schnell aufgebracht und meinte, dass das alles Unsinn sei, eine Schmonzette von seltenen Ausmaßen, er habe schon davon läuten hören. Wenigstens war er bereit, mit dem Produzenten, eben mit Peter Schamoni, direkt zu sprechen. Das war ja immerhin ein minimaler Teilerfolg.

Für Peter Schamoni, der kaum Geld für große Gagen hatte, muss es sehr schwierig gewesen sein, mit dem Giganten Horst Wendlandt zu einer Einigung zu kommen. Der alte Fuchs vereinbarte mit Schamoni schließlich einen Vertrag, der Schamoni völlig utopisch vorkam, weil er mit einer Staffelung verbunden war, die nur im aller-, allerbesten Fall zum Tragen kommen sollte. Es war ein Erfolgsbeteiligungsmodell der besten Art, das unter anderem beispielsweise vorsah, dass Wendlandt einen Bonus erhalten sollte, wenn mehr als drei Millionen Zuschauer den Film sähen. Das war die Schwelle, bei der man die Goldene Leinwand erhielt. Schamoni unterschrieb das alles, weil es jenseits seines Vorstellungsvermögens lag. Als der Film dann tatsächlich so ein Riesenerfolg wurde, bestand Wendlandt sehr genau auf der Einhaltung der Modalitäten und forderte die fälligen Raten an.

Zunächst einmal versuchte Wendlandt aber, mich von der Idee abzubringen. Er gab zu bedenken, dass es mir schaden könnte, wenn ich bei einem so offensichtlichen *Low-budget*-Projekt mitmachte. Ich sei auf dem Weg nach oben, man würde mir Hauptrollen anbieten, aber wenn ich jetzt mit diesem Film einen Flop hinlegen würde, wäre es erst einmal um meine weitere Karriere geschehen.

Genau das, was Wendlandt so gefährlich für mich fand, hat mich spontan gereizt. Ich hatte das Gefühl, dass das eine neue Chance für mich war.

Es kam zu einem längeren Hin und Her, ich hatte wieder meinen alten Sturkopf aufgesetzt. Ich wollte diesen Film machen, und ich wusste, ich würde ihn schließlich machen. Selbst wenn zum Zeitpunkt der Verhandlungen kein fertiges Drehbuch vorlag, wollte ich diesen Film machen. Ich hatte den Humor und das Ungewöhnliche gespürt, das in der Geschichte lag.

Irgendwann waren die Gespräche zwischen Wendlandt und Schamoni glücklich beendet, und die Sache konnte starten.

Beim Vorsprechen im Büro von Schamoni war eine zierliche junge Frau anwesend, die wie ein zartes, kleines Mädchen wirkte, ganz süß anzusehen. Die sagte aus dem Hintergrund heraus, ja, sie könne sich die Uschi schon vorstellen als Barbara. Ich wunderte mich, was dieses kleine Mädchen hier mitzureden hatte.

Das war die geniale May Spils, die Regisseurin des geplanten Films.

Ein anderer Punkt, der gegen den Film zu sprechen schien, war, dass er in Schwarzweiß gedreht werden sollte. Der Grund dafür war pure Geldnot und nicht etwa, wie man später vermutete, ein bewusstes Kunstmittel. Endlich hatte die Farbe ihren Einzug ins gesamte Filmgeschehen gehalten, und nun kamen diese jungen Leute daher und wollten wie in urältesten Zeiten alles in Schwarzweiß machen! Das allein war für den Profi Horst Wendlandt schon Grund genug anzunehmen, dass das ganze Projekt mit Pauken und Trompeten untergehen würde. Auch viele meiner Freunde und Kollegen hielten meine Entscheidung, diesen Film zu machen, für absolut hirnverbrannt.

Doch meine im tiefsten Inneren gefällten Entschlüsse mussten nicht die schlechtesten sein. Dank meiner Sturheit konnte ich mich durchsetzen, und Wendlandt gab sich geschlagen.

Der Film startete mit nur zehn Kopien in den Kinos und wurde der Kassenschlager des Jahres 1968. Nach nur sechs Monaten Laufzeit hatte er bereits die Goldene Leinwand eingespielt, die vergeben wird, wenn ein Film innerhalb von achtzehn Monaten drei Millionen Zuschauer hat. Insgesamt sahen weit über zehn Millionen Menschen den Film, und 1968 haben wir sogar *James Bond* geschlagen. Eine ganze Reihe von Sprüchen aus dem Film machten Karriere. »Das wird böse enden« war das Schlagwort des Jahres. Wenn einer nicht recht wollte, wie er sollte, wenn jemand keine Lust hatte zu arbeiten, dann war er einfach »schlaff« oder total »abgeschlafft«, so wie Werner Enke, der Hauptdarsteller, das im Film vorgemacht und unzählige Male vor sich hin gebrummt hatte. Sogar ein Wort wie »Fummeln« wurde durch diesen Film gewissermaßen salonfähig. Wer erinnert sich nicht des ausgebufften Charmes, mit dem Enke seinem Mädchen erklären wollte, was »Fummeln« ist, richtiges gutes echtes »Fummeln«? Oder an seine schmeichelnd-schlaffe Aufforderung, »ein kleines Match zu machen«, wenn's ins Bett gehen sollte?

Titelgebend für den Film war der Holperspruch, den sich Martin, die Hauptfigur des Films (gespielt von Enke), ganz schlaff im Schwimmbad ausdachte, kurz bevor ich als Schätzchen in sein Blickfeld geriet:

Zur Sache, Schätzchen
mach keine Mätzchen,
komm ins Bettchen
rauch noch'n Zigarettchen.

Das Besondere an dem Film war, dass er etwas Neues vorführte. Es waren die heitere Frechheit, die neue Sprache, das Löcken wider den bürgerlichen Stachel, die selbstverständliche Respektlosigkeit, die diesen Film so auszeichneten.

Werner Enke, den ich schätze und sehr gerne mag, brachte in die Figur des Martin ein Stück seiner Persönlichkeit und seines eigenen Lebens mit ein. Er war undiszipliniert, neurotisch und absolut desaströs. Er war wunderbar, ideenreich, liebenswert und total chaotisch. Er und May Spils waren ein Paar, sie sind es bis heute, und die beiden hatten sich die Geschichte ausgedacht – eine Geschichte, die für uns Schauspieler oft nur rudimentär erkennbar war.

Ich sollte die verwöhnte höhere Tochter aus guten Kreisen spielen, die zwar reich und unbedarft, aber dennoch ziemlich pfiffig und witzig zu sein hatte. Ungewöhnlich war diese Rolle auch durch all das, was zu lernen war: einerseits das »Fummeln«, der Umgang mit Pistolen, das Provozieren der Polizei, andererseits die glaubwürdige Wohlanständigkeit als totaler Gegenpart zu

Enkes Martin. Zwei Welten trafen sich, als wir aufeinanderprallten. Wahrlich eine Traumrolle!

Während wir unseren Film drehten, wurde quasi nebenan in Schwabing ein anderes witziges Projekt produziert, nämlich *Engelchen oder Die Jungfrau von Bamberg* mit Gila von Weitershausen. Im Gegensatz zu unserem Film war *Engelchen* das reinste Hollywoodprojekt, die hatten nämlich Geld und konnten in Farbe drehen. Wir empfanden uns natürlich als Konkurrenten, beäugten uns ständig, hatten jeweils unsere Spione und ließen uns besonders gerne von Pannen und Pleiten der anderen berichten. Die waren ihrerseits daran interessiert, von den unseren zu hören, und da gab es einige.

In jenen Tagen wurde alles, was es an Lebensgefühl zu vermitteln gab, in München gedreht. Schwabing war das Synonym für Lebensqualität, und zwar für die einzig richtige und erstrebenswerte, die Trends setzte gegen das gesittete bürgerliche Leben der fünfziger und frühen sechziger Jahre. An jeder Ecke wurde irgend etwas verfilmt, und die Spießbürger hatten viel Anlass, um sich aufzuregen über Gammler, Hippies, Ungewaschene und Langhaarige.

Uschi & Uschi nannte der WDR seinen im Frühjahr 2003 ausgestralten Film über die berühmt gewordene Kommunardin Uschi Obermaier und mich. Der Film zeigte uns beide in unserer Entwicklung und unserem Auftreten speziell in jener Zeit des Auf- und Umbruchs Ende der sechziger Jahre. Während Uschi Obermaier berühmt wurde, weil sie ein Bild von einer schönen Frau war und weil sie mit dem Kommunarden Rainer Langhans in Berlin in der berühmten Kommune 1 zusammenwohnte, bin ich dargestellt als Deutschlands Nummer eins als Schauspielerin. Ich weiß nicht, ob es wirklich trifft, wenn in dieser Sendung von einer »Verglasung« des deutschen Films in jener Zeit gesprochen wird, aber tatsächlich habe ich in fünf Jahren damals zwanzig Spielfilme gedreht. Von den befragten Zeitzeugen bezeichnete mich einer als »keimfrei mit pop-touch« und von allen gerngesehene mögliche Schwiegertochter. Wahr ist, dass ich etwa fünftausend Fanbriefe pro Woche bekam, also wird da schon irgend etwas dran sein.

Ich bekam so viel Fanpost, dass meine Mutter mir beim Sortieren helfen musste

Die Totalprovokation, die von der nackten Uschi Obermaier ausging, brachte keine politische Veränderung mit sich, wie es sich die Kommunarden in Berlin ursprünglich mal gedacht hatten. Aber nach deren Meinung fand die Politik ja auch in Berlin statt, während in München nur »Kasperl« am Werk gewesen seien. In *Uschi & Uschi* jedoch tritt Rainer Langhans mit der Stellungnahme auf, nach seiner Meinung sei Uschi Glas die einzig echte Achtundsechzigerin gewesen, weil ich mich dem damaligen Trend einfach widersetzt hätte und immer gegen den Strom geschwommen sei.

Zur Sache, Schätzchen transportierte ein bestimmtes Lebensgefühl. Unser Film führte München in seiner reinsten Form vor, und er tat das in der Maske eines Schwabing-Lebens, das viele junge Leute auch gerne gelebt hätten. Wer den Film sah, konnte wenigstens davon träumen.

୫ର

Es gibt beim Drehen eines Filmes nichts Furchtbareres, als wenn man »steht« – das heißt schlicht, dass nicht gedreht wird, dass alles ins Stocken gerät und nichts mehr klappt. Kurzum: Das totale Misslingen eines Films dokumentiert sich auch im zu häufigen »Stehen«. Es kam vor, dass mich meine Agentin abends anrief und hinterlistig sagte, sie habe gehört, dass wir »gestanden« hätten, was ich dann immer ohne jede Hemmung heftigst leugnete, um ihr im Gegenteil von einem äußerst gelungenen Drehtag zu berichten. Ich dachte ja gar nicht daran, die Bedenken der Uralt-Profis weiter zu schüren. Das wäre Wasser auf deren Mühlen gewesen, denn sie beäugten das ganze Projekt ja ohnehin sehr kritisch. Wo sie nun schon alle dagegen waren, wollten sie gern die Bestätigung dafür haben, dass all ihre Untergangsprognosen auch erwartungsgemäß eintraten.

Manchmal war mir aber selbst angst und bange. Werner Enke konnte stundenlang mit May Spils über eine Winzigkeit diskutieren, ohne zu irgendeinem Ergebnis zu kommen. Wir standen so lange untätig herum, bis sie das Problem miteinander geklärt hatten. Der Kameramann Klaus König, ein Profi seiner Zunft, ist dabei halb wahnsinnig geworden. Es konnte passieren, dass das halbe Team einfach hinschmeißen wollte, weil gar nichts mehr ging. Manchmal hat es einer mit Erpressung versucht und gedroht, sofort und für alle Zeiten vom Set zu verschwinden.

Einmal habe ich diese Drohung tatsächlich wahrgemacht. Ich wollte nur noch nach Hause, meine Niederlage eingestehen und alles sausen lassen, was bisher war. Ich ging. Da drohte May Spils ihrem Werner, hielt ihm vor, dass »die Uschi stinksauer« sei und sicher nie wiederkäme, alles wäre aus. Enke, total irritiert, raste hinter mir her und fragte, was um Himmels willen denn los sei, ob ich etwa böse sei? Ich war so außer mir wegen dieser zermürbenden Art, uns alle mit seinen exzentrischen Ausfällen zu quälen, dass ich ihm mitten auf dem Parkplatz wütend alles an den Kopf schmiss, was mich schon tagelang verrückt und wütend gemacht hatte. Werner Enke war völlig perplex – was er denn tue? Warum alle so wütend seien, er wolle doch niemanden ärgern, er sei doch gar nicht so schlimm?

Schnell hatte er mich wieder weichgekocht mit seiner unglaublich liebenswürdigen Art, die genauso zu ihm gehörte wie sein chaotisches Wesen, mit seinen Schwüren, nie wieder einen Knoten in die ganzen Abläufe zu bringen und künftig ganz diszipliniert zu sein. Dass die Schwüre nicht lange halten würden, wusste ich so gut wie alle anderen auch.

Manchmal verschwand Enke auch einfach vom Set. Weg war er, und keiner wusste, wo er abgeblieben war. So war es auch, als wir eine Szene im Tierpark in München-Hellabrunn drehten. Alle waren da, jeder war bereit. Nur einer fehlte noch – Werner Enke alias Martin. Er kam nicht. Erst wuchs die Ungeduld, dann kam langsam auch beim Gutwilligsten echter Ärger auf, dann fluchten die ersten laut und ohne Hemmung, und der Kameramann ballte schon die Faust in der Hosentasche. Da erschien Enke. Endlich. Aber wie er daherkam! Total verpennt, mit dickem Hals und schmalen Augen. Während er auf mich zukam, dachte ich: Seine Nase sieht aus wie eine Banane. Er trat vor mich hin, schaute mich an und sagte: »Du hast dir gedacht, meine Nase sieht aus wie eine Banane ...« Ich war entsetzt, stotterte herum und sagte: »Nein, wie kommst du denn darauf?« Aber aus, alles war vorbei. Er verlangte von der Maskenbildnerin einen Spiegel, schaute rein und sagte: »Wir können heut nicht drehen, meine Nase sieht aus wie eine Banane.« – Ende. Nichts kommt mehr.

Allgemeines Aufstöhnen, May wurde böse und pfefferte ihm hin, er solle am Abend ein Bier weniger trinken, dann sähe die Nase auch normal aus am nächsten Tag. Die Stimmung war zum Zerreißen gespannt. Enke aber murmelte bloß: »Gib mir mal ne Fluppe. Ich will zwar aufhören, aber …, und …« Das war seine übliche Masche: Unter dem Vorwand, mit dem Rauchen aufhören zu wollen, hatte er nie selbst Zigaretten – und schnorrte sicher Hunderte vom Team.

Ich hatte genug von dem Dilettantismus, es war nicht mehr zum Aushalten. Ich stand auf, sagte »ciao« und verschwand, wutentbrannt und zum Äußersten entschlossen. Ich konnte einfach nicht mehr, die Diskussion um die Bananen-Nase hatte mir den Rest gegeben. Zwar wusste ich nicht, was ich tun sollte, aber ich wälzte Fürchterliches in meinem Kopf.

So war es ein ewiges Auf und Ab, es gab unzählige solcher Geschichten. Enke war Martin aus dem Film. Er fürchtete sich wirklich vor so vielem, er musste tatsächlich über so vieles nachdenken, was scheinbar ganz einfach war – jedenfalls für alle anderen, nur nicht für ihn. Selbst das berühmte Daumenkino, mit dem er mich in der Liebesszene auf der Bettkante bezauberte, hatte wirklich er gezeichnet.

Ein anderes Mal, bei einem Nachtdreh, stand wieder einmal der ganze Film auf der Kippe. Im Film kommt vorher die Szene, wo ich, also die behütete Barbara, mit Martin geschlafen habe, er, hinter mir im Bett liegend, sagt, wie unheimlich gemütlich es sich an meinem Busen liege, und ich dann nach einer Weile darauf dränge, nach Hause zu gehen. Martin bringt Barbara ans Taxi. Mitten in Schwabing. Nachts.

Das heißt, es war spätnachts, als wir drehten. Ich fror ziemlich in meinem dünnen Kleid, und wir wollten alle zum Ende kommen.

Nur Werner nicht. Dem fiel ein, dass ich bei diesem Abschied am Taxi noch mal aus dem Auto aussteigen könnte, ehe ich tatsächlich abfahre, er mich dann noch mal am Busen anfasst und ein letztes Mal sagt, wie gemütlich es dort ist. Eine Ewigkeit lang diskutierten wir darüber, dass das zuviel sei, nur eine Wiederholung, die keinen Sinn mache. Enke bestand trotzdem darauf. Nach langen fruchtlosen Debatten sagte die völlig ermattete May Spils: »Gut, wir machen das so«, gab mir ein Zeichen und sagte: »Steig ein, hau die Tür des Taxis zu, sag dem Fahrer, er soll losfahren.« Enke sollte schlicht überlistet werden.

Wir machten alles genau so. Werner Enke merkte es natürlich zum Schluss, und während ich in meiner Rolle tatsächlich im Taxi losfuhr, machte er eine Bewegung die man im Film als resignierend deuten kann.

In Wirklichkeit war er derart sauer, dass er reingelegt worden war, dass er dem Taxi nachgespuckt hat, um damit die ganze Sache zu schmeißen. Aber zum Glück ist ihm das nicht gelungen, das Spucken sieht nur wie ein kleiner Fehler in dem Schwarzweißfilm aus. Für den Betrachter entsteht der Eindruck eines »schlaffen« Hinterherschauens, das ein bisschen wie ein erstauntes Kopfnicken aussieht. Das passt ja sogar ganz gut zu der Szene. Aber in der Nacht, als wir das drehten, konnte das noch keiner wissen. Wir waren alle fix und fertig, die ersten Vögel zwitscherten bereits, und es begann hell zu werden. Schamoni, der als moralische Stütze mit am Set war, griff sich Werner Enke und drohte ihm Prügel an wegen der verpatzten Szene. Erst später am Schneidetisch sah man dann voller Erleichterung, dass man die Szene sehr wohl benutzen konnte.

Als ich vor ein paar Jahren in einer Talkshow mit Werner Enke noch mal über diese Szene gesprochen habe, sind wir übrigens zu dem Schluss gekommen, dass Enkes ursprüngliche Idee vielleicht gar nicht so schlecht war …

Markenzeichen des Films ist mein Auftritt in der weißen Korsage. Das Bild, wie ich mitten im Polizeirevier in diesem Ding stehe, jung, üppiger Busen, unschuldig und niedlich, wurde zum absoluten Hit. Damit wurde geworben, es hing ein paar Meter hoch über dem Premierenkino in München am Lenbachplatz.

Dieses wunderbare Wäschestück war tatsächlich mehr als kleidsam, es zeigte zwar einiges, ließ aber auch noch reichlich Raum für jede Art von Phantasie. Es gibt allerdings eine Vorgeschichte dazu, und die ist lang und angefüllt mit Diskussionen, gutem Zureden und halbem Nachgeben.

Als *Zur Sache, Schätzchen* gedreht wurde, waren Gesellschaft und Politik im Umbruch, die Offenheit im Umgang miteinander nahm zu, und man legte eine Menge an Ballast ab. Nicht alles an diesem Ablegen gefiel mir. Was den Film betraf, so entwickelte sich eine neue Selbstverständlichkeit, mit dem nackten Körper umzugehen. Man konnte plötzlich ungeniert blanke Busen sehen, alte Hemmungen fielen weg. Das hatte sicher auch sein Gutes, denn die verlogene Prüderie, mit der meine Generation aufgewachsen war, hatte viel Verklemmtheit und eine ungesunde Art von Voyeurismus aus der Schlüssellochperspektive verursacht.

Aber man schüttete das Kind mit dem Bade aus. Plötzlich musste die neue Freiheit in jeden Film. Es gab kaum mehr ein Drehbuch, in dem nicht bereits nach ein paar Seiten die Hauptdarstellerin ihre Hüllen fallen lassen musste. So war es nicht weiter verwunderlich, dass auch im Laufe unseres Drehs jemand feststellte, dass es doch unheimlich witzig wäre, wenn ich auf dem Polizeirevier einfach mein Kleid fallen ließe, mit nichts darunter. Zwar hatte ich May Spils zu Beginn gefragt, ob sie an irgendwelche Nacktszenen denke, und sie hatte das ausdrücklich verneint. Aber nun war davon die Rede, dass das einfach im Trend liege und in jeden Film gehöre, das sei auch gar nichts Besonderes mehr.

Ich wollte das nicht.

Mir war das zu plump. Einfach nur Kleid runter, Busen raus – das konnte es nicht sein. Alle redeten mir zu, ich hätte doch eine tolle Figur, da wäre es doch nicht schlimm, wenn man ein bisschen Busen sähe.

Ich wollte aber etwas anderes. Also musste ich mir gegen die Meinung von Regie und Produktion und Mitspielern etwas ausdenken.

Es gibt in München ein Wäschegeschäft, Franziska Krines, in das ich schnurstracks marschierte und mein Problem vortrug: Ein bisschen nackt schon, aber nicht richtig, etwas zu sehen sollte schon sein, aber nicht alles ... Ich suchte nach der eierlegenden Wollmilchsau, das war mir schon klar. Mir schwebte eine Korsage vor, möglichst sexy, ich wollte mich ja nicht züchtig als eiserne Jungfrau verhüllen. Aber die angebotenen Dinger sahen eher aus wie orthopädische Stützapparate, ohne jede Raffinesse, mit langweiligen Strapsen. Die wunderbare Frau Krines, damals schon eine alte Dame, wusste Rat. Sie wollte den Busen in Szene setzen und kreierte das später so berühmt gewordene schneeweiße Ding, eine herrliche Korsage. Hier schnitt sie etwas weg, dort zog sie ein hübsches Bändchen durch, eine kleine Schleife hier und da noch eine kleine Spitze. Das »Ding« sah toll aus. Es gefiel mir. Aber noch musste ich erst die Fraktion der Befürworter eines barbusigen Auftritts überzeugen.

Als der Drehtag für die Szene auf der Polizeiinspektion näher rückte, war ich mit meinem weißen Ding zur Stelle. May erkundigte sich, wie es um mich stehe, und ich sagte ihr, dass ich mir selbst Gedanken gemacht hätte, wie man diese Szene so erotisch wie möglich drehen könne. Ich hatte ein sehr witziges Kleid an, das *Sweetheart* in München gemacht hatte, hinten im Nacken zugeknöpft, rückenfrei. Es konnte einfach fallen, und ich stand da. Von meinem »Darunter« hatte ich niemandem erzählt, ich war wahnsinnig aufgeregt. Am Set war nicht nur unser Filmteam, sondern auch ein paar echte Polizisten aus dem Haus, die zuschauen wollten, was ihre Filmkollegen so machten. Schamoni war ebenfalls da, das machte mich noch zusätzlich nervös, schließlich war es ja sein Film.

Innerlich habe ich gezittert und gedacht, die halten mich vielleicht einfach für eine spießige Ziege und fragen sich, was ich mir einbilde, mit so einer eigenen Idee zu kommen.

Dann hieß es »Ruhe, wir machen eine Probe« – und mindestens fünfzig Augenpaare waren auf mich gerichtet. Ich nestelte also an dem Kleiderverschluss im Nacken herum, knöpfte ihn ganz langsam auf, dann streifte ich das Kleid herunter, und das Spitzenungeheuer mit dem blauen Bändchen kam heraus. May Spils hat sofort nach den Männern gesehen, wie sie reagieren. Alle waren hingerissen von diesem Traumstück aus Spitze, aus dem mein Busen schon ziemlich frech herausschaute. »Ja«, stimmte May Spils sofort zu, »genau so drehen wir die ganze Sache.«

Der Rest ist bekannt. Der Film wurde fertig, und wir alle waren vollkommen unsicher, ob überhaupt jemand diesen Streifen würde sehen wollen. Auch der Verleih ging ziemlich zaghaft an den Start.

Als die Premierenvorstellung lief, zitterten wir alle drei. Werner Enke, May Spils und ich saßen ziemlich weit hinten im Kino und hatten das Gefühl, dass wir wie richtige Verschworene zusammenhalten müssten. Ziemlich ängstliche Verschworene allerdings. Denn zu der Zeit war es Mode geworden, dass man mitten im Film zu buhen anfing, wenn er nicht gefiel. Für die Beteiligten war das natürlich eine Katastrophe, weil einem aller Mut genommen wurde und es keinen Zweifel gab, dass die ganze Angelegenheit schlicht durchgefallen war. Die Presse berichtete dann entsprechend.

Ich hatte ein türkises Minikleid an aus hauchdünnem Stoff, und darauf waren lauter kleine Splitter aufgeklebt, eine äußerst fragile Angelegenheit also. Werner Enke war so aufgeregt, dass er die ganze Zeit daran herumzupfte und -zerrte. Ich fürchtete schon, dass er mir einen Ärmel ausreißen würde, so nervös war er.

Ich selbst war auch vor Aufregung halbtot. Als die Vorführung begann, war anfangs totale Stille im Zuschauerraum. Es war sogar sehr still. Dann auf einmal fingen die Leute zu lachen an, sie amüsierten sich hörbar und applaudierten zwischendurch. May Spils und ich fingen schon an, erleichtert zu sein, Enke allerdings begann zu jammern: Wenn die so laut lachten, gingen doch all die wunderbaren Pointen verloren!

So begann der Siegeszug des Films, der rasch absolut Kult wurde samt den Sprüchen, die damals jeder zitierte, der auf sich hielt. Am Ende der Vorführung waren wir drei total »abgeschlafft«, aber auch total glücklich.

Dass der Film tatsächlich fertig geworden war, grenzte an ein Wunder

So vieles, das eigentlich aus der Not geboren war, wurde uns nun als scharfsinnige Überlegung und künstlerische Überlegenheit der genialen Filmemacher angerechnet. Die vielen Probleme, die wir beim Drehen hatten, die endlosen Diskussionen um eine einzige Einstellung, um völlig verrückte Kleinigkeiten – es war vergessen. Wir waren glücklich über die enorme Begeisterung, die schnell überall ausbrach.

Über die internationale Agentur William Morris, die mit Ilse Alexander kooperierte, kamen jetzt nach und nach auch internationale Anfragen für mich. Ich las unzählige Drehbücher und Treatments, aber die wenigsten kamen für mich in Frage.

Einer der Schicksalsfilme, die ich nicht gemacht habe, war ein Angebot für *Trio Infernal*. Ein Film mit einer Spitzenbesetzung. Wer einen Film absagte, in dem Romy Schneider und Michel Piccoli spielten, der musste verrückt sein. Das meinte auch meine Agentur.

Ich las das Drehbuch. Es ängstigte mich, ich konnte es kaum zu Ende bringen. Alles war auf Vernichtung, Düsternis und Grauen angelegt. Ich hätte mich einer ungeheuren Schwärze absolut unterwerfen müssen und spürte, dass ich das nicht ausgehalten hätte. Ich wäre aufgefressen worden von dieser Rolle, in der ich mit Piccoli und Romy Schneider ein mörderisches Terzett hätte vervollständigen müssen. Ich liebte meinen Beruf, aber ich musste an mich denken. Ich hätte meine Seele opfern müssen für diese Rolle. Der Preis war mir zu hoch.

In meinem ganzen beruflichen Leben war eines immer wichtig für mich: dass man am Ende eines Drehtages oder eines Theaterabends aus seiner Rolle wieder heraustreten kann. Richtiggehend aussteigen, normal werden, zu sich kommen und sich erholen und damit auch Kraft schöpfen für den neuen Dreh oder die nächste Vorstellung, das habe ich immer gebraucht. Bei diesem Filmangebot spürte ich, dass ich sicher nicht mehr herausgekommen wäre.

Die Verlockung einer internationalen Karriere war mir nicht das Risiko einer gestörten Balance wert. Ich habe das Angebot abgelehnt. Mascha Gonska übernahm die Rolle. Mascha hat sich später umgebracht. Natürlich weiß ich nicht, warum sie das tat und was diesem tragischen Schritt vorangegangen war. Aber als ich davon hörte, fiel mir sofort dieser Film ein.

Kapitel 11
Schätzchen und die Folgen

Nachdem *Zur Sache, Schätzchen* angelaufen war, gab es Berichte, Interviews und Fototermine ohne Ende. Über Nacht wurde ich Deutschlands »Schätzchen«. Dieser Name ist mir geblieben, bis heute.

Mit dem Erfolg brach auch der Ruhm über mich herein, und ich wusste gar nicht, wie ich mit soviel Aufmerksamkeit umgehen sollte. Am liebsten hätte ich es manchmal einfach ausgeblendet. Einmal habe ich das wirklich versucht und ein Telegramm, das ich erhalten hatte, gleich nachdem ich es gelesen hatte, tief unter einem Stapel Bücher vergraben. Aus den Augen, aus dem Sinn.

Damit hatte ich es zwar erfolgreich aus meinem Bewusstsein verdrängt, aber ich konnte ihm dennoch nicht entkommen. Ende 1968 rief Carla Rehm, die rechte Hand meiner Agentin, bei mir an und fragte, ob ich eigentlich kein Telegramm bekommen hätte. Als ich ihr gestand, was ich damit gemacht hatte, waren sie und Ilse Alexander fassungslos. Entgeistert ließ Ilse Alexander nachfragen, ob ich das Telegramm eigentlich gelesen hätte. Und ob ich noch ganz richtig im Kopf sei. So etwas war ihr im Leben noch nicht vorgekommen.

Es ging darum, dass ich den Bambi 1969 als beste und erfolgreichste deutsche Filmschauspielerin gewonnen hatte. Mit herzlicher Gratulation vom Senator Dr. h.c. Franz Burda hatte man mich per Telegramm darüber informiert und zur Verleihung am 25. Januar 1969 eingeladen.

Der Bambi war damals ein reiner Publikumspreis. Seit ich als sehr, sehr junges Mädchen vom Film geträumt hatte, seit ich die Blätter verschlungen hatte, in denen von Bambi-Verleihungen berichtet wurde, war dieser Preis für mich die höchste vorstellbare Ehre, die einem Schauspieler zuteil werden konnte. Vom Publikum erwählt, durch die Überreichung des schlanken Rehs ausgezeichnet vor vielen anderen, das schien mir der Gipfel dessen zu sein, was ein Schauspieler erreichen konnte.

Und nun hatte also ausgerechnet ich ein schlichtes Telegramm bekommen, in dem stand: »Gratulation, Sie werden mit einem Bambi ausgezeichnet« ... Das war so fern jeder Wirklichkeit für mich – es war ein Schock, ich reagierte mit Panik – und stopfte das Papier einfach weg, irgendwohin, bloß fort damit.

Nun machte mir Ilse Alexander gewaltig Beine. Ich hatte so lange nicht reagiert, dass jetzt höchste Eile geboten war, um alle Vorbereitungen noch rechtzeitig zu erledigen. Angefangen von dem Kleid für den großen Auftritt bis zur Vorbereitung auf die übrigen Bambi-Preisträger war das eine lange Liste, die sich sehen lassen konnte! Und ich pendelte zwischen höchstem Glück und Nichtwahrhabenwollen.

Ich raste in eines der teuersten Geschäfte Münchens, ins vornehme Modehaus Ponater, um dort nach einem kurzen Kleid zu fragen, das es natürlich nicht gab, aber dafür musste es ja auch nur sofort und unmittelbar fertig sein. Als ich dann doch noch ein passendes Kleid fand, musste es zur Freude sämtlicher Mitarbeiter des Hauses Ponater für mich kurz gemacht werden, und zwar möglichst gleich. Es war eine einzige Hetzerei.

Erst langsam lernte ich, mich über diese große Auszeichnung einfach zu freuen und wirklich und wahrhaftig zu glauben, dass ich, nach nur sechs Spielfilmen und erst vierundzwanzig Jahre alt, tatsächlich denselben Preis bekommen sollte, den in den Jahren zuvor Weltstars wie Liz Taylor oder Richard Burton bekommen hatten.

Mit mir bekamen in diesem Jahr neben Heinz Rühmann und Omar Sharif auch Lorne Greene aus der Serie *Bonanza* den Bambi. Unter anderem wurde auch Sophia Loren ausgezeichnet, die aber bei der Verleihung nicht dabeisein konnte, weil sie wegen ihrer Schwangerschaft nicht reisen durfte. In der ZDF-Übertragung von der Preisverleihung wurde ein Bericht eingespielt, wie man ihr in ihrem Zimmer in einer Klinik in Genf den Bambi überreichte. Das waren Zeiten!

Sophia Loren und ich! Mit ihr in einem Atemzug genannt zu werden war schon berauschend! Aber kurz bevor ich größenwahnsinnig wurde, kam mein guter Geist und flüsterte mir zu, dass Größenwahn noch immer zum Untergang geführt hat. Dank dieser Vorsicht gelang es mir, mein ganz normales Leben als Uschi aus Landau nicht aus den Augen zu verlieren. Ich war zwar glücklich und ungeheuer dankbar, ich genoss den Riesenapplaus, den diese Ehrung mir bescherte, wie ein Bad, aber ich wusste ganz gut, dass auch das wärmste Wasser irgendwann wieder kalt wird und dass man nicht ewig in der Badewanne bleiben kann.

Die Bambi-Preisverleihung fand im ZDF-Studio in München-Unterföhring statt, moderiert von dem Schauspieler Walter Giller. Ich saß aufgeregt neben Heinz Rühmann und Omar Sharif in der ersten Reihe. Hannes Obermaier, der berühmte Gesellschaftskolumnist »Hunter« von der Münchner *Abendzeitung*, notierte am nächsten Tag über mich: »Am aufgeregtesten war sicherlich ›Schätzchen‹ Uschi Glas. Es gelang ihr, in ihrer Dankesrede in einem Satz dreimal das Wort ›bekommen‹ zu verwenden.«

Ich habe keinen Zweifel an dieser Beschreibung. An diesem Abend hatte ich derart Angst, dass ich fürchtete, vor lauter Zittern mit den Zähnen zu klappern. Es war, als hätte mich irgend jemand von null auf hundert beschleunigt. Ohne Fahrzeug. Meine ärgste Angst war, ich könnte nach der Entgegennahme des Bambis vor lauter Aufregung auf offener Bühne ohnmächtig werden und umfallen. Ich überlegte dauernd, ob so etwas wohl schon einmal passiert war.

Der Aufmarsch an Prominenz aus dem Filmgeschäft wie aus der Politik war gewaltig. Es gab noch nicht diese Unzahl von verschiedenen Preisen, so dass die Bambi-Verleihung *das* Event in

Bei der Bambi-Verleihung war ich aufgeregt wie nie

Deutschland war: Burda rief, und alle kamen. Ich hatte nicht gerade täglich Umgang mit Ministern, Bürgermeistern und internationalen Stars und fand es spannend, mit diesen Menschen zu plaudern und Gedanken auszutauschen.

Nach der großen Festveranstaltung bin ich mit Omar Sharif zu unserem Freund Aleco gegangen, der inzwischen Chef des *P1* war. Aleco, der mich schon »ewig« kannte, hatte darauf bestanden, dass ich mit Omar Sharif und dem frisch erworbenen Bambi bei ihm vorbeikomme. Er war ein glühender Verehrer von Omar Sharif, und als ich tatsächlich mit seinem Idol bei ihm aufkreuzte, standen ihm die Tränen in den Augen. Wir haben im *P1* die ganze lange Nacht gefeiert.

Mit Aleco und Omar Sharif feierten wir die ganze Nacht

Am Tag nach der Bambi-Feier fand der traditionell von Senator Franz Burda ausgerichtete »Bal paré« im *Bayerischen Hof* in München statt. In jenem Jahr fand er zum letzten Mal in der üppigen, großartigen Form statt, wie ihn der Senator etliche Jahre hindurch ausgerichtet hatte. Burda liebte seine Stars, er war wirklich eher ein Mäzen als ein reiner Geschäftsmann, so klug und geschickt er als Verleger auch war. Er wollte gerne rauschende Feste feiern, und alle folgten seiner Einladung.

Zu diesem festlichen Ball war jeder erschienen, der auf sich hielt. Ob das der damalige Bundesfinanzminister Franz Josef Strauß war oder der Krupp-Bevollmächtigte Berthold Beitz, die Grundigs, Petula Clark, die mit ihrem Hit »Downtown« weltberühmt geworden war, Tom Jones oder die Gruppe »The 5th Dimension«, ob Spitzenkünstler, Filmstars, Produzenten, Modemacher oder Verleger – alle, alle kamen und feierten mit.

Damals begann meine wunderbare Freundschaft mit Senator Burda und seiner Frau Aenne. Er nannte mich immer »Mädle« und war auf eine sehr väterliche Art besonders liebevoll zu mir. Er kümmerte sich später oft um mich, wenn er mir helfen konnte.

Aenne Burda wurde nicht nur eine Freundin, sondern auch ein Vorbild für mich, sie war die erste hochemanzipierte Frau, der ich begegnet bin. Diese enorm tüchtige Frau hat ganz Außerordentliches geleistet. Sie hatte immer ihren eigenen Kopf und hielt nichts für unmöglich, wenn sie etwas erreichen wollte. Das gefiel mir sehr.

Manchmal lud mich »der Senator« nach Offenburg zu sich nach Hause ein. Bei einer solchen Gelegenheit lernte ich Hubert

Franz Burda versucht mir eine Kette umzuhängen

Burda kennen, den jüngsten der drei Söhne von Franz Burda. Hubert studierte noch und fand mich wahrscheinlich grauenvoll. Das Filmgeschäft, in dem ich mir meine ersten Sporen erworben hatte, mochte der feinsinnige Kunsthistoriker nicht so gerne als seine Welt ansehen. Außer mir war auch Peter Alexander da, und es war förmlich physisch zu spüren, wie sich Hubert Burda innerlich gegen diese Gesellschaft sträubte. Ein wenig rebellisch war er wohl auch, wie es sich für einen jungen Menschen mit einem so starken Vater und einer so starken Mutter gehört.

Ich bin damals nicht mit dem rebellischen Strom mitgeschwommen, mir war vieles nicht differenziert genug. Sicher, ich wollte auch manche alten Zöpfe abschneiden und überkommene Ideen über Bord werfen, aber nicht so radikal wie viele andere. So bekam ich sehr schnell das Etikett »konservativ« angeheftet, das war ein echtes Schimpfwort. Ständig wurde endlos diskutiert, und trotzdem hatte ich immer das Gefühl, dass nur eine Meinung gelten durfte. Vieles galt als großartig, was ich überhaupt nicht großartig fand, ob es sich um Marx und Lenin, die DDR oder Mao handelte. Man wurde schnell zum Feind, wenn man sich kritischer äußerte – und so sahen viele in mir den Gegner. Gerade unter Künstlern machte ich mich mit Ansichten verdächtig, die nicht so recht zu dem sich ankündigenden Politikwechsel passen wollten, der sich 1969 in Willy Brandts Wahl zum Bundeskanzler Bahn brach.

Schnell bekamen Hubert Burda und ich uns in die Wolle. Wir stritten kräftig über Politik und alle möglichen Themen, er philosophierte, ich widersprach ihm mit meinen Argumenten – es war immer spannend mit ihm, auch wenn wir uns nicht einig wurden. Wir schenkten uns nichts.

Als Hubert Burda nach München ging, haben wir uns oft gesehen. Wir hatten eine tiefe, schöne Beziehung zueinander, stundenlang konnten wir miteinander über Gott und die Welt reden. Die Einladungen in seine schöne Schwabinger Wohnung waren vom Feinsten, vor allem in bezug auf die Auswahl an klugen, interessanten Gästen, mit denen sich spannende Gespräche entwickelten. Er ist ein hervorragender Gastgeber, der sich exzellent darauf versteht, die rechte Mischung an Gästen herzustellen. Ich habe großartige und bedeutende Menschen bei ihm kennengelernt, so auch Andy Warhol und andere international bekannte Künstler. Einmal saß ich neben dem großen Kritiker Joachim Kaiser, der kurz zuvor in einer Theaterkritik nicht gerade sehr freundlich mit mir umgesprungen war. Natürlich hatte er mich mit Absicht neben ihm plaziert. Hubert Burda wollte wohl sehen, ob und was wir uns zu sagen hatten.

Viele Jahre später, als er längst Herausgeber der *Bunten* war, prägte Hubert Burda den Begriff »Uschi nationale«, auch eine Art von Markenetikett, das ich seitdem trage. Der Clou war, dass er auf die Idee kam, ein Titelbild der *Bunten* mit mir zu machen, eingewickelt in die deutsche Fahne – »Uschi nationale« eben. Das war zur Zeit des Riesenerfolgs meiner Serie *Anna Maria*. Alle Redakteure und auch ich fanden die Idee kaum lösbar, ohne dass es furchtbar peinlich werden würde. Doch

Mein neues Markenzeichen: »Uschi nationale«

dann hatten wir eine absolut zündende Idee: Wir machten aus der Flagge eine Art Minikleid, das kurz und knapp in Schwarz-Rot-Gold um mich herum drapiert war. So prangte ich im November 1994 auf der *Bunten*, und als Unterzeile war zu lesen: »Warum die Deutschen sie so lieben. Die Rückkehr der Mutter-Frau«.

Ich war blutjung und mehr als unerfahren im Umgang mit den Medien und der Öffentlichkeit, als völlig unvermittelt dieser Wahnsinnserfolg über mich hereinbrach. Der hat natürlich seine angenehmen und verführerischen Seiten, wenn man plötzlich verwöhnt wird und Annehmlichkeiten hat wie einen Chauffeur oder persönliche Assistenten. Auf der anderen Seite entwickelten sich Filmpremieren zu gefährlichen Unternehmungen, wenn es zu regelrechten Massenaufläufen kam und die Menschen an einem zerrten und zogen, weil sie den »Star« unbedingt anfassen wollten. Wer unter solchen Umständen nicht Realist genug ist und bleibt und auch schnell wieder herunterkommen kann von den vermeintlichen Höhen, der kann in einen gefährlichen Rausch geraten. Räusche aber haben bestenfalls Kopfweh zur Folge. Sonst nichts.

Im sogenannten Star-Dasein ist man schnell von Speichelleckern, Jasagern und Schönrednern umgeben. Wer da nicht weiß, dass es fast nie um einen selbst geht, verliert rasch jedes Gefühl für den eigenen Stellenwert. Um Geschäfte geht es und um den persönlichen Vorteil, und der Star ist oft nur Mittel zum Zweck.

Einen Teil meiner Bodenhaftung hatte ich mit Sicherheit meiner Familie zu verdanken. Ich wohnte mittlerweile zusammen mit meiner Schwester in einer Dreizimmerwohnung in München-Giesing, und meine Mutter und die Schwestern halfen mir, wo sie konnten, vor allem auch bei der Beantwortung der Fanpost. Und die kam waschkorbweise.

Um dieser Flut gerecht zu werden, hatte ich eine bestimmte Technik beim Unterschreiben von Autogrammkarten entwickelt: Ich legte mir eine Langspielplatte auf, und wenn etwa die Rolling Stones »Satisfaction« sangen, dann musste ich in den drei Minuten genau hundert Karten unterschrieben haben.

Menschen, die derart im Licht der Öffentlichkeit stehen, werden aber nicht nur verehrt und bewundert, sondern auch besonders kritisch angegangen. So ging es natürlich auch mir. Schrieb in einem Magazin jemand über mich, ich sei »eine Bürgerin geblieben, das nette tüchtige Mädchen von nebenan, das alle mögen«, so war in einem anderen Porträt über mich zu lesen: »Mit ihrer Bürofrisur ist die Ex-Sekretärin Glas so unfaszinierend wie ein Napfkuchen.« Wurde ich nach dem *Schätzchen*-Erfolg einerseits mit Filmangeboten geradezu überschüttet und begannen sich sogar die sogenannten Jungfilmer für mich zu interessieren, so kam andererseits der fatale Begriff »Fräulein Saubermann« auf. In dieselbe Kerbe schlug ein Filmkritiker, der schrieb, ich würde mich »jugendfrei« produzieren und es nicht einmal schaffen, »Kleinkinder zum Erröten zu bringen«. Ganz recht, ich wollte meine Zuschauer nicht zum Erröten bringen.

Interessant fand ich auch, dass Regisseur Johannes Schaaf sagte, er würde gerne mit mir arbeiten, aber man müsse mich erst mal »brechen«. Auch da bin ich mir nicht sicher, was das hätte werden sollen, aber Lust, mich »brechen« zu lassen, hätte ich so oder so nicht gerade gehabt. Wer mich nicht so nehmen wollte, wie ich war, der sollte es eben bleiben lassen. Ich wollte mich in diesem Beruf nicht selbst verlieren. Nur so konnte ich den teilweise höllischen Anforderungen gerecht werden.

Es stürmte derart viel auf mich ein, ich wusste oft wirklich nicht, was ich am gescheitesten machen sollte. Natürlich fand ich es toll, dass mich manche von den jungen, aufstrebenden

Regisseuren haben wollten. Aber gerade beim jungen deutschen Film wollte es die Mode, dass kein Drehbuch mehr ohne Nacktszene auskam. Selbst meine Agentin Ilse Alexander meinte manchmal, dass das nicht so schlimm wäre, ich hätte doch eine süße Figur, und das sei nun mal so heutzutage. Sie hatte ja recht, diese liebenswürdige, feine Dame! Aber ich wollte trotzdem nicht.

Beim jungen deutschen Film hatte ich immer das Gefühl, dass als Motto ausgegeben worden war: Entweder runter mit den Klamotten, oder es wird nichts aus uns. Dass ich nicht so recht wollte, was man von mir erwartete, stand ewig zwischen uns.

Auch politisch war ich mit den sich zum Teil sehr revolutionär gebenden Jungfilmern nicht auf einer Linie. Natürlich, wir befanden uns in einem gewaltigen politischen und sozialen Umbruch, und es war gut, dass vieles in Frage gestellt wurde, es war gut, dass vieles beim Namen genannt wurde, was lange, vielleicht allzu lange, unter den Teppich gekehrt worden war. Gar kein Zweifel.

Nicht gut aber war, dass damit ein gewaltiger Hass einherging, dass es schick wurde, amerikafeindlich zu sein, dass mit Gewalt und Krawall eine neue Ordnung hergestellt werden sollte, dass einige Extremisten schließlich sogar Mord und Totschlag für legitime Mittel im »Kampf gegen den Staat« hielten. Wenn das das neue Denken sein sollte, dann gefiel es mir nicht. Mit meiner Ansicht »Mord bleibt Mord« stand ich in Diskussionen oft alleine da. So dürfe ich das nicht sehen, hielt man mir entgegen.

Eine Geschichte aus meiner Kindheit erklärt am besten, warum ich mich nie mit dem Antiamerikanismus anfreunden konnte, der auf einmal als »progressiv« galt. Als die Amerikaner bei uns in Niederbayern als Besatzungsmacht bereits etabliert waren, wurden sie zwar durchaus als Retter oder Befreier gesehen, aber doch auch mit einem gewissen feindseligen Respekt betrachtet. Vielleicht deshalb wurde uns Kindern eingebleut, die Soldaten nicht anzustarren. Aber etwas angeordnet zu bekommen und es dann auch zu befolgen ist zweierlei. Es gab in unserem Ort eine Straße, die hieß das Scharfe Eck, weil tatsächlich neben einem Gasthaus eine wahnsinnig scharfe Kurve verlief. An der kamen die amerikanischen Panzer kaum vorbei, sie mussten lange hin und her rangieren, ehe das schwere Fahrzeug weiterkonnte. Natürlich blieben wir Kinder stehen, um dieses gewaltige Schauspiel mitzuerleben. Und natürlich sahen wir uns die fremden Soldaten dabei an, das konnte man mir verbieten, aber ich musste mich nicht daran halten.

Einmal – ich mag vielleicht vier Jahre alt gewesen sein – sah oben aus so einem Panzer ein Mann heraus, der schwarz war, total schwarz. Ich hatte noch nie zuvor einen Schwarzen gesehen, einen Neger, wie die Leute sagten. So stand ich mit offenem Mund da und starrte ihn an. Hinzu kam, dass der Mann nicht nur schwarz war, sondern auch noch ein Riese zu sein schien. Er kletterte aus seinem Panzer heraus, und ich konnte nicht aufhören, ihn zu studieren und mich so deutlich zu wundern, wie es so hemmungslos nur kleine Kinder können. Irgendwann fing der Mann meinen Blick auf, und ich erschrak zu Tode, denn ich hatte ja die Grenze überschritten, die Verbotslinie und würde sicher sofort dafür bestraft werden.

Nichts dergleichen geschah. Der große schwarze Mensch strahlte mich an, dann fing er herzhaft an zu lachen, winkte mir zu, und obwohl ich zur Salzsäule erstarrt war, bewegte ich mich ganz langsam auf ihn zu, immer noch unsicher, was geschehen würde – da drückte er mir eine Tafel Schokolade in die Hand, eine schön eingepackte ganze Tafel. Die war in dunkelrotem Papier und hatte eine Silberaufschrift – eine wirkliche, echte, ganze, himmlische, unerwartete Tafel Schokolade. In meiner Hand! Ich habe dann vor Schreck samt dem unglaublichen Schatz auf dem Absatz kehrtgemacht, mich aber noch einmal umgedreht und diese freundliche, schwarze, lachende Gestalt gesehen, wie sie mir nachwinkte.

Dieses Bild ist für immer in meinem Kopf. Es ist für mich zum selben Symbol für Hilfsbereitschaft und Menschlichkeit geworden, wie es die Carepakete sind, die wir zuhauf bekamen und so nötig brauchen konnten. Aus dieser kleinen banalen Begebenheit resultiert für mich eine tiefe Dankbarkeit gegenüber den Amerikanern, die ich mir für immer bewahren möchte. Selbst wenn meine Geschichte gar nichts Einmaliges war und so tausendfach geschehen ist. Für mich bleibt sie prägend.

Kurz vor der Bundestagswahl 1969 ging in Schauspielerkreisen eine Liste herum, auf der man sich mit seiner Unterschrift für Willy Brandt, den Kanzlerkandidaten der SPD, als nächsten Bundeskanzler aussprechen konnte. Diese Unterstützerlisten wurden dann in Form eines Wahlaufrufs als Anzeigen veröffentlicht. Selbstverständlich landete die Liste auch bei mir, und genauso selbstverständlich fand ich es, deutlich zu sagen, dass ich das nicht unterschreiben würde. Ich stand nicht hinter dem Programm der SPD und erklärte in aller Deutlichkeit, dass es unaufrichtig wäre, etwas zu unterschreiben, das nicht hundertprozentig meiner Meinung entspreche. Meine Kollegen hielten mich für eine Hinterwäldlerin, die immer noch den CSU-Flaum aus Niederbayern an sich kleben hatte, und machten mir klar, dass gerade Künstler anders, nämlich progressiv und neu, zu denken hätten. Es sei einfach ein Muss zu unterschreiben.

Wir hatten bis zur Wahl 1969 eine große Koalition aus CDU und SPD, und nach Meinung vieler sollte nun die SPD auch durch uns Künstler gestärkt werden. Allerdings schrillen bei mir immer die Alarmglocken, wenn mir jemand weismachen will, dass ich etwas tun *müsse*. Ich blieb stur, weil ich keine Lust hatte, mit meiner Unterschrift etwas zu unterstützen, von dem ich mir nicht sicher war, dass ich es haben wollte. Meine Bedenken wurden jedoch einfach weggewischt. Es sei einfach angebrachter, auf der großen Liste der Künstler mit draufzustehen. Was ich im Endeffekt wirklich wählen würde, sei ja völlig egal.

Anderen mochte das egal sein, mir nicht. Also ließ ich die Unterschreiberei bleiben. Ich habe noch nie die Tendenz gehabt, mich einer Meinung einfach nur deshalb anzuschließen, weil es schick oder opportun scheint. Beispielsweise konnte ich mich auch mit der großen Aktion nicht identifizieren, die etwas später, 1971, mit dem Bekenntnis »Ich habe abgetrieben« im *Stern* begann und unter dem Motto »Mein Bauch gehört mir« zu einer Kampagne für die Abschaffung des Abtreibungsparagraphen 218 wurde. Als wäre das der Kern des Selbstbestimmungsrechts der Frauen.

Damit war es raus: Wenn diese Uschi Glas nicht für Willy Brandt ist, dann muss sie eine in der Wolle gefärbte, erzreaktionäre CDU/CSU-Tante sein, und eigentlich hat so was unter

Mit Franz Josef Strauß

Künstlern nichts zu suchen. Das war für manche einfach klar. Und mit Franz Josef Strauß hat man sie auch schon sitzen sehen.

Ich konnte und kann damit leben, weil ich ja in diesen Dingen nur für mich alleine verantwortlich bin, nicht einer wie auch immer gearteten Öffentlichkeit.

Es gab jedoch ein paar ziemlich hässliche Erlebnisse, die mir deutlich machten, dass es im Aufbruch jener Jahre nicht geduldet wurde, wenn man einen eigenen Weg gehen wollte. Es wurde erwartet, dass man gerade als öffentliche Person im vertrauten Fahrwasser mitschwamm. Zumindest in Künstler- und Schauspielerkreisen war das so. Dabei bedeutet Demokratie doch gerade bei politischen Auseinandersetzungen, akzeptieren zu können, dass andere Menschen anderer Meinung sind, und diese Meinung gelten zu lassen, solange sich alles im demokratischen Rahmen abspielt. Doch diese Art demokratischer Toleranz hatte es schwer, wie ich mehr als einmal erfahren musste.

In München, direkt an der Leopoldstraße, also im Herzen Schwabings, gab es über Jahrzehnte ein Lokal, das weit über die Stadt hinaus berühmt war: die Gaststätte *Hahnhof*. Generationen von Studenten haben dort die berühmte Nr. 2 getrunken – das war ein sehr einfacher, reichlich saurer Weißwein –, sich mit Freunden getroffen und vor allem das kostenlos am Tisch stehende Brot gegessen. Damals wurde in den Gaststätten noch jedes Stückchen Brot extra abgerechnet, aber im *Hahnhof* konnte man futtern, soviel man wollte, und das hieß, dass der Laden grundsätzlich gesteckt voll war mit lauter Studenten, die ihren Hunger stillen wollten. Das besagte Glas Wein konnte man sich leisten, und dazu stopften sie sich ausgiebig mit Brot voll, auch wenn die Bedienungen dann manchmal recht grantig wurden. Der *Hahnhof* war der Treffpunkt schlechthin, jeder und jede konnte dort jemanden treffen, voll war es immer, schön war es, rauchig und gemütlich, diskussionsschwanger.

Eines Tages kam ich wieder mal dorthin, und es empfing mich

ein ungeheures Buhkonzert. Ich hatte zuletzt mal wieder nicht mit meiner Meinung hinter dem Berg gehalten, und man fand mich anscheinend nicht auf der richtigen Schiene. Erst verstand ich gar nicht, dass ich gemeint war. Ich blickte über die Schulter, um zu sehen, wessen Erscheinen einen solchen Tumult ausgelöst hatte. Dann wurde mir klar, dass dieser unfreundliche Empfang mir galt. Weil ich anders dachte? Weil ich kein Hehl aus meiner Einstellung machte? Es war eine bedrückende Erfahrung.

Mir ist das noch ein zweites Mal passiert, und zwar auch in einem berühmten Münchner Lokal, im *Neuen Simpl*. Um dort hineinzukommen, musste man erst eine steile Treppe hinunterklettern. Ich bin also nach unten gekraxelt, logischerweise waren vom Lokal aus erst meine Beine zu sehen, und als ich dann in voller Größe erschien, ertönten Pfiffe und Missfallenskundgebungen der ärgeren Art. Es ist reichlich seltsam, wenn sich Demokratie so äußert, dass die Meinung des Andersdenkenden gleich Anlass zum Pfeifkonzert gibt.

Solche Formen der Missbilligung werden mir von manchen Menschen bis heute entgegengebracht. Ob man mich mit dem elenden Begriff der »Sauberfrau« belegt oder mich als »CSU-Zicke« bezeichnet, wie das viele Jahre später die grundgescheite Elke Heidenreich getan hat, ist dabei fast schon nebensächlich. Allen derartigen Klassifizierungen gemein ist, dass sie beleidigend gemeint sind und diffamieren sollen.

Ich finde solche Angriffe absolut indiskutabel. Denn die »Sauberfrau« und die »Zicke« sollen ja mich persönlich treffen, sie gelten nicht der Schauspielerin, die in irgendeiner Rolle vielleicht schlecht gespielt oder versagt hatte.

Die unangenehmste Erfahrung dieser Art machte ich Ende der sechziger Jahre bei einem Konzert im Audimax der Hamburger Universität, das von der *Bild*-Zeitung organisiert wurde. Barry Ryan war gerade auf der Bühne mit »Eloise«, ich sollte auch ein Lied singen, als plötzlich die Türen aufflogen und eine wilde

Horde Studenten hereinstürmte, die uns mit faulen Eiern, Äpfeln und Tomaten bewarf und damit die ganze Veranstaltung zum Abbruch brachte. Das war zur Hochzeit der Demonstrationen gegen Springer, und allein dadurch, dass wir auf diesem Konzert auftraten, waren wir in der Wahrnehmung dieser militanten Studenten zu Verbündeten Springers und damit automatisch zu ihren politischen Feinden geworden.

Kapitel 12
Bühnenstücke

Das Jahr 1968 brachte mir nicht nur den *Schätzchen*-Erfolg, sondern auch viel gute, neue Arbeit. Ich filmte mit Horst Tappert unter der Regie des berühmten Alfred Vohrer, eines rechten Schinders als Regisseur, hart mit sich selbst und mit anderen. Mit ihm drehten wir den Wallace-Film *Der Gorilla von Soho*, wo ich in einer Szene ernsthaft gedacht habe, ich würde sie nicht lebend überstehen. Weil das Drehbuch es so wollte, musste ich mich in einem Unterwasserbehälter aufhalten, der geflutet wurde, damit die Szene auch ganz echt aussah. Nur dauerte und dauerte die Aufnahme, mir wurde wirklich die Luft knapp, ich hielt mich am Rand des Behälters fest, der gespickt war mit Nägeln, meine Hände bluteten und ich dachte, im nächsten Augenblick würde ich ersticken. Es war eine scheußliche Erfahrung, und ich habe selten so geweint vor Erschöpfung und ausgestandener Angst wie nach dieser Einstellung. Aber Freddy Vohrer gefiel es, er war hochzufrieden.

In jenem Jahr machte ich auch das erste Mal bei einer deutsch-französischen Coproduktion mit, *Der Turm der verbotenen Liebe* hieß der Film. Das Drehbuch begeisterte mich, der Regisseur sollte Fritz Umgelter sein, der einen phantastischen Ruf hatte, ich freute mich sehr auf die Arbeit mit ihm. Doch kaum hatten wir in Ungarn zu drehen angefangen, hatte Umgelter einen Herzinfarkt. Franz Antel sprang für ihn ein. Die Arbeit oder das Konzept eines anderen auszuführen oder weiterzuentwickeln ist natürlich nicht leicht, aber es wurde gedreht.

Ich hatte gut zu tun, und die Arbeit füllte mich aus.

Nur eines hatte ich in meiner doch recht kurzen Laufbahn als Schauspielerin noch nie gemacht, sieht man einmal von den dramatischen *Romeo-und-Julia*-Vorstellungen in Frau Hanschkes Wohnzimmer ab: Theater spielen. Als aus Düsseldorf die Anfrage kam, ob ich an der Kleinen Komödie ein Gastspiel geben wollte, war ich daher begeistert von der Chance, die sich mir bot. Es gab zwar Kollegen und auch ein paar Stimmen in der Agentur, die mir davon abrieten, weil man auf der Bühne kaum etwas verdiene. Die Abendgage betrug fünfzig D-Mark, und das war selbst für damalige Zeiten sehr, sehr wenig. Aber mir war das völlig egal, ich hatte unglaubliche Lust auf diese neue Herausforderung.

Ich sollte neben Johannes Heesters spielen! Neben dem großen, schon damals nicht mehr ganz jungen Heesters! Ich war selig über diese Möglichkeit.

Aus dem Programmheft der Kleinen Komödie in Düsseldorf

Johannes Heesters wünschte mir Glück

Das Stück war von Robert Taylor und hieß *Unsere liebste Freundin*, eine Komödie natürlich. Als ich meine Mutter anrief, um ihr davon zu erzählen, und nebenbei erwähnte, dass ich mit Heesters spielen würde, war erst mal totale Stille am anderen Ende der Leitung. Dann fragte meine Mutter zur Vorsicht noch mal nach: »Mit *wem* spielst du????« Man konnte förmlich die vier Fragezeichen spüren, die da mitschwangen. Als ich ihr bestätigte, dass es sich wirklich und wahrhaftig um Johannes Heesters handelte, hatte ich das Gefühl, in diesem Augenblick sei mein Beruf nun endgültig als seriös und vielversprechend angenommen worden. Heesters war jahrelang der allergrößte Schwarm meiner Mutter, niemanden stellte sie höher. Und nun sollte ihre Tochter mit ihrem Idol zusammen auf der Bühne stehen. Ich glaube, sie hat sich selten mehr über ein Engagement gefreut.

Johannes Heesters stellte sich als ein zauberhafter Kollege heraus, ganz alte Schule, aber natürlich war er auch verwöhnt und gewohnt, ein Star zu sein und als solcher aufzutreten. Heesters kam natürlich aus einer ganz anderen Welt, er riet mir immer, mich rar zu machen und mich ohne entsprechenden Anlass nicht einfach so unter die Leute zu mischen oder gar in aller Öffentlichkeit banale Dinge zu tun, wie zum Beispiel im nächsten Geschäft Schuhe zu kaufen. Er konnte unglaubliche Geschichten von Premieren in früheren Zeiten erzählen, als die Schauspieler in Frack und Abendkleid über rote Teppiche ins Theater schwebten, bestaunt von einer andächtigen Gemeinde, für die das Auftreten ihrer Stars ein Märchen war, das sich in ehrfürchtiger Distanz ausdrückte und nicht in grellem Geschrei und körperlicher Bedrängnis wie in späteren Jahren. Die Zeiten hatten sich mit ihm sehr verändert, er ist eine lebende Legende aus dem zwanzigsten Jahrhundert. Um so schöner war es für mich, mit ihm sprechen und ihm zuhören zu können.

Auch die große Schauspielerin Anna Teluren, die die weibliche Hauptrolle spielte, hat mir unendlich viel beibringen und erklären können. Ich war ja wirklich die absolute Anfängerin und musste noch viel lernen. Genau das bereitete mir aber ziemliches Vergnügen.

Wir spielten etwa drei bis vier Monate, es war eine gute, eine oft auch harte, aber insgesamt enorm positive Zeit für mich.

※

Theater zu spielen war eine ganz neue Erfahrung für mich, und die Begegnung mit großen, bekannten Schauspielern brachte eine neue Dimension in mein berufliches Leben. Wieder war ich an einer dieser Schwellen angelangt, die man als Marksteine in meinem Leben bezeichnen könnte. Denn Theater ist etwas ganz anderes als Film, und ich hatte von neuem sehr viel dazuzulernen.

Im Film springt man von Szene zu Szene. Im ungünstigsten Fall muss man morgens mit Weinen anfangen, dann mit einem Kollegen sofort eine Liebesszene im Bett hinlegen, danach wahnsinnig lustig sein ... Man muss sich also immer wieder neu in die Rolle einspulen. Alles läuft nach dem engstmöglichen Zeitplan ab, und die nächste Einstellung wartet schon. Der Vorteil beim Film ist, dass sich zur Not etwas Missglücktes natürlich auch wiederholen lässt. Ich habe die Angewohnheit, immer sehr gründlich in meine Rollen hineinzuschlüpfen, was mir oft den Vorwurf eingetragen hat, ich würde immer nur mich selbst spielen. Ich will aber nicht nur »spielen«, sondern meine Figuren mit Leben erfüllen, ich will sie leben. Deshalb kann ich nur Rollen spielen, die ich eins zu eins leben könnte. Und darum gibt es auch Figuren, die mich richtig belasten, weil ich am Ende fast nicht mehr aus ihnen aussteigen kann.

Beim Theater lässt sich nichts wiederholen. Wenn man raus auf die Bühne gegangen ist, muss man alles geben, ein Zurück gibt's nicht mehr. Man muss einen Bogen spannen zum Publikum, eine Art Gummizug, der sich da unsichtbar zwischen dem

Schauspieler und den Menschen im Zuschauerraum spannt. Als Schauspieler spürt man sofort, wenn die Verbindung zum Publikum abbricht. Es genügt schon zu sehen, wie jemand seine Handtasche aufmacht und ein Bonbon rausholt, das registriert man, und schon reagiert man und versucht, es ihm innerlich zu verbieten. Soviel Suggestivkraft gibt es! Es müssen Wellen entstehen, die alle eins werden lassen, dann wird das Spiel stimmig, das zwischen Zuschauer und Darsteller ablaufen muss.

Ich vertrete immer die These, dass Schauspielerei der große Überbegriff ist und dass es dann drei Arten davon gibt: Theater, Film und Fernsehen. Es ist überhaupt nicht zwingend, dass ein Theaterschauspieler ein guter Filmschauspieler ist – und umgekehrt natürlich auch nicht.

Das Schöne am Theater ist, dass man im günstigsten Fall gleich seine Belohung bekommt, den Applaus. Beim Film heißt es nur: »Nächste Einstellung!« Die Belohnung fehlt, die die Arbeit so süß macht.

Ich sehe meinen Beruf als eine Art Dienstleistung, als Dienst am Publikum. Ich mache ja einen Film oder ein Theaterstück nicht für mich, isoliert vor der Kamera oder auf der Theaterbühne, sondern mit dem Anspruch und auch mit der Demut, dass ich das für Menschen mache. Die kommen ins Kino oder Theater, haben Geld ausgegeben und dürfen erwarten, dass sie dafür etwas Ordentliches bekommen. Wenn jemand mit mir ein Projekt macht, sei es Theater oder Film, fühle ich mich verpflichtet, nach Möglichkeit einen Erfolg daraus zu machen. Der Anstand gebietet es, sein Bestes zu geben und mitzuhelfen, dass sich die Investition – und das ist es neben allen künstlerischen Fragen ja doch auch immer – bezahlt macht. Wenn dann trotzdem ein Flop daraus wird, ist das Pech, aber der Schauspieler muss sich rückhaltlos einsetzen.

Das halte ich für die einzig wahre Art, sich als Schauspieler mit seinem Beruf zu identifizieren. Um so mehr tut es natürlich weh, wenn man schlechte Kritiken bekommt oder gar verrissen wird. Es tut vor allem weh, wenn man sehr persönlich kritisiert wird und als Mensch eine auf den Hut bekommt und nicht als Darsteller. Der große Theaterkritiker Alfred Kerr hat gesagt, dass ein Verriss immer auch *für* den Schauspieler geschrieben sein muss.

Viele Kollegen sagen, sie läsen keine Kritiken, weil eine schlechte Kritik sie zu sehr verletzte oder weil sie gar nicht würden wissen wollen, was einer denkt. Ich habe das nie fertiggebracht, ich lese so gut wie alles, es zwickt mich einfach zu sehr. Und Kritiker sind ja nicht die einzigen, die einem weh tun können. Es gibt auch unter Kollegen Ratsch, Tratsch und Eifersucht und manchmal sogar Bosheiten. So hat mir im Deutschen Theater in München, wo ich zusammen mit Josef Meinrad unter der Regie von Axel von Ambesser aufgetreten bin, mal ein Kollege eine relativ schlechte Kritik über mich in die Garderobe gelegt. Die einschlägigen Stellen waren mit einem Leuchtmarker extra herausgehoben. Das tat weh.

Ich habe immer gerne Theater gespielt, und einige meiner schönsten Erinnerungen knüpfen sich an Tourneen und Auftritte mit berühmten Kollegen. Nach dem ersten Engagement in Düsseldorf habe ich erst ein paar Jahre später wieder auf der Bühne gespielt, das war 1974 mit Karl Schönböck in dem Stück *Vater einer Tochter*.
Harald Leipnitz, den ich schon als Schauspieler erlebt hatte, führte Regie, er war ein ehrgeiziger Regisseur, es war spannend, mit ihm zu arbeiten. Schönböck, von allen immer nur »Champi« genannt, war zwar schon ein bisschen älter damals, aber von umwerfendem Charme, ein eleganter Mann und großer Kavalier. Für die Tangoeinlage, die ich mit ihm jeden Abend auf der Bühne hinlegte, bekamen wir jedesmal tosenden Applaus. Schön-

böck wurde von allen Menschen verehrt und geliebt, wo immer wir auf Tournee waren. Solche Tourneen sind ungeheuer anstrengend, da spielt man in vier oder fünf Monaten gut und gerne hundertzwanzig Vorstellungen am Stück. Ich habe mir bei dieser Theaterreise eine Strichliste angefertigt, auf der ich jeden Tag abhakte. So wie damals in London.

Seit 1989 habe ich nicht mehr Theater gespielt, weil ich die Kinder nicht so lange Zeit alleinlassen wollte. Aber die alte Leidenschaft ist noch immer da, und jetzt, wo die Kinder ihre eigenen Wege gehen, will ich auch wieder spielen.

Die Klavierstimme zu meinem ersten Schlager

Während der Theaterproben in Düsseldorf kamen der Komponist und Produzent Heinz Gietz und Günter Ilgner, einer der Chefs der Plattenfirma Cornet, mit der Frage auf mich zu, ob ich nicht mal eine Platte aufnehmen wollte? Da zu meiner Schauspielausbildung auch Gesangsunterricht gehört hatte, war ich mit Vergnügen dabei, und wir nahmen meine erste Single auf. Das eine Lied hieß »Cover girl«, das andere »Al Capone«. Es waren einfach zwei heitere, fröhliche Lieder, nichts Weltbewegendes, aber es hatte Spaß gemacht, und die Platte fand ihre Käufer.

Ein Konzertveranstalter, der mit einem gewissen Wohlgefallen mein »Cover girl« im Tonstudio hörte und gerade eine Großveranstaltung in der Essener Gruga-Halle plante, fragte beiläufig, ob ich nicht Lust hätte, da auch aufzutreten. Mit diesem neuen Lied würde das sicher ein Erfolg für mich. Da meine Probentermine nicht dagegen sprachen, ließ ich mich nicht lange lumpen und sagte grundsätzlich zu. Ich wusste nichts über die Gruga-Halle, weder, wie groß sie war, noch, was es bedeutete, vor ein paar tausend Menschen zu singen.

Heinz Gietz rief mich völlig entgeistert an. Ob es stimme, dass ich zugesagt hätte für ein Konzert in Essen? Als ich das bejahte, malte er mir in den schrecklichsten Farben aus, was das hieß: Auftritt mit Live-Orchester, was ich noch nie im Leben gemacht hatte, Tausende von Menschen, die mich garantiert alle ausbuhen würden, und andere Schreckensszenarien mehr. Er war der Meinung, ich könne unmöglich da mitmachen, und bot mir an, die Zusage wieder rückgängig zu machen. Er würde das für mich erledigen, ich sollte am besten alles vergessen. Aber ich blieb dabei. Ich hätte mich feig gefunden, wenn ich so hinterhältig aus der Zusage wieder herausgeschlüpft wäre. Nein, ich wollte das durchziehen.

Mutig und guter Dinge machte ich mich an einem Samstag auf den Weg nach Essen zur Probe für das abendliche Spektakel. Ich hatte weder Herzklopfen, noch war ich sonst besonders nervös, denn ich dachte, das müsste doch ohne weiteres hinzukriegen sein. Als ich ankam, wurde mir schon etwas bedenklicher ums

Herz. Das Ganze war eine Veranstaltung von Radio Luxemburg, es traten große, bekannte Entertainer auf, und ich mittendrin. Es war ein Witz.

Alle Künstler wollten noch proben, jeder suchte sich seinen Probenplatz, alles war Chaos, Hetze, Nervosität, Hysterie, nichts funktionierte. Ein ganz normales Oberchaos eigentlich. Günther Ilgner und Heinz Gietz hatten ausgehandelt, dass ich wenigstens

Mein erster Live-Auftritt als Sängerin (1968)

zwei Proben mit dem Orchester machen durfte, weil ich nicht den Hauch einer Erfahrung hatte, was den Live-Auftritt mit Orchester betraf. Eine Probe entfiel sofort, und mein guter Mut begann ein wenig nachzulassen. Es ging immer mehr schief, nichts, aber auch gar nichts klappte, allgemein herrschte eine Stimmung zum Zerreißen, und irgendwann waren mein Komponist und mein Produzent mit den Nerven so am Ende, dass die beiden sagten, sie würden es um alles in der Welt nicht länger aushalten. Ob ich meinen würde, alleine klarzukommen, oder ob sie mich nicht doch noch rauspauken sollten aus dem ganzen Unternehmen? Ich kleine Uschi tat wieder mal ganz groß und entließ die beiden Angsthasen. Sie sollten ruhig gehen, ich käme schon alleine zurecht.

Am Abend hinter der Bühne wurde mir aber doch mulmig zumute, als es ausgewachsenen Sängerstars im wahrsten Sinn des Wortes kotzübel wurde vor Angst. Es war eine fürchterliche Atmosphäre.

Dann kam der Augenblick, wo jemand meinen Namen rief: das Signal, auf die Bühne zu gehen. Noch am Nachmittag hatten mir meine ängstlichen Begleiter geraten, es nicht persönlich zu nehmen, wenn ich ausgebuht würde. Das war ein aufbauendes Wort gewesen.

Ich ging auf die Bühne, sang mein Lied, und alles ging erstaunlich gut: Ich bin nicht aus dem Takt gekommen, und der Applaus war ganz beachtlich. Ich hatte es hinter mir.

Hinter der Bühne beschwerten sich ein paar Kollegen, ich hätte gar nicht immer so tun müssen, als ob ich keine Ahnung hätte, es sei ja fast schon unfair, wie professionell ich agiert hätte. Die Wahrheit war viel simpler: Ich hatte einfach das Glück der Naiven, ich ahnte ja gar nicht, was alles hätte schiefgehen können. Schon ein oder zwei Jahre später hätte ich nicht mehr gewagt, ohne Probe und Vorbereitung einfach aufzutreten. Man soll sein Glück nicht überstrapazieren.

Kapitel 13
Erfahrungen einer öffentlichen Frau

Es war an der Zeit, mich zu entscheiden, ob ich meinem beruflichen Leben eine andere Wendung geben wollte oder nicht. Ich fragte mich, was ich für mich ganz persönlich eigentlich wollte. Ich hatte einen Riesenspaß an meiner Arbeit, ich durfte mit großen Schauspielern spielen und mit wunderbaren Regisseuren arbeiten. Wollte ich weitermachen wie bisher? Wollte ich vielleicht etwas ganz anderes, nämlich heiraten, Kinder bekommen, mich versorgt fühlen?

Bob Arnold und ich waren sicher noch zu jung für solch große Entscheidungen, aber letztlich war es wohl doch meine innere Stimme, die mir sagte, ich solle weitermachen wie bisher, meinen Beruf ausbauen und das tun, womit ich mir selbst immer am nächsten bleiben konnte.

Horst Wendlandt hatte mich 1965 für den Film entdeckt

Mit Rialto-Film war inzwischen eine Regelung gefunden worden, dass sie zwar weiterhin ihre Option ausüben würden, ich aber auf Anfrage auch bei anderen Produktionen mitmachen durfte. Das war eine sehr faire Regelung, zumal ich Horst Wendlandt schließlich alles zu verdanken hatte.

Ich hatte mit dem großen Theo Lingen und mit Horst Tappert gefilmt, und im März 1969 war die Uraufführung von *Klassenkeile*, mit dem herrlichen Werner Finck und mit Walter Giller – großartige Schauspieler, mit denen zu arbeiten ein Vergnügen war. Im selben Jahr lief auch mein erster Film mit Roy Black an; das war der Beginn einer wunderbaren Zusammenarbeit und einer langwährenden Freundschaft. Aber es war auch der Beginn einer ewig uns angedichteten Romanze. Schon im September 1969 machte der *Stern* eine Titelstory daraus, mit uns beiden auf dem Cover und der eher sarkastisch gemeinten Feststellung »Warum sie sich lieben müssen«. Das war wirklich eine Dauerfrage, die wir beide nicht mehr losgeworden sind, solange wir miteinander drehten. Nie wieder ist derart viel über ein »Paar« aus dem Showbusiness geschrieben worden, das nur im Film, aber nicht im Leben eines war. Es wurde gerätselt, gemutmaßt und gelogen. Die Cover der Magazine und Illustrierten, die uns zusammen zeigen, sind Legion.

Über diese Art Filme sprach der Jungfilmer natürlich nur mit auf die Tonlage einer Traueransprache herabgesenkter Stimme, das Igitt schwang unüberhörbar mit. Es gab einige, die mir weissagten, ich würde in meiner Karriere steckenbleiben, wenn ich so weitermachte mit meinen harmlosen Filmen; nur die Herausforderung des neuen, jungen, modernen Films wäre das Richtige für mich.

»Ja, aber …«, konnte ich dazu immer nur sagen. Ich war nun immerhin ein Vierteljahrhundert alt und hatte mein Schicksal längst in die eigene Hand genommen nach dem Motto: Mein Schicksal bin ich selber. Ich kann keinen anderen dafür verantwortlich machen, nur ich kann meinen Visionen folgen – oder auch nicht.

Es ärgerte mich, dass immer ziemlich viel Verachtung mitschwang, wenn vom deutschen Lustspiel die Rede war. So viele hatten sich Lustspiele aus Amerika angesehen, heiter und oberflächlich, gewiss, aber gute Laune verbreitend. Kaum aber wurde eine Klamotte, eine witzige Geschichte auf deutsch gedreht, waren die strengen Kritiker mit der uns eigenen Lust an der Selbstkritik am Werk und machten alles runter. Ich finde es befriedigend, wenn man durch seine Arbeit Menschen unterhalten kann, wenn sie für die Dauer eines Films lachen können, Vergnügen empfinden und vielleicht für eine kleine Weile von ihren Sorgen abgelenkt werden.

Manche meiner Kollegen haben es rundheraus abgelehnt, Publikumsfilme zu machen, die nichts anderes wollten, als zu unterhalten. Ich hatte nie ein Problem damit, im Gegenteil. Viele dieser heiteren Lustspiele wie *Pepe der Paukerschreck* oder *Immer Ärger mit den Paukern* machten mir allergrößten Spaß beim Drehen. Viel Spaß hatte ich immer mit Fritz Wepper, er war ein rechter Teufelsbraten, dem kein Unsinn zuviel war – mir allerdings auch nicht! Da Theo Lingen durchaus die Begabung hatte, seine Kollegen ziemlich zu entnerven, haben wir ihm auch manchen Streich gespielt. Bei den Dreharbeiten zu *Die Lümmel von der ersten Bank* haben wir ihm – ungewollt – einmal sogar einen zusätzlichen Drehtag beschert, dafür allerdings war er uns bitterböse.

Am Vormittag hatten Fritz Wepper und ich mit Theo Lingen in Lindau am Bodensee gedreht, nachmittags ging es auf den See hinaus. Fritz und ich spielten ein Liebespaar, und wir sollten uns in einem Boot draußen auf dem Wasser küssen. Zuerst drehten wir die Totale, das heißt, es wurde ein Hubschrauber bestellt, die Tür wurde ausgehängt, und der Kameramann wurde angeschnallt, so dass er sich weit hinauslehnen und so filmen konnte, wie wir mit dem Boot voller Liebe im Kreis fuhren und uns ohne Ende küssten. Irgendwann klappte es; dem Kameramann, unserem lieben Heinz Hölscher, war schlecht, aber die Aufnahme war im Kasten.

Dann ging's für die Nahaufnahmen aufs Boot: Fritz Wepper und ich, der Kameramann und der Regisseur, mehr gingen nicht drauf. Die anderen blieben am Ufer. Damit nahm das Verhängnis seinen Lauf.

Mit Fritz Wepper (li.) drehte ich eine ganze Serie von »Pauker«-Filmen

Wir machten den Kuss, erst in der Halbtotalen, dann nah. Schließlich war die Szene im Kasten, und einer sagte: »Drehschluss!«

Wo wir nun schon einmal im Boot waren, nutzten wir die Gelegenheit, um ein wenig auf dem Bodensee herumzutuckern. Wir fuhren verschiedene Anlegestege an, kehrten gemütlich ein und dachten, die Arbeit sei getan.

Als die Sonne unterging, mussten wir uns beeilen, dass wir nach Lindau zurückkamen. Schon von fern sahen wir zwei Menschen am Kai auf und ab marschieren, der eine war unser Produktionsleiter, der andere Theo Lingen. In diesem Moment fiel unserem Regisseur ein, dass doch noch nicht Drehschluss gewesen war. Theo Lingen hätte noch eine Einstellung gehabt! Das war eine Katastrophe, denn so etwas wird furchtbar teuer. Obendrein war Freitag, und so musste Theo Lingen bis Montag bleiben. Das kostete, und er kochte.

Schnell war klar, dass nur Fritz Wepper und ich als Anstifter in Frage kamen. Drohend teilte uns der Produktionsleiter mit, dass der Produzent sich schon auf den Weg von München hierher gemacht habe. Mist. Uns war gar nicht wohl zumute.

Als Buba Seitz, der Produzent, eintraf, wollte er wissen, wie es dazu hatte kommen können. Fritz und ich stellten uns. Er hörte sich alles an, fragte dann, ob's lustig war, und sagte: »So was muss einfach mal drin sein – aber nur einmal!« Buba Seitz war immer ein Herr, ein richtiger Schatz. Bei Theo Lingen haben wir uns entschuldigt, und er bekam seine Extragage.

Den für mich richtigen Film aus dem Angebot des Jungfilm-Milieus fand ich nicht. Ich spielte lieber bei den Unterhaltungsproduktionen mit, statt ewig herumzusitzen und zu warten, dass Monsieur Truffaut persönlich oder ein anderer der ganz Großen auf mich aufmerksam würde.

Mit Roy Black zum Beispiel habe ich sehr gerne gearbeitet, auch wenn es natürlich reines Kalkül war, dass man uns beide zusammengespannt hat. Mein Bekanntheitsgrad nach dem *Schätzchen* war ziemlich hoch, ich drehte Film auf Film, spielte Theater, nahm Platten auf, also lag es durchaus nahe, den sehr bekannten Schlagerstar Roy Black mit dem sehr bekannten Filmstar Uschi Glas zusammen auf ein Pferd zu setzen. Man konnte uns schon als Kassenmagneten bezeichnen.

Unser erster gemeinsamer Film war *Immer Ärger mit den Paukern*, ein Spaß rundherum. Ich hatte Roy vorher nicht gekannt, fand ihn aber sofort einen unglaublich guten Typen, mit dem man lachen konnte ohne Ende. Die Dreharbeiten fanden am Traunsee in Österreich statt, und eines Abends nahm Roy Black seine Gitarre, und wir gingen in irgendein Wirtshaus zusammen essen. Das war ziemlich ungewöhnlich, denn im Gegensatz zu mir hatte Roy Black immer einen Riesenpulk von Management und anderen Wichtigkeiten dabei. Diese Leute stritten dann zum Beispiel mit meiner Agentur darüber, wer im Abspann des Films zuerst genannt werden durfte. Erst- oder Zweitnennung, das waren wichtige Entscheidungen, die für unser Ansehen von höchster Bedeutung waren! Mir wurde das manchmal zu arg, und ich gab dann das Signal, dass es mir letztlich völlig gleichgültig war.

Roy Black wurde sehr vereinnahmt von seinem Stab, und wurde dadurch natürlich auch kräftig manipuliert, so dass er manchmal fast fremdgesteuert war. Das war ein großes Problem für die-

Als Gerd Höllerich konnte Roy Black sehr ausgelassen sein

sen sehr sensiblen Menschen, der Gerd Höllerich im Grunde war. Gerd Höllerich war ein netter, freundlicher Mensch, der zu jedem liebenswürdig war, nie launisch oder arrogant. Roy Black aber war eine Kunstfigur, mit der Höllerich leben und auskommen musste. Und der Mensch, der hinter den beiden Persönlichkeiten steckte, litt, wenn böse Angriffe kamen, die oft unter die Gürtellinie zielten. Ich habe ihn häufig getröstet, weil wieder irgendwer über »Ganz in Weiß« lästerte.

Man hat Roy Black verlacht für die Lieder, die er sang. Aber die herrlichen Kitschlieder von Doris Day, Dean Martin oder Kenny Rogers hat man begeistert gehört – nur übersetzen durfte man sie nicht. Auf deutsch wären die Texte nämlich genauso harmlos gewesen wie die von Roy Black. Dass er für seinen Schmusekurs von der Kritik so heftig gescholten wurde, darunter hat Roy, der ursprünglich als Rock-'n'-Roll-Sänger mit seiner eigenen Band aufgetreten war, sehr gelitten.

Das Tragische war, dass Gerd trotz aller Erfolge, die Roy hatte, immer einsamer wurde. Ich versuchte ihn immer wieder davon zu überzeugen, dass er auch den Roy richtig mögen und akzeptieren sollte. Das war aber einfacher gesagt als getan. Für den Erfolg hatte der Entertainer Roy Black seine Seele schon ein bisschen mit verkauft, er war gefangen in seinem Erfolg und kam aus diesem Gefängnis nicht heraus. Die Spannung, einerseits von vielen Frauen angehimmelt und andererseits von der Kritik nie ganz ernst genommen zu werden, muss für ihn schwer auszuhalten gewesen sein.

Wenn wir zu Autogrammstunden oder Filmpremieren fuhren, passierte es regelmäßig, dass Frauen sich an Roy Black ranwarfen, ihn berührten und ihn ungeniert und heftigst abbusselten. Mich hat ein einziges Mal ein Mann auf die Wange geküsst, mehr nicht. Obwohl wir bei unseren Auftritten immer Polizeischutz hatten, verloren die Sicherheitsbeamten einmal völlig die Kontrolle über die Fans. So passierte es, dass junge Mädchen, aber auch erwachsene Frauen derart an Roy herumzerrten, dass sie ihm den Ärmel seines Jacketts ausrissen. Alles war außer Rand und Band geraten.

Die wildeste Geschichte dieser Art passierte uns in Zürich bei einer Autogrammstunde in einem Kaufhaus. Dort dachte man wohl, dass es so aufregend mit den beiden deutschen Schauspielern schon nicht werden würde, und brachte uns an einem Tisch im vierten Stock unter, mitten in der Keramikabteilung. Inmitten hübscher Porzellan- und Keramikgegenstände saßen wir also da und sollten unsere Arbeit tun, nämlich freundlich sein und Karten unterschreiben.

Als Punkt 14 Uhr die Veranstaltung losging, stürmten unendliche Massen von Menschen auf uns zu, wir schrieben und schrieben uns die Finger wund, aber die Menge wurde immer größer statt kleiner. Es waren bereits die ersten Regale umgekippt, etliches war zu Bruch gegangen, und unsere kleinen Tischchen

In diesem Ansturm der Fans verlor Roy Black seinen Ärmel

rutschten unter dem Druck der andrängenden Menschen immer weiter nach hinten. Bis wir an die Wand kamen, wo es schlicht nicht mehr weiterging. Aber es gab auch kein Zurück mehr – alles lag voller Scherben, es herrschte das totale Chaos. Selbst die inzwischen herbeigerufene Polizei konnte uns nicht retten. Roy und ich mussten über das Dach flüchten, das glücklicherweise ganz nah ans Fenster heranreichte, um uns auf diese abenteuerliche Weise in Sicherheit zu bringen.

※

Wie lebt man damit, dass einen (fast) jeder kennt, auf der Straße, im Geschäft, im Kino, auf dem Markt? Diese Frage stellt man mir immer wieder, seit vielen Jahren schon. Die Antwort lautet: Wenn man das nicht mag, den Rummel, die Medienberichte, die angedichteten Romanzen, wenn man sich ständig belästigt fühlt, dann hat man den falschen Beruf. Denn das ist natürlich der Preis, den man bezahlen muss, wenn man erfolgreich ist als Schauspieler, als Sänger oder Entertainer.

Mit der Öffentlichkeit der eigenen Person gehen unendlich viele unkalkulierbare Indiskretionen und Vorurteile einher. Die können sich sogar bei Kollegen festsetzen, mit denen man dreht. Manche haben einfach ein ganz bestimmtes Bild im Kopf und möchten das auch nicht korrigieren.

Ich hatte mit dem Namen »Glas« ein Sonderproblem, das zu Verwechslungen Anlass gab. Es gab in Dingolfing die Automobilfabrik Hans Glas, die unter anderem das berühmte Goggomobil herstellte. Der Besitzer hatte Kinder, die etwa in meinem Alter waren. Nun gab es immer wieder Leute, die sich dachten, die Uschi Glas sei eine feine Dame aus reichem Haus und würde nur so zur Erheiterung ein bisschen Film machen, obwohl sie das gar nicht nötig hätte.

Beppo Brehm hat mir das einmal sehr zu meinem Nachteil

ausgelegt. Bei einem gemeinsamen Dreh war er eher unangenehm und ziemlich unwirsch mit mir. Als es mir zu dumm wurde, fragte ich ihn, was er eigentlich gegen mich habe. Gleich grantelte er wieder vor sich hin, weil er mich für besagte Erbin hielt. Er glaubte, ich würde auf »armes Hascherl« machen, damit ich mehr Erfolg hätte, dabei sei ich die Tochter vom reichen Herrn Glas. Wir haben uns schnell miteinander ausgesöhnt, als ich ihm glaubhaft versichern konnte, dass ich zwar Glas heiße, aber leider – oder Gott sei Dank, wie man's nimmt – keine reiche Erbin sei, sondern wie er auch schön brav mein Geld verdienen müsse.

Mein Glas GT

Die Autofirma Glas produzierte außer dem einzigartigen Goggomobil später auch ziemlich flotte Autos. Eines dieser Modelle fuhr ich auch, den Glas GT, ein herrliches Auto. Allerdings bin ich mit dem guten Stück auf dem Weg nach Coburg zu einer Filmpremiere einmal mitten auf der Autobahn mit einem Kolbenfresser »verreckt«. Nachdem ich das Auto von der Fahrbahn geschoben hatte, bin ich per Autostop nach Coburg gefahren, wo man ziemlich irritiert war über die Schauspielerin, die mit ölverschmierten Händen und mit einer solchen Verspätung zur Premiere erschien.

Anzunehmen, dass man nichts über sich lesen könnte, wenn man nichts über sich sagen würde, ist ein Irrtum. Eher im Gegenteil. Ich habe reichlich Erfahrungen machen können, wie es ist, wenn man sich zurückziehen und einfach in Ruhe gelassen werden möchte, weil man den Kopf und das Herz übervoll hat mit Problemen, die man erst mal für sich selbst lösen muss, ehe man mit einem Journalisten darüber sprechen möchte (wenn man das denn überhaupt will).

Andererseits gehört ein gewisses Maß an Öffentlichkeit zum Beruf. Wenn man einen Film gemacht hat, hört die Arbeit nicht mit dem letzten Drehtag auf, sondern die Öffentlichkeitsarbeit kommt mit dazu, und selbstverständlich muss man Promotion machen. Die Amerikaner tun sich damit leichter, sie sehen das als normales Geschäft an – und ich auch. Natürlich bin ich verpflichtet, für mein Produkt, für den Film, etwas zu tun – in diesem Fall bin ich dann Teil des Produkts. Und es ist auch klar, dass die Menschen – Zuschauer, Fans, Theaterbesucher – wissen wollen, wie man lebt, wie man sich fühlt, wohin man fährt, welche Interessen man hat. Das alles gehört dazu, und ich finde es ganz normal und legitim, nicht nur vom Job zu reden, sondern immer auch den Menschen hinter der Rolle lebendig zu machen.

Trotzdem sollte man Grenzen setzen dürfen, und auch für

einen Prominenten sollte es eine geschützte Privatsphäre geben dürfen. Oft ist man einfach müde und möchte sich gerne hinter sich selbst verstecken. Aber dieses Zauberkunststück gelingt nie.

Ich habe lange in der kleinen Gemeinde Grünwald bei München gelebt. Die Zeit dort war unter anderem deswegen so angenehm, weil einen jeder Händler dort kannte. Es konnte durchaus passieren, dass sich drei ungeschminkte Gestalten mittleren Alters beim Metzger trafen, von denen jede das Kriterium des Stars erfüllt hat. Bloß sah keine von ihnen nach Star aus, weil es nur darum ging, ein bisschen Wurst zu kaufen oder ein Stück Fleisch für den Sonntagsbraten. Sie hatten leichte Ränder unter den Augen und trugen alte Jeans, abgewetzte Schuhe oder einen Jogginganzug. Das waren dann Senta Berger, eine der Kessler-Zwillinge und ich, die schnell zum Einkaufen gingen, ganz normale Hausfrauen also. Das Angenehme daran war, dass die Verkäuferinnen uns alle kannten und kein Aufhebens davon machten, dass da die bleichen Stars im Laden standen, weder sehr ladylike noch starlike.

Ganz anders war es, wenn ich alleine mit dem Auto durch die DDR nach Berlin fuhr. Mit der kommunistischen Ideologie schien es nicht vereinbar zu sein, dass ein junges Mädchen aus dem Westen irgendwie prominent war. Also tat man so, als ob man mich nicht erkennen würde. In meinem Pass stand immer mein vollständiger Name: Helga Ursula Glas, Beruf: Schauspielerin. Einmal nahm einer dieser graugewandeten und graugesichtigen Vopos den Pass, studierte ihn aufmerksam, schaute mich an, dann wieder den Ausweis, und sagte frech: »Sie wollen Schauspielerin sein?« Dann gab er den Pass in die Baracke und rief einem seiner Kollegen zu: »Sag mal, sagt euch der Name

Uschi Glas irgendwas?« Das Dumme war nur, dass dieser Name gar nicht im Pass stand, und so verpuffte der Hohn, den er mir zugedacht hatte, völlig, denn der Vopo hatte klar zu erkennen gegeben, dass er sehr wohl wusste, wer Helga Ursula Glas war. Falls es darum ging, zu beweisen, dass ich für die DDR total unbekannt war – denn offiziell gab's ja weder Westfernsehen noch Westfilme, vom Theater ganz zu schweigen –, war das ein Fehlschlag erster Güte.

Ein andermal wollte einer unbedingt wissen, wieso ich ein Abendkleid im Auto hängen hatte. Ganz brav erklärte ich ihm, dass ich auf den Filmball in Berlin gehen wollte. Das hat ihn zu einer längeren Ausfragerei animiert, und nicht genug damit, ließ er mich auch noch meinen Koffer öffnen und wühlte in meinen Sachen. Es schneite wie verrückt, und ich war klatschnass, als er mich schließlich alles wieder einpacken ließ. Ich kochte vor Wut, aber wieder habe ich mich nicht getraut zu sagen, das alles gehe ihn doch schlicht nichts an. Aber nicht einmal ich habe mich bei diesen Grenzkontrollen getraut, frech zu grinsen oder irgendeine Schnodderantwort zu geben. Ich hatte, wie wir alle, gewaltigen Respekt vor den Unannehmlichkeiten, die man uns Westbesuchern schnell machen konnte, wenn es einer wollte.

Das war eine ungewohnte Erfahrung für mich: Uschi als brave Untertanin, die nicht auf den Tisch klopft und mit starken Fragen nachhakt. Damit war ich sicherlich kein Einzelfall, aber es war widerlich, sich das gefallen lassen zu müssen. Die DDR-Grenzer beherrschten das Schikanieren perfekt.

Ich war viel unterwegs zu jener Zeit, und da war es natürlich unvermeidbar, dass ich meine Freunde manchmal vernachlässigen musste. Bob Arnold und ich waren noch zusammen, aber es

Fotos von

Sigi Hengstenberg, München

Seite II

Wolfgang Wilde, Hamburg

Seite III

Jim Rakete, Berlin

Seite IV/V

Niko Schmid-Burgk, München

Seite VI

Michael Doster, München / New York

Seite VII

Karin Rocholl, Hamburg

Seite VIII

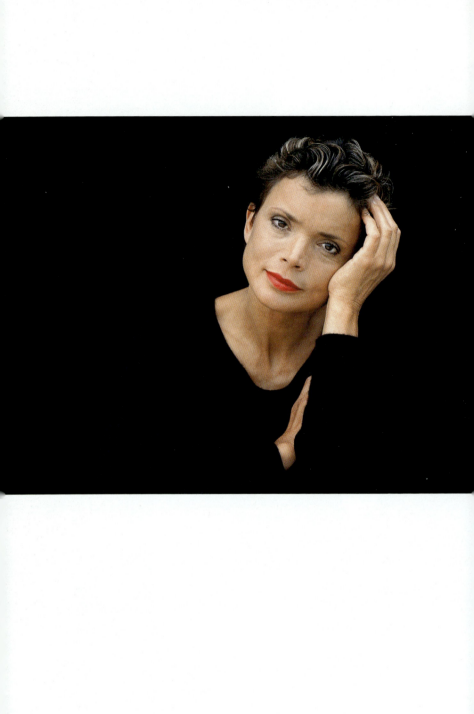

gab natürlich auch Spannungen zwischen uns und auch mit den Freunden aus der Clique. Manchmal bekam ich zu hören, dass man bei der Uschi gar nicht anzurufen brauche, weil ich ohnehin nie Zeit hätte. Das tat weh. Wenigstens gab es da das Haus von Bobbys Eltern in der Nähe von Rosenheim als Ausgleich und Gegengewicht. Für mich war es eine Art Fluchtpunkt, an den ich mich mit meinem Freund und der ganzen Clique zurückziehen konnte.

Der Simssee lag vor der Tür, und wir gingen zum Segeln. Wir hatten Bobbys Segelboot »Jubelwanne« getauft; seine Freunde segelten gerne, während ich mich nie so recht für diesen Sport erwärmen konnte. Ich habe nie genau verstanden, was man auf dem Boot zu tun hat und wie man sich im Wind, gegen den Wind, mit dem Wind zu verhalten hat. Mit dieser Einstellung war ich natürlich der Albtraum aller ernsthaften Segler, und so erklärt es sich vielleicht, dass ich nur ein einziges Mal mit Bobby alleine auf dem Boot war. Dabei haben wir uns prompt so in die Wolle bekommen, schlimmer hätte es nicht sein können. Ausgerechnet dann kam nämlich ein Sturm auf, und Bobby wäre wirklich auf meine Hilfe angewiesen gewesen, aber wenn man sich im Guten nie um das rechte Wissen schert, wie soll man dann bei Sturmwarnung und starken Böen wissen, was zu tun ist? Ich brachte nichts auf die Reihe, machte alles falsch und wurde dann auch noch trotzig und schimpfte: »Ich *will* es auch gar nicht verstehen!« Bobby war furchtbar wütend, und ich war voller Angst, weil um mich herum alles ächzte und krachte.

Bobby und ich hatten in den Jahren unseres Zusammenseins eine schöne, eine sehr junge Liebe. Es war auch ein gutes Stück Geborgenheit dabei, und die spätere Trennung von ihm war auch eine Trennung von dieser schönen, warmen Geborgenheit. Das war hart. Aber es war auch ein Stück zum Erwachsenwerden.

Zu unserer Liebe gehörte es, wie wir mit Lebensfreude, mit

Lust und sicher auch mit viel Unsinn im Kopf gefeiert haben. Wenn es die Zeit zuließ, machte ich natürlich mit. Bobbys Eltern hatten eine Hütte in Tirol, zu der man den Rest des Weges zu Fuß hochgehen musste. Wir haben dort oben gefeiert und mussten im Rucksack alles hinaufschleppen, was dazu nötig war. Bei einigen Beteiligten, die zu faul oder zu ungeübt waren, stieß das zwar auf Missfallen, aber dann hieß es schlicht: entweder, oder – ohne Mühe kein Essen auf der Alm!

Auf der Hütte ließ sich bei den Gästen schnell die Spreu vom Weizen trennen: Da gab es die eine Fraktion – oft nur bei den Mädchen –, die sich zu fein zum Zupacken war und regelmäßig aufs Klo oder jedenfalls aus der Küche musste, wenn es ans Geschirrspülen ging. Und dann gab es die andere Fraktion, die selbstverständlich anpackte, alles mitmachte und gekocht, gespült, aufgeräumt hat. Das waren einfach *good sports*, gute Kameraden. Ein Freund aus diesen Tagen ist Ossi Weishäupl, der wunderbar kochte und einmal ein besonders tolles Mädchen, Angi, mitbrachte. Die fasste an, die machte mit – und ist bis heute seine Ehefrau. Diese Almtouren waren überhaupt ein guter Test für Beziehungen; das haben sportliche oder ungewöhnliche Erfahrungen so an sich, da kann man sich schlechter verstecken oder verstellen.

Wir haben alle, ohne Einschränkung wirklich alle, an der Liebenswürdigkeit und Gastfreundschaft von Bob Arnolds Eltern teilhaben können. Sie haben es uns ermöglicht, dass wir segeln, feiern oder auf die Alm wandern konnten, und ich bin gerne auch auf die Jagd gegangen. Es kann zu den anrührendsten und größten Erlebnissen zählen, auf die Jagd zu gehen. Voraussetzung ist aber wirklich, dass man die richtige Einstellung beigebracht bekommt und bei guten Jägern lernen darf, dass Jagen in erster Linie ein Hegen und Pflegen sein muss, hinter dem die Lust am Abschuss zurücktreten sollte. Wenn man das Glück hat, auf eine eigene Jagd gehen zu dürfen, kennt man dort nach einer Weile den ganzen Bestand, man kennt jeden Rehbock und jede Gams, jedes Kitz, das heranwächst, und wenn's die Jagd trägt, sieht man auch mal einen Birkhahn – ein ganz besonderes Erlebnis. Diese Jagdgeschichten sind Teil meiner wunderbaren Beziehung zu Bob Arnold, mit dem ich diese Leidenschaft geteilt habe.

Frühmorgens um drei Uhr mit dem Jager-Hans auf die Pirsch zu gehen zählt zu meinen schönsten Erinnerungen. Raus aus den warmen Betten, dann vielleicht bis zum Bauch noch im Schnee gewatet oder klatschnass im Frühjahr, aber glücklich. Die Überwindung der eigenen Schwäche und der Unlust am frühen Morgen trägt zu dem Hochgefühl genauso bei wie das große Glücksgefühl, wenn man doch zu einem Schuss kommt und alles so abläuft, dass es nach jagdlichem Verständnis sauber und korrekt ist.

Einmal war ich wieder mit dem Jager-Hans unterwegs, als wir unverhofft auf ein großes Gamsrudel stießen. Wir mussten uns auf den Boden werfen und landeten mitten in einem Meer von

Der Jager-Hans *(li.)* mit meiner ersten Gams (um 1968)

Pfifferlingen. Wir lagen ganz still, aber die Gamsen hatten uns schon in den Wind bekommen – ein Pfiff vom sogenannten Gams-Chef, und weg waren sie. Der Hans und ich haben dann wenigstens die Pilze geerntet und uns auf der Alm ein schönes Schwammerl-Gröstl gemacht.

Es war eine erdgepolte Zeit, wie ich damals gelebt habe. Für mich waren diese Ausflüge immer wie Oasen, die mir Ruhe vermittelten und mir Kraft gaben für die nächsten Aufgaben. Denn ich musste ja wieder weiter, an andere Orte, zum Drehen, zur Arbeit. Unsere Beziehung hat das sicher auch belastet. Bob war Student, die meisten anderen Freunde auch, ich aber musste ständig irgendwo hinsausen und hatte eine ganz andere Art entwickeln müssen, mein Leben zu führen.

Hinzu kam die Belastung durch meine Rolle in der Öffentlichkeit. Bobby musste einiges aushalten, was alles in der Zeitung stand über mich, über angebliche Partner, über uns – aber wir waren ein Paar, und es wäre für mich ausgeschlossen gewesen, ihm nicht treu zu sein. Ich konnte mich nie teilen, mein Herz gehörte immer nur einem, auch wenn sich das kitschig anhört. Ich konnte auch mit dem Spruch »Sex hat nichts mit Liebe zu tun« nie etwas anfangen. Für mich käme das nicht in Frage, weil ich mir Sex ohne Liebe nicht vorstellen kann, weil ich mein Gefühl, mein Herz nicht an- und abstellen kann. Weil ich mit allem liebe, mit Haut und Haar und Herz und Verstand.

Ich habe gerade bei Außendreharbeiten viel zu oft mitbekommen müssen, wie Partner betrogen werden. Ein Filmteam besteht aus ungefähr fünfundzwanzig bis dreißig Personen. Meist wohnen alle in einem Hotel, und so bleibt natürlich nahezu nichts verborgen. Da kam dann am Wochenende die Ehefrau an und besuchte ihren Mann – und alle, alle wussten, dass der sich während der Woche bestens mit einer anderen vergnügte. Nur die angetraute Partnerin wusste nichts.

Und dann diese grässlichen Abendessen, bei denen die gehörnte Person und die Affäre an einem Tisch saßen und miteinander speisten und nett redeten, und alle am Tisch wussten Bescheid, nur sie oder er nicht. Das hat niemand verdient.

Ich wollte nie in diese Lage kommen. Als es dann doch einmal eine Situation gab, bei der ich mir nicht sicher war, was davon zu halten sei, senkte sich wie aus heiterem Himmel ein Stachel in meine Gefühlswelt.

Es war während Dreharbeiten am Wörthersee. Ich musste zwischendurch noch mal nach München, war dort einen Tag früher fertig als geplant und fuhr darum spätabends noch los, zurück an den Wörthersee. Dort waren Bobby und einige unserer Freunde, die mich erst am nächsten Vormittag erwarteten. Ich raste also über die Straßen, um die Bahnverladung auf dem Weg nach Kärnten vor elf Uhr nachts noch zu erreichen, schaffte das auch alles und kam erschöpft um Mitternacht in das Hotel, wo Bobby und ein paar andere Freunde wohnten. Ich ging fröhlich an die Rezeption, wo ich freundlichst empfangen wurde, und lief weiter in die Tiefen der Hotelhalle, wo ich schon alle um einen Tisch herumsitzen sah – offenbar in ein Spiel vertieft. Dann sah ich meinen Bobby, den Arm um den Rücken eines Mädchens gelegt. Bei mir gab's einen Funkenschlag, es blitzte, die Sicherungen knallten durch, und es donnerte im wahrsten Sinn des Wortes. Ich machte auf dem Absatz kehrt, zurück durch die Hotelhalle, nur den einen Gedanken im Kopf, so schnell wie möglich hier rauszukommen, rein ins Auto, weg, fort.

Bob kam mir hinterhergelaufen und beteuerte ein ums andere Mal, dass doch überhaupt nichts passiert sei, ich solle um Himmels willen wieder normal werden, alles sei in Ordnung und nichts, aber auch gar nichts Böses sei geschehen. In meinem Kopf aber hämmerte nur die Frage, wie ich das aushalten sollte. Ich kam als Überraschung, freute mich wahnsinnig und bin mitten hineingetappt in die Falle, die ich mir selbst gelegt hatte.

Dabei war tatsächlich gar nichts Besonderes vorgefallen. Aber ich war verunsichert, und trotz Bobs Beteuerungen blieb ein kleiner Riss. Wenn es den aber erst mal gibt, ist immer schon etwas in Unordnung, dann sind die Antennen schon ausgefahren, und das Grundgefühl ist verdorben.

Als Konsequenz aus dieser Geschichte habe ich für den Rest meines Lebens darauf verzichtet, meinem Partner oder mir selbst Überraschungen dieser Art zu bereiten.

Ende 1970 haben Bob und ich uns getrennt. Es war ein schmerzhafter Prozess, dieses Auseinanderkommen mit Bob. Vieles war zwischen uns einfach verlorengegangen. Wir waren durch meine Arbeit viel voneinander getrennt, ich fing an mich zu verändern, und das fröhliche Lachen wurde weniger.

Meine Eltern, aber besonders meine Mutter, haben Bobby unglaublich geliebt, er war auch immer so nett zu ihr, wenn wir alle zusammen waren. Lange mochte sie nicht einsehen, dass es irgendwann einfach aus war zwischen uns. Wahrscheinlich hätte sie es gerne gesehen, dass wir heiraten, wie sich Mütter das eben so vorstellen, meine war da keine Ausnahme. Bis zu ihrem Tod sprach sie immer wieder von »ihrem Bobby«.

Verglichen damit, was die Presse heute aus einer solchen Trennung machen würde, war die damalige Reaktion auf diese sehr persönliche Entwicklung in meinem Leben eine freundliche, entgegenkommende Plauderei. Freilich waren Bob und ich allerorten als ein Paar bekannt, es hatte unzählige Fotostrecken, Interviews und Porträts über uns gegeben. Nach dem *Schätzchen*-Erfolg war ich immer das »Schätzchen« von Bobby gewesen. Nun wurde natürlich wieder ausgiebig gemutmaßt und öffentlich überlegt, wer hinter der Trennung stecken mochte und warum und wer von uns beiden wie traurig war.

Der *Stern* brachte einige Monate nach der Trennung einen langen Bericht über mich unter der Überschrift »Aus Liebeskummer nach Afrika«. Das traf die Sache nicht hundertprozentig, denn ich hatte einfach eine schöne Ferienreise mit meinen Eltern gemacht und war mit ihnen nach Tansania gefahren. Im Hintergrund spielte mein Liebeskummer schon ein wenig mit, aber vor allem wollte ich zusammen mit meinen Eltern eine gute Zeit haben.

Nach den üblichen Verdächtigungen, dass ich beleidigt gewesen sei, weil Bob Arnold, der »Millionen-Erbe«, mich nicht geheiratet hätte, beruhigte man sich allmählich wieder.

Ich war also allein. Das konnte die Presse nicht auf sich beruhen lassen.

Eine Zeitschrift ließ ihre Leser abstimmen, welcher Partner am besten zu mir passen würde. Natürlich war Roy Black immer ganz vorne mit dabei, wenn über meine angeblichen Liebhaber spekuliert wurde, da konnte ich sagen, was ich wollte. Kaum eine der vielen Publikumszeitschriften, die nicht in Riesenaufmachung Roy und mich viele Male im Jahr aufs Cover brachte, angereichert mit Detailgeschichten über uns. Ein anderer beliebter Kandidat war Fritz Wepper, den einige Journalisten partout auch immer mit mir verbandeln wollten. Das hört sich harmlos an, aber wenn man in einer festen Beziehung steht, ist es für einen Partner nicht angenehm, das zu lesen. Fritz war in einer festen Beziehung, und damit war er für mich tabu. Freilich blieb alles immer eher im freundlichen Rahmen.

Die *Bunte* machte auch eine Titelgeschichte mit mir, gottlob aber nicht über die angeblichen Liebhaber, sondern über die Schauspielerin Uschi Glas. Internationale Regisseure machten mir Angebote, hieß es darin, und sie seien »begeistert und loben ihre Disziplin, ihren unermüdlichen Arbeitseifer und ihre Fröhlichkeit«. Das Lob meiner Fröhlichkeit war mir dabei besonders wichtig. Ich habe es gerne, wenn man mich so charakterisiert, denn ich finde, dass Leben und Arbeiten mit einem Schuss Fröhlichkeit besser miteinander zu vereinbaren sind. Ich versuche, so gut ich kann, nach diesem Prinzip zu leben. Auch wenn es Zeiten gibt, wo es einem schwerer fällt.

ᛰ

Eines dieser internationalen Angebote, von denen die *Bunte* schrieb, betraf 1970 den Film *Weibchen*, eine deutsch-italienisch-französische Coproduktion mit dem Tschechen Zbynek Brynych als Regisseur. Ich fand das Drehbuch unglaublich herausfordernd, es war etwas ganz anderes, als ich bisher gemacht hatte, und passte gut zu dem Gefühl, dass mit mir und in mir Veränderungen geschehen waren und dass ich am Anfang einer neuen Lebens- und Arbeitsphase stand. Aus dem »Mädchen«, dem »herzigen Teenager«, der nur »süße« Rollen spielte, war ich herausgewachsen, auch wenn der *Stern* noch 1971 in einem Porträt über mich schrieb, ich sei der »Backfischtraum aller Großmütter«. Ich spürte, dass ich eine neue Türe öffnen musste, und wollte in jedem Fall in ein anderes, ins nächste Fach wechseln. Das Alter dazu hatte ich erreicht.

Ich hatte immer jünger ausgesehen, als ich tatsächlich war. Als Teenager hat mich das wahnsinnig geärgert, denn ich war immer die einzige, die ihren Ausweis zeigen musste, wenn es irgendwo um Altersbegrenzungen ging. Für meinen Beruf bedeutete das aber, dass ich immer Gelegenheit hatte, jüngere Charaktere zu spielen. Das hieß, dass ich meine Rollen reflektieren konnte, Gefühle nicht erdenken oder erfinden musste, sondern sie *leben* konnte, weil ich sie schon *erlebt* hatte.

Nun kam also *Weibchen*. Wir drehten in der Tschechoslowakei, auf englisch, französisch, deutsch. Das Land hatte gerade die missglückte Revolution von 1968 hinter sich, den gescheiterten Versuch, den Kommunismus menschlicher zu machen. Es herrschte

Armut allerorten. Und da schickte man mir ausgerechnet ein Auto, wie es in dieser wirtschaftlich elenden Situation perverser nicht hätte sein können: Ein schwarzer Pullmann, so lang, dass man ein Bett hätte hineinstellen können, stand eines Morgens vor meiner Tür, um mich nach Marienbad, an den nächsten Drehort, zu bringen. Luggi Waldleitner, der Produzent, wollte mir damit sicher eine besondere Reverenz erweisen, aber für mich war das ein Greuel! Ich fand es unmöglich, in so einem Protzauto durch die Lande zu kutschieren, während die Menschen dort von allem zuwenig hatten. Aber einsteigen musste ich, mir blieb nichts anderes übrig. Als wir durch Dörfer fuhren, in denen die Menschen an der Straße stehenblieben, um das auffällige Gefährt zu bestaunen, habe ich mich auf den Boden gelegt, weil ich mich so geschämt habe. Meine Maskenbildnerin, die mit mir fuhr, meinte zwar, dass meine Scham auch niemandem nütze, aber ich hielt diese Art Überfluss einfach für unanständig.

Der Film ist leider nie ein großer Erfolg geworden. Bei der Handlung ging es um ein Frauensanatorium, dessen Gäste sich wie Gottesanbeterinnen verhalten. Das sind Insekten, die nach der Begattung die Männchen auffressen. In meiner Rolle als ahnungslose »Eve« geriet ich in Bedrängnis, bevor ich das unheimliche Rätsel fast lösen und meinen Freund warnen konnte. Weil der mir aber nicht glauben wollte, musste auch ich mich den merkwürdigen und unheimlichen Ritualen unterwerfen. Jedenfalls fast ...

Vom dramaturgischen Aufbau her war meine Rolle sehr spannend. Ich verkörperte einen völlig neuen Frauentyp in diesem Film und konnte eine schöne Wandlung spielen.

✿

So wie *Weibchen* ein Schritt zu neuen Ufern war, so wollte ich auch außerhalb der Schauspielerei etwas Neues versuchen. Ich hatte immer viel Lust an Mode, an guter Kleidung, an Ideen, die auch einmal ein wenig ausgefallen sein dürfen. Als wir bei Dreharbeiten wieder mal über Mode ins Plaudern kamen und ich meine Theorien vertrat, was Frauen tragen sollten, konnten, durften, schlug jemand kurzerhand vor, es wäre doch toll, wenn ich in München ein Modegeschäft aufmachen würde.

Von da an ließ mich keiner mehr mit dem Thema zufrieden. Ich war zwar der Meinung, dass ich den zahllosen Geschäften, die es gab, nicht noch eins hinzufügen musste, aber die Idee rumorte in mir. Warum eigentlich nicht? So viele Freunde bedrängten mich, Bobby, der mit einsteigen wollte, war auch dafür, und eines Tages gab ich mich geschlagen und beschloss, ein Geschäft für Kindermoden aufzumachen. Unsere Kinder in Deutschland fand ich immer praktisch gekleidet, aber nie witzig oder lustig. Dem wollte ich abhelfen.

Also gab ich ein Inserat auf: »Uschi Glas sucht Ladenfläche« – und bekam Angebote zuhauf, eines unerschwinglicher als das andere. Schließlich wollte ich ja nicht in der teuersten Meile Münchens ein exklusives Geschäft aufmachen, sondern eines, in dem die Sachen auch bezahlbar waren.

Da kam eines Tages ein liebenswürdiger, sehr privat gehaltener Brief einer Dame, die mir schrieb, dass sie in der Brienner Straße einen Buchladen habe, für den der Mietvertrag noch länger laufe, aber ihr Mann sei tödlich verunglückt, und sie wolle den Laden nicht alleine weiterführen. Ob ich Interesse hätte?

Natürlich hatte ich Interesse! Die Brienner Straße ist eine wunderbare Einkaufsstraße, zentral gelegen, die Buchhändlerin, Frau Merkle, war eine entzückende Dame, der ich eine gewisse Ablöse zahlen musste für die Einbauten, die ihr Mann gemacht hatte, und ich war glücklich, denn die Größe war genau richtig für mich: überschaubar und doch groß genug für meine Pläne. Wir waren uns schnell handelseinig geworden, und so konnte es mit meinem Geschäft losgehen.

Es war wieder mal eine neue Herausforderung: Würde ich es als totaler Grünschnabel schaffen, eine erfolgreiche Geschäftsfrau zu werden? Freilich hatte ich Helfer an meiner Seite, anders wäre es gar nicht gegangen neben meiner Filmarbeit. Als erstes habe ich mir eine Fachfrau geholt, die mir sagen konnte, wie man für die vorhandene Ladenfläche die richtige Ware in der richtigen Menge ordert. Mehr als hundert Quadratmeter waren es nicht, der Raum war schmal, aber hoch.

Meine Patenkinder Susi und Andi traten als Models für *Uschis Kindermoden* auf

Ich musste beim kleinen Einmaleins anfangen und erst mal die Kindergrößen lernen. Den Einkauf wollte ich gerne selbst machen, denn das mangelnde Modebewusstsein war ja genau das Thema, mit dem alles begonnen hatte. Also musste ich meine Vorstellungen wohl auch selbst umsetzen.

Rasch war ich Trendsetter für Kindermode. Ich habe mit großen Firmen zusammengearbeitet, obwohl ich da anfangs echte Überzeugungsarbeit leisten musste, denn mich kannte ja keiner auf den Ordermessen, niemand wusste, ob ich auch die Rechnung bezahlen könnte. Mit der Zeit wurde ich natürlich bekannt und hatte diese Probleme nicht mehr. Es war sehr spannend, auf einem gänzlich unbekannten Gebiet etwas Neues zu probieren und mich durchzukämpfen, bis es die rechte Anerkennung gab.

Ich hatte eine ausgezeichnete Mitarbeiterin, die phantastisch verkaufte. Sooft ich konnte, stand ich selbst im Laden. Ich habe es geliebt, im Geschäft zu sein, die Kunden zu begrüßen und mit den Kindern Klamotten zu probieren.

Ossi Weishäupl, der heute berühmt ist für seine Sonnenschirme und Gartenmöbel und immer künstlerisch tätig war, hat mir einen wunderbaren Türgriff gemacht, auf dem stand USCHI'S drauf, und die Balustrade hat er mit Blattsilber verziert, das sah edel und sehr schön aus.

Wir hatten einen ständigen Spruch, wenn es mal nicht so gut lief, wie wir uns das vorstellten, und der hieß: »Warte, bis der Scheich kommt!« Tatsächlich kam manchmal vom nicht weit entfernten Hotel *Bayerischer Hof* ein wohlhabender Araber oder sein weiblicher Stab vorbei, die dann alles immer gleich in allen Größen und möglichst doppelt kauften. Wenig später kamen dann die Pagen des Hotels vorbei und holten Unmengen von Tüten ab. Das war dann manchmal wie eine Art Geschenk, denn in so einem kleinen Laden nur mit Kinderkleidung den rechten Umsatz zu machen erfordert einen flotten Geschäftsgang.

Eröffnet hatte ich den Laden genau an meinem sechsundzwanzigsten Geburtstag, am 2. März 1970, das war ein herrliches Fest. Jahrelang habe ich das Geschäft behalten. Später nahm ich einen Partner dazu, denn inzwischen waren meine Kinder Benjamin und Alexander auf die Welt gekommen. Am 31. Dezember 1986, zur Geburt von Julia, haben wir verkauft. Die Miete für den Laden war unerschwinglich geworden, und außerdem hatte Chanel Interesse angemeldet. Bye, bye, *Uschi's Kindermoden*.

ᚕ

Neben diesem Ausflug in die Geschäftswelt liefen meine Filmarbeiten natürlich weiter. In Deutschland drehte ich nach wie vor sehr gerne die heiteren Lustspiele, die allesamt große Pu-

Helmut Käutner (*re.*) gibt Walter Giller und mir bei den Dreharbeiten zur *Feuerzangenbowle* Regieanweisungen

blikumserfolge waren. Vor allem hatte ich das große Glück, ein Remake der *Feuerzangenbowle* drehen zu dürfen. Die Hauptrolle spielte Walter Giller, Regie führte Helmut Käutner, der große Regisseur, dessen Filme ich alle, alle gesehen hatte und den ich so sehr verehrte. Es war ein Fest, mit ihm arbeiten zu können.

Dann kam wieder ein Angebot für eine ungewöhnliche Arbeit. Unter der Regie von James Hill, der als Regisseur von *Born free* den Oscar bekommen hatte, sollte als englisch-deutsch-spanische Co-Produktion *Black Beauty* gedreht werden, die Verfilmung des klassischen Bestsellers der englischen Autorin Anna Sewell. Mit James Hill zu arbeiten bedeutete für mich sehr viel, ich empfand es als Auszeichnung. Er war ein sehr feinfühliger und großartiger Regisseur.

Walter Slezak spielte meinen Vater in dem Film. Der große Schauspieler konnte nicht nur wunderbar spielen, er konnte auch wunderbar erzählen: von seinem Vater, dem Startenor Leo Slezak, dessen Erinnerungen wir alle gelesen hatten, von seiner eigenen Erfahrung. Wir drehten in der Nähe von Madrid, und ich war hungrig nach guter, herausfordernder Arbeit, die mit so prominenten Partnern dann auch wirklich alles von mir gefordert hat. Ich drehte auf englisch, Gott sei Dank wieder einmal.

Die Rolle, die ich zu verkörpern hatte, war die Erfüllung eines alten Traums: Walter Slezak war ein Zirkusdirektor und ich seine Tochter, die Zirkusprinzessin – das war immer ein bisschen das Bild, das ich von mir selbst im Kopf hatte. Dass ich dabei auch noch die Liebe und Fürsorge für ein außergewöhnliches Pferd, den edlen Hengst Black Beauty zeigen konnte, war ein zusätzliches Bonbon.

Der Hauptdarsteller war ein junger Hengst, groß und wunderschön, aber ohne jede Disziplin. Für die Kunststücke, die in der Manege spielten, wurde darum eine Stute eingesetzt, fast so schön wie der Hengst, nur etwas kleiner. Einmal musste ich mit der braven Stute im Galopp in die Manege einreiten. Bei der Probe klappte alles wunderbar. Auf einmal hatte James Hill die Idee, man sollte doch den Hengst nehmen, weil der einfach schöner sei. Dass der Hengst bestimmt zwanzig Zentimeter größer war als die Stute, daran dachte keiner.

Erst wollte der freche Kerl nicht so recht, vor allem wollte er nicht aus dem Hellen in das dunkle Loch des Zeltes, aber nach vielen Proben, bei denen er immer wieder verweigerte, hatte ich ihn endlich soweit. Wir beide donnerten durch den Samtvorhang in die Manege – und mit einem wahnsinnigen Schlag mitten auf meine Stirn hatte die schöne Szene ein Ende: Ich war an einen Kandelaber geknallt. Der hing so, dass ich zwar auf der Stute drunter durchgepasst hätte, nicht aber auf Black Beauty. Mir wuchs ein gewaltiges Horn, aber ich hatte noch Glück im Unglück, denn die Geschichte hätte auch viel schlimmer ausgehen können.

Unterdessen machte sich die Presse weiter Gedanken über den richtigen Partner für mich. Ungeniert wurde über den passenden Ehemann nachgedacht, und man zerbrach sich den Kopf, wie mein Leben weitergehen würde.

Tatsächlich machte ich mir selbst auch solche Gedanken. Ich habe damals in Interviews oft gesagt, dass ich für den Richtigen wohl alles stehen- und liegenlassen würde. Von Kindern, einem Zuhause mit Mann und Haushalt zu träumen war mir nicht fremd, und so erklärte ich, dass ich bei Bedarf auch meinen Beruf sausen lassen würde. Das hat manchen Journalisten bestimmt gut gefallen, denn es passte so hübsch zu meinem Image. Dennoch: Letztlich wollte ich immer unabhängig bleiben.

So war also meine Stimmungslage durchaus zwiespältig zu jener Zeit.

Kapitel 14
Zeit der Entscheidungen

Ich stürzte mich in die Arbeit und drehte einen Film nach dem anderen. Ein neues Projekt hatte es in jeder Hinsicht in sich: Man bot mir an, in einer deutsch-französisch-italienischen Coproduktion mitzuspielen. Der legendäre Jean Gabin, der mit allen Großen des Filmgeschäfts gespielt hatte, mit Marlene Dietrich, Ingrid Bergman und Brigitte Bardot, sollte mein Partner sein. Das machte mir heftiges Herzklopfen! Und man hörte, dass der Achtundsechzigjährige sehr schwierig sei und zum Jähzorn neige.

Wie immer bei Ereignissen, die mich tief berühren, bemühte ich erst einen gewissen Zweckpessimismus, ehe ich wirklich uneingeschränkt begeistert war über dieses Filmangebot. Nur so kann ich die empfindlichste Seite meiner Seele vor einer möglichen Enttäuschung schützen. Nach meinem Verständnis ist das eine sehr einfache Methode, sich vor Abstürzen zu bewahren.

Nach außen tritt dieser Selbstschutz kaum in Erscheinung, da wirke ich wie eine geborene Optimistin. Ich packe gerne an und mache meine Arbeit meist gutgelaunt und so positiv wie möglich. Gleichzeitig frage ich mich immer selbst, ob mein Einsatz wirklich hundertprozentig ist.

Mit dieser internationalen Produktion stieg ich die Karriereleiter wieder ein Stück hinauf. Eine Zeitung ließ sich sogar zu dem Satz hinreißen, dies könnte der Start für eine »Weltkarriere« sein. Sollte ich das glauben? Bei jedem Schritt hinauf wurde die Leiter ein wenig länger, und ich konnte nicht abschätzen, ob sie tragen würde, ob ich sie wirklich immer weiter verlängern sollte oder ob mir nicht irgendwann einfach schwindlig würde und ich abzustürzen drohte, wenn ich mich umdrehte und hinuntersah. Wo ging ich hin? – Ich achtete darauf, die Bodenhaftung nicht zu verlieren.

Gedreht wurde in Paris und in Marseille. Es war ein Krimi der harten Art, und ich sollte ein »Schätzchen« der neuen Art sein, nämlich eine deutsche Prostituierte, die Geliebte eines seelisch gestörten, schießwütigen Killers, den Fabio Testi darstellte.

Le Tueur – Der Killer und der Kommissar hieß der Film. Wie es sich für eine internationale Produktion gehört, bei der die Hauptdarsteller aus verschiedenen Ländern kommen, sollte auf englisch gedreht werden. Ich hatte ein Drehbuch in Deutsch, zum Einlesen, und natürlich die englische Version für den Dreh. Unnötig zu sagen, dass ich meinen Text gut gelernt hatte, als ich nach Paris kam. Wenn ein Text wirklich sitzt, hört er auf, Text zu sein, und drückt pures Leben aus. Das ist in einer fremden Sprache natürlich noch schwieriger zu erreichen.

Ich war neugierig, mit Jean Gabin zusammenzutreffen, von dem ich so viele Filme gesehen hatte. Wie würde er wohl als Kollege sein?

Als ich in meinem kleinen Hotel ankam, wurde ich gleich vom Produktionsleiter angerufen, der sehr eilig und drängend wirkte und mich sofort treffen wollte. Wenig später war er bei mir, und dann kam's raus: Monsieur Gabin wollte ganz freundlich anfragen lassen, ob es möglich wäre, den Film auf französisch zu drehen. Ja, es sei bekannt, dass Englisch vorgesehen sei, aber Monsieur Gabin habe keine rechte Lust darauf, er wolle lieber in seiner Muttersprache drehen. Ob das auch für die deutsche Aktrice möglich sei? Auf französisch?

Die deutsche Schauspielerin Uschi Glas musste das zu ihrem größten Bedauern verneinen. Das bisschen Schulfranzösisch, das ich aus Landau an der Isar noch im Kopf hatte, reichte, um einen Kaffee zu bestellen, aber nicht sehr viel weiter.

Allein auf meinem Zimmer, fing es in meinem Kopf zu arbeiten an. Natürlich konnte ich nicht innerhalb weniger Tage Französisch lernen, das war völlig ausgeschlossen. Aber mein Ehrgeiz war herausgefordert – wie könnte ich das hinkriegen? Ich grübelte und grübelte, vor mir lag das französische Drehbuch – aber es war mir vollkommen unmöglich, das zu sprechen, was da stand. Schon nach den ersten Sätzen, die ich versuchte, war mir klar, dass ich das auf keinen Fall alleine bewältigen würde.

Wenn ich es alleine nicht konnte, ging es vielleicht mit Unterstützung. Ich rief den Produktionsleiter wieder an und fragte nach einer Schauspiellehrerin. Die sollte mit mir pauken, ich würde alles versuchen, um den Text auf französisch zu lernen.

Die Idee kam gut an, er war bereit, dieses Experiment mit mir zu machen, und wollte noch am gleichen Tag jemanden für mich finden. Es kam Regine. Sie war eine Deutsche, lebte aber seit Kindertagen in Paris, war selbst Schauspielerin und gab Schauspielunterricht. Wir waren uns auf Anhieb sympathisch, das erleichterte die Arbeit, die vor uns lag. Viel Zeit hatten wir nicht.

Regine sprach mir vor, ich versuchte hochkonzentriert zuzuhören und dann nachzusprechen. Doch es zeigte sich schnell, dass es auf diese Weise endlose Wochen gedauert hätte, bis ich den Text komplett beherrschte. Ich kam auf eine andere Lösung: Regine sollte mir alles phonetisch niederschreiben, und ich würde das dann so vom Blatt weg lernen. Also war die Frage »Wie spät ist es?« für mich »Kell ör etill?«, aus »warum« wurde »purkwa« – so den ganzen Text. Eine atemberaubende Methode, einen Text zu lernen – aber: es funktionierte!

Zusätzlich besprach meine Lehrerin noch Tonbänder, so dass ich immer noch weiterlernen und meine Aussprache mit Regines vergleichen und nötigenfalls korrigieren konnte, wenn sie ging. Dass ich einen vernehmlichen deutschen Akzent hatte, machte gar nichts, schließlich sollte ich eine Deutsche darstellen, die in Frankreich gestrandet war, es war also durchaus erwünscht.

Der erste Drehtag kam – und es klappte hervorragend. Der Effekt dieser Sprachübung allerdings war, dass alle auf dem Set dachten, sie könnten sich mit mir auf französisch unterhalten. Das ging aber nicht, und so musste ich jedem erklären, dass wir uns nur in einer anderen Sprache, Englisch etwa, unterhalten konnten. Notfalls verständigten wir uns eben mit Händen und Füßen.

Ein anderes Problem war, dass keiner meiner Filmpartner auch nur minimal von seinem Text abweichen durfte, sonst wäre ich verloren gewesen. Das war nicht so einfach, auch Fabio Testi hatte damit seine Schwierigkeiten. Es war nicht möglich, zu improvisieren.

Weil Jean Gabin als so schwierig galt, wurden wir angehalten, ihn nicht anzusprechen, er wolle seine Ruhe haben. Monsieur Gabin sei der Meinung, wer ihn bis zu diesem Zeitpunkt nicht kenne, der brauche ihn auch nicht mehr kennenzulernen, und deshalb gebe es auch keine Fototermine mit ihm. Ich fand das schade, aber wenn er es so wollte, konnte man seine Haltung nur respektieren.

Gabin war fast immer am Set und schaute uns zu. Fabio Testi flüsterte mir mal zu, dass es ihn wahnsinnig mache, wenn ihm dieser große Kollege beim Spielen zuschaute. Ich hingegen fühlte mich durchaus animiert, wenn ich ihn hinter der Kamera ahnte. Sein schneeweißes Haupt war nicht zu übersehen, aber er hatte überhaupt so eine Ausstrahlung, dass man sofort spürte, wenn er das Studio betrat.

Irgendwann kam ich mal vom Set, da saß er in seinem Stuhl und hielt mich auf mit der Frage, warum ich eigentlich gar nicht mit ihm spreche? Als ich ihm auf englisch erklärte, man habe uns aufgetragen, ihn nicht anzusprechen, brummte er vor sich hin, und dann pfiff er ein paar Leute an, von denen er annahm, sie hätten diese Anweisung gegeben. Von da an waren wir die besten Freunde. Mit meiner dunklen Stimme würde ich ihn an Marlene erinnern, an sein »deutsches Mädchen«, sagte er, an Marlene Dietrich, die er sehr geliebt hatte.

Er schleppte mich in seine Kneipen mit, die in Marseille besonders abenteuerlich waren. Gabin schien die Unterwelt zu lieben – mehr als einmal klopfte er an verborgene Türen, die sich speziell für ihn öffneten, mehr als einmal hatten wir es mit einem Wirt zu tun, in dessen Gürtel eine Pistole steckte. Er aber wurde überall wie ein alter Freund begrüßt, wurde umarmt und anschließend verwöhnt wie ein Fürst. Er konnte endlos erzählen: von seiner Marlene, von seinen Pferden, die er sehr liebte, von seinen Filmen. Wir verstanden uns hervorragend, sein Englisch war herrlich mit diesem wunderbaren französischen Akzent, und wenn er nach einem Wort suchte, dann versuchte ich, es auf französisch zu finden. Wir lachten viel, und wenn er ganz gut gelaunt war, dann sagte er mit dieser gewaltigen Stimme: »Isch liebe disch.«

Max Graf Lamberg *(li.)* auf einem Fest in Kitzbühel

Meine Leidenschaft fürs Golfspielen habe ich auf Günther Netzer übertragen (1976)

Als ich Mitte 1971 in Tirol drehte, kam ein neuer Mann in mein Leben. Ich lernte ihn auf dem Golfplatz kennen. Im Jahr zuvor hatte ich mit Golf angefangen und war in einen der schönsten Clubs eingetreten, die es damals gab: den Golfclub Feldafing am Starnberger See. Ich hatte einen phantastischen Lehrer, einen Inder, der mir die Grundzüge des Golfs so gut beibrachte, dass ich heute noch an ihn denke, wenn ich die Kugel mal wieder nicht treffe. Dann besinne ich mich auf seine Ratschläge und Tips, wie man sich wieder fangen kann. Eigentlich wollte ich in diesem Sport richtig gut werden, aber noch heute »hänge« ich bei Handicap 19 herum. Man braucht einfach sehr viel Zeit, um wirklich gut zu spielen, aber als ich dann Familie bekam, musste das Golfspielen zurückstehen.

Max Graf Lamberg war ein Spitzengolfer, der einem alten Adelsgeschlecht aus Kitzbühel entstammte. Im Jahr zuvor war er österreichischer Golfmeister der Amateure geworden. Er hatte ein Handicap von 0 und dann von 1, ich hatte 35 und arbeitete mich mühsam die Handicap-Leiter herunter. Wir verliebten uns ineinander.

Bei Dreharbeiten mit (*v. l. n. r.*) Peter Weck, Georg Thomalla und Karl Lieffen (1972)

In München drehte ich 1972 *Mensch ärgere dich nicht*. Georg Thomalla und Karl Lieffen waren meine Partner, Regie führte Peter Weck, den ich bis dahin nur als Schauspieler kannte. Jetzt erlebte ich ihn zum ersten Mal als Regisseur. Thomalla oder Tommi, wie er genannt wurde, war eine rechte Kichererbse, ich übrigens auch, und einmal hätten wir damit fast die Dreharbeiten sabotiert: Tommi und ich sollten aus einem Lift herauskommen und mit unserem Dialog beginnen. Aber es gelang uns einfach nicht. Immer wenn wir aus dem Lift traten, fingen wir fürchterlich zu lachen an, wir konnten nichts dagegen tun. Unser Peter, der sonst für jeden Jux zu haben war, fand das nicht so lustig. Genaugenommen kochte er bereits, aber wir waren völlig machtlos einem hysterischen Gekicher ausgeliefert. Es gab einen gewaltigen Krach, und Peter Weck legte eine Pause ein, damit wir uns wieder beruhigten.

Danach war die Stimmung natürlich geladen, und als wir die Szene mit dem Lift von neuem probierten, waren Thomalla und ich vor lauter Angst, dass uns wieder die Hysterie überfallen könnte, in Schweiß gebadet. Aber diesmal war die Szene im Kasten.

Rom! Das war eine andere Form der Herausforderung als der französische Film, und sie war wieder neu für mich. Ich habe zweimal in Rom gedreht: den Krimi *Das Rätsel des silbernen Halbmonds*, eine deutsch-italienische Coproduktion, und den Western *100 Fäuste und ein Vaterunser*. Beide Male drehten wir auf englisch.

Rom faszinierte mich. Ich nahm meine Mutter für ein paar Wochen mit, und wir beide wohnten in einer riesigen Penthouse-Wohnung direkt an der Spanischen Treppe, Via Vittoria Nr. 4. Von hier aus hatten wir einen traumhaften Blick über die Dächer von Rom.

Ich war an einer Art Scheideweg. Die Lust hinauszugehen konkurrierte mit der stillen Lust an anderen Lebensperspektiven. Das hatte natürlich auch mit meiner Freundschaft zu Max Lamberg zu tun. Alle Welt wollte wissen, ob wir nun tatsächlich zusammenbleiben würden, doch das wussten wir beide selbst noch nicht so recht. Ich konnte die Fragen dazu schon nicht mehr hören, es kam mir vor, als würde ich mich von jeder Titelseite der bunten Blätter herunter selbst anstrahlen. Es

In Rom besuchte mich meine Mutter auf dem Set

ist nicht leicht, seine Gefühle, Unsicherheiten und Überlegungen ständig mit den Überschriften der Illustrierten teilen zu müssen.

Ein spannendes Erlebnis in Rom war eine Begegnung mit dem großen Carlo Ponti, Ehemann von Sophia Loren und einer der größten Filmproduzenten. Einige neue Projekte sollten besprochen werden, und so hatte die Agentur William Morris einen Termin für mich gemacht.

Ponti hatte sein Büro an der Piazza Venezia in einem Gebäude, das aussah wie ein riesiges Schloss. Sein Büro war mit hochglänzendem Parkett ausgelegt, bei dessen Anblick ich nur noch daran denken konnte, wie ich mit meinen hohen Plateausohlen den weiten Weg zu dem imponierenden Schreibtisch zurücklegen sollte, hinter dem der kleine Herr Ponti thronte. Mir wurde heiß und kalt zugleich bei der Vorstellung, ich könnte auf diesen extrem hohen Schuhen umknicken und es würde mich mitten in dieser feinen Umgebung einfach hinhauen.

Gott sei Dank schaffte ich es ohne Unfall bis zum Schreibtisch. Es hatte natürlich Methode, dass man erst mal zwanzig Meter Parkettboden hinter sich bringen musste, ehe man sich dem Mann so weit genähert hat, dass er aufstehen und einen begrüßen könnte. Ein wenig erhöht saß Ponti da im Zentrum seiner Macht und sah mit seinen wunderschönen Augen freundlich auf mich herab. Ein imponierender Mann, ich konnte gut verstehen, dass Sophia Loren ihn liebte.

Die schönsten Bilder von ihr standen und hingen in diesem Raum, teils in Silberrahmen, teils in Lebensgröße, eines grandioser als das andere. Es war schon eine Umgebung, die einen einschüchtern konnte. Wie ich da vor ihm saß und wir uns auf englisch unterhielten, erlebte ich, was es hieß, einem Menschen mit einer Aura zu begegnen. Carlo Ponti hatte eine Ausstrahlung, die einen geradezu fesselte.

In Rom traf ich auch Romy Schneider. Sie lebte ja längst nicht mehr in Deutschland, sondern war ein Star in Frankreich geworden. Jahre zuvor, als ich noch bei Herrn Wamprechtshammer arbeitete, hatte ich sie in München einmal im Taxi vorbeifahren gesehen. Damals wunderte ich mich noch, wie dieser große Filmstar einfach so, ganz alleine, ohne alles, wie mir schien, da im Taxi saß. Wobei ich gar nicht hätte sagen können, worauf sich »ohne alles« bezog. Wahrscheinlich vermisste ich die Beschützer, ohne die ich sie mir nicht denken konnte.

Nun wohnte Romy Schneider im selben Haus wie ich, sie war ebenfalls zu Dreharbeiten in Rom, und wir verabredeten uns. Sie kam in mein Apartment, Max war auch da. Sie hat mich beeindruckt mit ihrer schlichten, unprätentiösen Erscheinung. Völlig ungeschminkt, wie sie war, hatte sie ein sehr zartes, verletzlich wirkendes Gesicht, sie sah fast wie ein Kind aus. Wir kamen dann auf Politik zu sprechen und gerieten uns dabei ziemlich in die Haare. Sie war eine glühende Verehrerin von Willy Brandt, und so entzündete sich eine heftige Diskussion über die politischen Zustände in Deutschland. Ich argumentierte, dass sie mit ihrem Lebensstil, den sie seit frühester Jugend pflegte, gar keine Ahnung von Sozialismus habe und einfach eine Salonlinke sei, während mein Vater sein Leben lang Sozialdemokrat war und ich wenigstens wisse, wovon ich redete. Max, der inständig zwischen uns zu vermitteln versuchte, scheiterte kläglich.

Ein andermal war ich bei Mario Adorf eingeladen. Als ich bei Adorf und seiner Frau Monique in der Wohnung ankam, vermisste ich plötzlich meine Handtasche. Ich musste sie im Taxi vergessen haben. Geld, Kreditkarten, Pass – alles war weg. Ich war ratlos. Wie sollte ich eine Handtasche zurückbekommen, die ich in einem der Tausenden von Taxis hatte liegenlassen?

Eine gute Stunde später klingelte es an der Tür, Mario öffnete – und da stand der Taxifahrer mit meiner Handtasche! Er hatte meine Tasche geöffnet, um nachzusehen, ob sich eine

Adresse finde oder sonst irgendein Anhaltspunkt, der es ihm ermöglichte, der vergesslichen Dame das gute Stück wieder zukommen zu lassen. Meine Tasche unterschied sich in nichts von den Taschen anderer Frauen, das heißt, es war alles darin zu finden, was ein Frauenherz begehrt. Zum Glück waren auch

Mario Adorf hatte ich in Rom besucht

Autogrammkarten darunter. Messerscharf schloss der schlaue Taxifahrer, dass eine Frau mit Autogrammkarten in der Tasche Schauspielerin sein musste, und vielleicht war sie ja an diesem Abend zu einem anderen Schauspieler gefahren. Also fuhr er zurück zu dem Platz, wo er mich abgesetzt hatte, und fragte dort herum, ob irgendwo ein Schauspieler wohne. Mario Adorf war in Rom ein Star, und so wies jemand dem Taxifahrer den Weg. Auf diese Weise bekam ich mein gutes Stück völlig unerwartet zurück.

Es war eine aufregende Zeit in Rom. Die Stadt war lebendig, und die ganze Filmwelt konzentrierte sich in der Cinecittà. Schauspieler aus der ganzen Welt drehten hier, Rod Steiger war genauso da wie Blacky Fuchsberger, man drehte mit international bekannten Regisseuren, und ich lernte Vittorio De Sica kennen, den charmanten Grandseigneur des italienischen Films. De Sica hatte Sophia Loren und Marcello Mastroianni mit seinen Filmen bekannt gemacht, und sein Streifen Fahrraddiebe gewann 1949 den Oscar.

Antonio Sabàto, der als junger italienischer Marlon Brando galt, war mein Partner in *Das Rätsel des silbernen Halbmonds*. Der Regisseur konnte die Deutschen nicht leiden, und ich verstand nie, warum er den Film, der ja mit deutscher Beteiligung produziert wurde, dann überhaupt gemacht hatte. Immer wenn er mich sah, begrüßte er mich mit »Achtung, Achtung!« und schlug dazu die Hacken zusammen. Dann wieder fragte er mich vor einer besonders schwierigen Szene, ob ich wüsste, was »Arbeit macht frei« bedeute. Systematisch versuchte er, mich mit schrecklichen Begriffen aus der Nazi-Zeit fertigzumachen, bloßzustellen und zu quälen. Ich nahm mich sehr zusammen und bemühte mich, nicht weiter auf diese Provokationen einzugehen. Die anderen italienischen Teammitglieder trösteten mich damit, dass sie ihn als Idioten bezeichneten, ich solle am besten gar nicht hinhören.

Das war leichter gesagt als getan, es tat mir einfach weh, wie dieser Mann mich mit widerlichen Parolen aus längst vergangenen Zeiten fertigzumachen versuchte. Den Gipfel seiner Bosheiten schleuderte er mir entgegen, als ich eines Tages ganz entspannt auf einem Stuhl saß und eine Katze streichelte, die sich an meinen Beinen rieb. Er ging an mir vorbei und sagte in seinem schauderhaften Englisch: »Weißt du was? Die Deutschen mögen Tiere, aber sie verbrennen Menschen.« Dann lachte er bösartig und ging weiter.

Etwas Ähnliches ist mir Gott sei Dank nie wieder passiert. Es ist sehr demütigend, mit jemandem arbeiten zu müssen, der einen ohne Unterlass schikaniert und noch dazu auf so eine perfide Weise.

⁂

Zum Glück war Max mit in Rom, ich war sehr dankbar für seine Nähe. Er tröstete mich, wenn ich total unglücklich vom Dreh nach Hause kam. Es half ja nichts, ich hatte einen Vertrag und musste meine Arbeit machen. Man kann nicht einfach alles hinschmeißen oder fliehen.

Max hat mir eine Welt eröffnet, die ganz anders war, als ich sie bisher kannte. Wir konnten stundenlang philosophieren, er hatte eine unglaublich feine Art, die Dinge zu betrachten. Nie hat er böse über andere Menschen gesprochen, er hatte immer eine Entschuldigung für einen Schwächeren. Auch mit mir hatte er eine Engelsgeduld, sogar beim Golfspiel, und das will was heißen.

⁂

Am 2. März 1973 wurde ich neunundzwanzig Jahre alt. Das Leben hatte es bis dahin ziemlich gut mit mir gemeint. Einen Bambi und sechs Goldene Ottos hatte ich gewonnen, alles Publikumspreise, die mir viel bedeuteten, und dazu einige Goldene Leinwände. Ich hatte mir Träume erfüllen können. Ich war Menschen begegnet, die sich für meine Träume interessierten und mir die Chance gaben, sie zu verwirklichen. Ich konnte mir meine Rollen aussuchen. Und ich war mit einem Mann zusammen, der aufrichtig und edel war.

Wo wollte ich hin? Sollte ich ins Ausland gehen und konsequent an meiner Karriere weiterarbeiten? Oder wollte ich auf meine biologische Uhr hören? Wollte ich eines Tages eine Familie haben?

Es rumorte in mir. Ich war in jeder Weise an einen Punkt gekommen, wo man sich darüber Gedanken macht, welche Richtung man in Zukunft einschlagen will, beruflich und privat.

Meine Agentur empfahl mir dringend, mehr zu wagen und noch einmal kräftig Gas zu geben in puncto Karriere. Bisher war ich den Pfad ganz sicher entlanggegangen, aber jetzt stand ich an einer Weggabelung. Ich war mir nicht sicher, ob ich die anderen Träume, die ich auch noch hatte, wirklich für eine eventuelle »Weltkarriere« opfern wollte. Mir war klar, dass ich noch einmal ganz von vorn anfangen musste, wenn ich international erfolgreich sein wollte. Kein Mensch kannte mich in Frankreich, England oder Italien. William Morris empfahl mir, meinen Wohnsitz zu verlegen und nach Paris zu gehen oder gleich nach Los Angeles. Ich hätte alles aufgeben, meine Freunde verlassen und mich auf etwas vollkommen Neues einlassen müssen.

Ich fragte mich, ob die Balance noch stimmte – ich hatte in den vergangenen vierundzwanzig Monaten vierzehn Spielfilme gedreht und kaum je Zeit nur für mich gehabt. Die Gefahr war groß, aufgefressen zu werden von all dem Scheinwerferlicht und der Präsenz in den Medien. Es ist schön, im Rampenlicht zu stehen, das gehört zum Beruf, aber es wird gleich um einiges kälter, wenn die Lichter vorne ausgehen und man nach hinten geht und in seiner Garderobe verschwindet. Man kommt mit einem wunderbaren Rosenstrauß in einen miesen kleinen Raum, schminkt sich ab und wird sich plötzlich einer fürchterlichen Leere bewusst. Auf einmal ist niemand mehr da, der einen auffängt oder trägt. Man realisiert, dass alles eitel ist. Die klatschenden, vielleicht sogar vor Begeisterung trampelnden Menschen draußen im Zuschauerraum kennt man nicht, sie sind längst weit weg, zu Hause, bei ihrer Familie, während man selbst in ein einsames Hotelzimmer geht.

Schließlich habe ich mich entschieden, wenn auch mit Bauchschmerzen: Ich schrieb mich in eine Sprachenschule in Nizza ein. Da ich nicht viel Zeit hatte, buchte ich einen sündhaft teuren Crashkurs, der vier Wochen dauern sollte. Ich wollte es wissen.

Bevor ich nach Frankreich ging, spielte ich in einer Folge der Krimiserie *Der Kommissar* mit. Zum ersten Mal wirkte ich bei einem Fernsehfilm mit, und dann gleich in einer der beliebtesten Serien des ZDF. Erik Ode in seiner Rolle als *Kommissar* war mit seinen Assistenten Fritz Wepper, Reinhard Glemnitz

Eine Szene mit Curd Jürgens bei den Dreharbeiten zur Fernsehserie *Der Kommissar*

und Günther Schramm von den Bildschirmen gar nicht mehr wegzudenken. Das Faszinierende an dem Angebot aber war, dass Curd Jürgens mein Partner sein sollte. Die Zeitungen witterten eine gute Story und stürzten sich auf die neue »Romanze«.

Nun war Curd Jürgens weiß Gott kein Waisenknabe, das wussten alle, aber er war mir als dreißig Jahre älterer Kollege nie mehr als ein charmanter und unglaublich liebenswürdiger Freund und Filmpartner.

Vielleicht war die Presse zu ihren wilden Spekulationen dadurch animiert worden, dass die Dreharbeiten mit dem Ende meiner Beziehung zu Max Lamberg zusammenfielen. Aber daran war keine Liebschaft schuld. Es war einfach so, dass Max und ich zuviel getrennt waren. Ich war ständig unterwegs und raste von einem Film zum anderen, und Max, der damals einer der besten Golfamateure war, spielte seine Turniere. Zwar haben wir gemeinsam einige Turniere gespielt und gewonnen: 1971 zum Beispiel gewannen »der Graf« und »das Schätzchen«, wie die Presse uns nannte, das beste Brutto im Bohlen-und-Halbach-Turnier in Dellach am Wörthersee. Meistens war es aber so, dass er gerade ein Golfturnier spielen musste, wenn ich einmal Zeit hatte, und ich auf einem Dreh war, wenn er Zeit gehabt hätte.

Es war eine schöne Zeit mit Max, und ich mochte seine Familie, auch wenn sie etwas kompliziert war. Ich liebte seine Mutter Maria, sie war etwas ganz Besonderes. Der alte Graf Carl hingegen war ein wenig zum Fürchten. Des öfteren versuchte er, seine Gäste und mich, die Bürgerliche, auf die Probe zu stellen. Er hatte eine diebische Freude daran, seine Spielchen zu spielen. Wenn er mit seinen beiden pechschwarzen Neufundländern in der düsteren Schlosshalle saß und auf seine »Opfer« wartete, konnte er einem schon unheimlich sein.

»Pumpi«, die jüngere Schwester von Max, hatte ich vom ersten Augenblick an ins Herz geschlossen. Sie war eine hochbegabte Malerin, ein bisschen verrückt vielleicht, und wir hatten eine fantastische Zeit miteinander in Kitzbühel und Wien. Pumpi ist jung gestorben; die Umstände ihres Todes waren mehr als mysteriös. Heute hängen einige ihrer eigenwilligen Bilder bei mir an der Wand und erinnern mich an dieses zarte Mädchen.

Kapitel 15
Begegnung mit der Zukunft

Vor meiner Abreise nach Nizza war ich mitunter in einem Zustand des inneren Vibrierens, auch der Zerrissenheit. Ich wusste, dass Entscheidungen zu fällen waren, wollte die Veränderung, war mir aber unsicher, was ich ändern und wie ich meiner Zukunft begegnen wollte. Dabei war meine Grundstimmung sehr positiv, denn vor neuen Ideen oder unbekannten Herausforderungen hatte ich mich noch nie gefürchtet. In dieser Situation trat ein neuer Mann in mein Leben.

Eines Tages spielte ich wieder in meinem Heimatclub in Feldafing Golf. Nach dem Spiel saß man noch zusammen im Clubhaus, redete und diskutierte über die Themen der Zeit, und ich regte mich fürchterlich über den Kommentar eines anderen auf. Mit dabei saß ein sehr gut aussehender junger, blonder Mann, der mich sichtlich beobachtete, während ich engagiert meinen Standpunkt vertrat.

Das war's erst mal.

Einige Zeit später habe ich mich in München-Thalkirchen zu einem Turnier angemeldet. Ich hatte gerade eine Pause und konnte wieder mehr trainieren. Außerdem wollte ich unbedingt mein Handicap verbessern, und dazu muss man Turniere spielen.

Ich war sehr zufrieden mit mir und meinen Schlägen. Im Kopf addierte ich bereits die Score-Karte und sah den Pokal schon blitzen, den ich gewinnen würde. Ich hatte nur noch zwei Löcher zu spielen. Während ich mich gerade für den zweiten Schlag hinstellte und schaute, wohin ich mit dem Ball wollte, wieder schaute, noch mal genauer schaute, sah ich hinter einer großen Buche jemanden aus dem Schatten heraustreten. Das war doch …? War das nicht der gutaussehende Mann von neulich in Feldafing? Der mir so in Erinnerung geblieben war?

Freilich war er das! Jetzt bloß keine Blamage, dachte ich, konzentrierte mich auf meinen Schlag, schwang den Golfschläger – und schon hatte ich grandios in den Boden gehackt, und statt des Balls flog ein riesiges Rasenschnitzel davon. »Keine Aufregung!« verordnete ich mir, schließlich lag ich ja gut, nur ein wenig Konzentration war nötig. Diesmal traf ich zwar den Ball, aber es war kläglich: Er war getopt und kullerte peinlicherweise nur ein paar Meter weit. Ich hätte in der Erde versinken mögen. Immerhin saß der nächste Schlag, und der Ball landete auf dem Green. Mit hochrotem Kopf marschierte ich hinterher.

Es war mir unbeschreibbar peinlich, dass das unter den Augen dieses tollen Mannes geschah, ich wollte dem Kerl doch eigentlich zeigen, wie gut ich war. Dieses Par fünf endete mit einer Acht, und dabei hatte ich es mir ganz anders ausgerechnet. Ich ärgerte mich sowohl über mich als auch über ihn. Als ich am Green ankam, erlaubte ich mir die eher kindische Bemerkung, er habe meinen Score versaut, weil er mich gestört habe. Er aber grinste dazu nur und ging weiter. Was mich schon wieder ärgerte.

Als ich nach der Partie zum Clubhaus kam, wartete er da und fragte, ob wir mal eine Tasse Kaffee miteinander trinken wollten.

So habe ich Bernd Tewaag kennengelernt.

Ich habe mich sofort und unwiderruflich in ihn verliebt und er sich in mich. Wir haben uns gesucht und gefunden, wir waren glücklich und haben gekichert, gelacht, waren selig. Wir waren wie die ersten Menschen auf der Welt, die sich ineinander verliebt hatten, und so benahmen wir uns auch. Einfach glücklich.

Bernd war anders als alle Freunde jemals zuvor. Ich hatte jahrelang in großen Freundescliquen gelebt und vieles mit vielen anderen geteilt. Bernd dagegen war ein Einzelgänger, der zwar gerne mit Freunden zusammen war, Golf oder Karten spielte und seinen Spaß dabei hatte, aber er war auch der Typ des einsamen Wolfs, der nicht immer einen lustigen Kreis um sich herum brauchte.

Bernd Tewaag war meine große Liebe

Es war erstaunlich, dass wir uns nicht längst begegnet waren. Max Lamberg und Bernd kannten sich schon seit Jahren, und trotzdem waren wir uns nie über den Weg gelaufen.

Anfangs war alles neu für mich, tatsächlich alles. Zum Beispiel war Bernd Tewaag der erste Mann, der mir Paroli bieten konnte, wenn ich mich argumentativ davontragen ließ oder vor lauter Zorn über irgend etwas aus dem Häuschen zu geraten drohte. Das war bisher nicht so gewesen. Ich fand es spannend, mit diesem Mann zusammenzusein, der so ganz anders war – wie ja fast alles, was am Anfang einer Liebe steht, spannend ist und anregend. Im Glück ist man leicht bereit, Ungewohntes hinzunehmen, sich mit dem Anderssein des geliebten Menschen zu befreunden, und es großartig zu finden, wenn es für einen selbst ganz fremd ist.

Bernd fuhr mir in die Parade, wenn er es für richtig hielt.

Er konnte auch mal schroff sein, wenn er fand, dass ich zu weit ging. Er machte mir gegenüber kein Hehl daraus, wenn er etwas blöd fand. Das fand ich gut, und vielleicht war es anfangs auch eine ganz gute Übung. Es war Glück pur, was wir beide empfanden.

So wie ich diesen Mann beim ersten Aufeinandertreffen toll fand, so hatte ich spontan das Gefühl, dass er mir eine große Geborgenheit gab, dass ich aufgehoben war bei ihm. Das war in dieser Form neu für mich.

Bernd Tewaag arbeitete damals als Geschäftsführer der Michael-Pfleghar-Fernsehproduktion, er war neu im Geschäft, aber zielstrebig. Er wusste, was er wollte. Mir gefiel dieser Mann, der ein abgeschlossenes Betriebswirtschaftsstudium hatte, der eine Vorstellung davon hatte, wo es langging, und daneben auch durchaus wusste, wie das Leben zu nehmen war, wenn man es genießen wollte.

Bernd gab mir das Gefühl, dass er sich wenig um den Filmstar Uschi Glas scherte. Er meinte nur mich. Sonst nichts. Daraus ergab sich das Gefühl, ich könnte mich absolut auf ihn verlassen. Dieser Eigenschaft, die für mich ein bebensicheres Fundament in einer Liebesbeziehung bedeutet, war ich mir bei ihm schnell ganz sicher.

Es war wie ein wahr gewordenes, schönes Märchen. Ich war sehr glücklich mit Bernd und hatte das Gefühl, dass dieses Glück ein gemeinsames Leben würde tragen können. Zum ersten Mal wagte ich, mich ernsthaft mit dem Gedanken an Kinder, an die Zukunft zu befassen.

Jeder, der schon seiner großen Liebe begegnet ist, weiß, wie man empfindet. Was es an Bedeutsamkeiten gibt, gerade in den ersten Zeiten. Man erinnert sich noch nach Jahrzehnten an die allerkleinste Begebenheit, die zum Glück dazugehörte oder es vervollständigt hat. Sätze, Worte, Taten, Augenblicke, die das Herz stocken ließen, sind eingebrannt ins Gedächtnis – schön, solche Erinnerungen zu haben, was auch immer später aus dieser Liebe geworden sein mag.

※

Kaum hatten wir uns gefunden, stand schon die erste Trennung an, denn ich musste ja zu meinem vierwöchigen Französischkurs nach Nizza.

Zehn Stunden am Tag wurde gebüffelt. Das ging sieben Tage in der Woche so, vier Wochen lang. Fünf Lehrer, die sich abwechselten, stürzten sich im Fünfundvierzig-Minuten-Takt auf mich. Es gab keine Pause, sie ließen mich nicht alleine, sie begleiteten mich sogar zum Einkaufen, und nicht einmal die ganz kurze Mittagspause durfte ich für mich sein.

Das war das Konzept des Kurses, knochenhart, aber durchschlagend. Selbstverständlich durfte kein Wort in einer anderen Sprache gesprochen werden. Abends bekam man noch eine Kassette in die Hand gedrückt, die man sich ein bis zwei Stunden anhören sollte. Der Inhalt musste am nächsten Morgen wiedergegeben werden.

Allein die Erinnerung an das Zimmer, in dem der Unterricht stattfand, verursacht mir noch heute Übelkeit. Es war winzig klein und grün gestrichen (was angeblich die Nerven beruhigen sollte, aber auf mich hatte es die gegenteilige Wirkung). Hier wurde ich mit der zunächst fast unverständlichen Sprache beschossen. Der Kurs funktionierte nach dem Grundsatz »Friss, Vogel, oder stirb« – wer nicht mithalten konnte, hatte eben Pech.

Ein Lichtblick war, dass mir Curd Jürgens sein Apartment vermietet hatte. So hatte ich wenigstens ein einigermaßen freundliches Zuhause mit einem traumhaften Blick aufs Meer. Curd und seine Frau Simone wohnten zwar ganz nah, in St. Paul de Vence, wo sie ein wunderbares Haus hatten, aber sehen durfte ich sie nicht, denn ich durfte ja mit niemandem sprechen, außer auf französisch. Was so nüchtern klingt, musste seelisch erst einmal verkraftet werden. Ich war richtiggehend isoliert.

Und Bernd? Ich hatte doch meine neue Liebe? Natürlich hatte ich Bernd meine Telefonnummer gegeben und gehofft, dass er mich sofort anrufen würde. Doch er war mit seinen Eltern nach Tobago zum Golfen gereist, und von dieser fernen karibischen Insel aus ließ es sich nur mit größter Mühe und unter unsäglichen Kämpfen mit der Technik telefonieren. Davon wusste ich jedoch nichts. Ich war unendlich enttäuscht, dass nicht sofort nach meiner Ankunft in Nizza das Telefon klingelte, und mochte es tausendmal verboten sein. Ich wollte angerufen werden und seine Stimme hören. Wenigstens das.

Die ersten zehn Tage waren die Hölle für mich. Mit meiner Verzweiflung war ich nicht allein. So berühmt diese Kurse waren, so berüchtigt waren sie auch. Es ging das Gerücht, dass schon Menschen zum Selbstmord getrieben worden sein sollten, weil sie es nicht aushielten, total abgeschnitten zu sein von ihrem normalen sozialen Umfeld, und zur Verständigung auf eine fremde Sprache angewiesen waren, in der sie sich nicht mitteilen konnten. Besonders grausam aber war, dass es eine Lehrerin gab, die einen Riecher dafür hatte, wenn man am Abend zuvor deutsch gesprochen hatte, und es einem auf den Kopf zusagte. Und das, wo ich selig war, wenn mein wunderbarer Bernd aus Tobago mich endlich einmal erreicht hatte! Natürlich habe ich mit ihm gesprochen, und ich habe das auch ganz trotzig – auf französisch – zugegeben.

Von Tobago aus zu telefonieren muss wirklich abenteuerlich gewesen sein. Da wurde man wirklich noch »fernverbunden«. In der ziemlich noblen Bungalowanlage, in der die Tewaags mit ihrem Sohn wohnten, gab es nur ein einziges Telefon, und das stand an der Rezeption im Haupthaus. Die Verbindung war meist so schlecht, dass Bernd laut in den Hörer schreien musste – so waren alle anderen Gäste stets genau auf dem Stand der Dinge zwischen Bernd und mir.

Die Tage waren schwierig für mich, es war bereits Herbst und nicht mehr die linde, blaue Luft, die vieles leichter gemacht hätte. Aber ich habe es geschafft. Und nach dieser gewaltigen Ochsentour konnte ich wirklich und wahrhaftig fließend Französisch. Das Resultat war umwerfend.

Die Feuerprobe musste ich sofort nach Beendigung des Kurses bestehen. Curd Jürgens, ein überwältigend guter Gastgeber, dessen Einladungen legendär waren, hatte mir schon vorher ein großes Fest in Aussicht gestellt, wenn ich alles überstanden hätte. Er ließ sich nicht lumpen und veranstaltete ein gewaltiges Abendessen. Es waren nur Franzosen geladen, denn Curd Jürgens wollte sehen, ob ich in meinem Crashkurs auch tatsächlich vernünftig Französisch gelernt hatte. Ich hab's ihnen bewiesen, ich

Zu Besuch bei Curd Jürgens in seinem Haus in St. Paul de Vence

parlierte, als ob ich die Sprache schon jahrelang beherrschen würde, und war ganz entspannt dabei – kein Wunder, war ich doch endlich wieder ins normale Leben zurückgekehrt und durfte wieder so sein, wie ich wollte.

Der Kurs war also erfolgreich. Das Dumme war nur, dass ich mir plötzlich gar nicht mehr so sicher war, ob ich im kommenden Jahr tatsächlich nach Paris gehen wollte. Wollte ich wirklich weggehen und meine Liebe der Karriere opfern? Ich mochte im Moment gar nicht weiter darüber nachdenken. Jetzt ging's erst mal zurück nach München, wo ich diesen Mann näher kennenlernen wollte. Dann würde man schon sehen …

Da das Schauspielerleben nicht von heute auf morgen geplant wird, sondern vor allem die Theaterengagements eher langfristig vereinbart werden, war ich von Januar 1974 an ohnehin gleich wieder gezwungen, für etliche Monate ein unstetes Leben zu führen. Ich ging mit Karl Schönböck auf meine erste Tournee. Es war herrlich, mit ihm in *Vater einer Tochter* zu spielen, aber gleich fünf Monate von meinem Liebsten getrennt zu sein, das war wirklich eine harte Prüfung.

Bernd besuchte mich, sooft es ging. Die ersten Fotos von Bernd und mir sind auf dieser Tournee entstanden. Horst Ossinger, ein Freund von uns bis zum heutigen Tag, fotografierte uns, wie wir in einem Weinkeller am Rhein sitzen und uns verliebt in die Augen schauen.

Kapitel 16
Schwieriger Start ins Glück

Bernd und ich kannten uns erst seit ein paar Wochen, da stand er eines Tages vor meinem Auto, als ich aus *Uschis Kindermoden* kam. Bernd strahlte mich an, legte ein kleines Schächtelchen auf die Kühlerhaube und sagte: »Ich will dich heiraten.« – »Eine Frau, mit der man soviel lachen kann, muss man einfach heiraten«, erklärte er.

In dem Schächtelchen war ein Ring aus Platin mit drei Saphiren, wunderschön. Alles war wunderschön. Welche Frau geht nicht in die Knie, wenn sie so einen Antrag bekommt? Es war überwältigend.

Als geübte Zweckpessimistin bin ich erst mal total in Panik geraten. Das ging alles so schnell, dass ich es gar nicht kapieren konnte. Ich klappte die Schachtel mit dem Ring auf, klappte sie gleich wieder zu, schmiss sie in meine Handtasche und war sprachlos. Völlig sprachlos mit weichen Knien.

Die Ernsthaftigkeit des Antrags habe ich nicht in Zweifel gestellt, aber so etwas hatte ich noch nie zuvor erlebt. Das war spannend und atemberaubend, erschreckend und beglückend zugleich. Tief in meinem Inneren war ich gleichzeitig voller Abwehr. Ich bekam Angst vor meiner eigenen Courage.

Den Ring habe ich natürlich noch heute. Und geheiratet haben wir noch lange nicht.

Es hat mich beeindruckt, dass Bernd in dieser Zeit des Kennenlernens kein einziges Mal von einem Film von mir gesprochen und mir Komplimente gemacht hat, wie toll er mich finde. Bernds Vorstellungen und Ansprüche an eine Frau waren anders als die, die ich bis dahin kannte. Er konnte mich bremsen, was gelegentlich gar nicht schlecht für mich war, er konnte mich auch zurechtweisen, was ich nicht immer so gut fand. Bernd konnte gewaltig kritisieren, und das musste man schon aushalten können. Ich war das überhaupt nicht gewöhnt.

Es gab Kämpfe und Streitereien zwischen uns, und sicher war ich dabei oft die Schwierigere von uns beiden, weil ich nicht unbedingt diplomatisch bin. Ich hingegen finde, dass es sich bedeutend einfacher lebt, wenn jeder weiß, woran er mit mir ist. Auch andere Menschen hatten mir schon geraten, nicht immer so direkt und unverblümt jedem die Meinung ins Gesicht zu sagen, aber Bernd pfiff mich manchmal zurück, wenn ich zu schnell und ungehemmt den Mund aufmachte.

Weil ich soviel unterwegs war, in Italien, in Frankreich oder in Österreich, wo ich häufig drehte, und vor allem weil ich nach Frankreich wollte, hatte ich meine Wohnung in München schon aufgegeben. Wenn ich also in die Stadt kam, besuchte ich Bernd in seiner schönen Dachterrassenwohnung in Solln, die er sich mit »Modeln« verdient hatte. Gutaussehend, wie er nun mal war, hatte er während des Studiums als Model für den Quelle-Katalog, für Brillen und sonstiges gearbeitet – und offensichtlich hatte es sich gelohnt! Deshalb hatte ich also bei unserer ersten Begegnung das Gefühl gehabt, als würde ich ihn von irgendwoher kennen.

Trotz Bernds Heiratsantrag und obwohl die Gazetten bereits unverdrossen die Hochzeitsglocken läuten ließen, waren wir mit unseren eigenen Vorstellungen von einer gemeinsamen Zukunft nicht weitergekommen. Wir wussten, dass wir uns liebten. Das genügte uns erst mal.

Wir hatten aber auch gewaltige Auseinandersetzungen. Und wenn wir wieder mal einen gescheiten Krach hatten, dachte ich mir manches Mal: »Steig mir doch auf den Hut, das mach ich nicht mit.« Aber wenn man eine wirkliche Grundlage miteinander hat, kann sie auch der ärgste Streit nicht untergraben. Nur wenn man ganz dünn liebt, sozusagen bloß an der Oberfläche, wird man die erste Gelegenheit oder einen handfesten Krach zum Anlass nehmen und sich verabschieden. Wenn mehr da ist, kämpft man, dann arbeitet man sich zurück zu dem ursprünglichen Gefühl, bis man wieder zusammen ist.

Wir liebten uns, wir krachten uns, und wir vertrugen uns wieder. Wenn es ums Einlenken ging, tat Bernd meist den ersten Schritt. Ich war oft der Sturkopf und tat mich schwer damit, das erste versöhnliche Wort auszusprechen. Unser Weg war oft recht steinig. Wir stiegen nicht einfach die ewige Himmelsleiter ins Glück hinauf. Es war eher eine Achterbahn. Uns verbanden Liebe und Leidenschaft, und uns verbanden Zorn und Unverständnis. Langeweile oder gar Gewöhnung kam in unserer Beziehung wirklich nicht auf. Es war ein stetiges Auf und Ab. Wir waren wie zwei Vulkane, die miteinander um die Ehre kämpften, wer als erster die glühende Lava ausspucken durfte. Da prallten zwei Menschen aufeinander, die es beide nicht gewohnt waren, dass ihnen ein anderer die Chefrolle streitig machte oder auch nur das Recht des letzten Wortes.

Mit der Zeit hörte ich aus den Kommentaren von Freunden und Bekannten heraus, dass Bernd in München einen Ruf wie Donnerhall haben musste. Ich scherte mich nicht weiter drum. Was sollte mich interessieren, was vor mir war? Verflossene Liebschaften sich gegenseitig aufzurechnen finde ich lächerlich. Vertrauen und Treue gehören zur Liebe einfach dazu, für mich ist das nicht voneinander zu trennen.

Nie wäre ich auf die Idee gekommen, hinter meinem Bernd herzuspionieren oder mir übermäßige Gedanken zu machen, was er treibt und tut, wenn ich nicht dabei war. Ich vertraute ihm immer, bis zum Ende unserer Ehe. Die Basis unserer Liebe, meiner Liebe, war ein grundsätzliches Einverständnis miteinander. Ich habe uns als unschlagbares Team gesehen, das es erträgt, wenn der eine Partner mal schwieriger ist als der andere. Von dem Augenblick an, wo ich mich mit ihm als Einheit gefühlt habe, gab es keinen Zweifel mehr für mich.

Nie hätte ich mich für blauäugig gehalten, nie hätte ich gedacht, dass ich mit meiner Einstellung einmal gehörig auf die Nase fallen würde. Ich hatte immer die Vorstellung, dass ich die erste wäre, die es erfährt, wenn es bei uns wackelt oder einer vom anderen die Nase voll hat ... Ich war mir so sicher, dass Bernds und meine Verbindung etwas Besonderes war, dass ich alle Unkenrufer, die mich vor diesem Mann warnen zu müssen glaubten, nur für Stänkerer hielt. Warum mein lieber Max Lamberg traurige Augen bekam, als ich ihm von Bernd erzählte, habe ich nie verstanden.

Mit Bernd kam allerdings auch ein Gefühl in mein Leben, das mir bisher eher fremd war: Eifersucht. Aber nicht ich war eifersüchtig, sondern Bernd. Mir war das ziemlich unverständlich. Wenn Bernd mir irgendwelche Vorhaltungen machte, dachte ich immer, dass es gar keinen Sinn hätte, mich zu rechtfertigen, weil es nichts zu rechtfertigen gab. Verdächtigungen und Unterstellungen tun mir deshalb so weh, weil für mich Treue absolut unumstößlich zur Liebe gehört. Manche Menschen halten Eifersucht für eine besondere Art von Liebesbeweis, ich empfinde sie nur als ungeheure Beleidigung.

Angriff sei die beste Verteidigung, diesen Satz haben wir alle schon gehört. Aber dass mein Bernie nicht loyal und treu sein sollte, hielt ich für ausgeschlossen. Bis zuletzt.

Bernd und ich lebten ganz anders miteinander, als ich es bisher kannte. Dass es keine fröhlich lärmende Clique um uns herum gab, gab mir manchmal das Gefühl, als würden wir in einer Art Vakuum leben. Das war gar nicht schlecht, denn wenn ich mit

Bernd alleine war, gab es auf eine gewisse Art nur uns beide, alleine auf einer Insel.

Aus lauter Verliebtheit und auch weil ich es Bernd recht machen wollte, begann ich meine Freunde zu vernachlässigen. Viele von ihnen mochte er nicht, und ich habe mich seinen Vorgaben einfach angepasst, weil er mir der allerwichtigste Freund war. Heute bereue ich es, dass ich so gedankenlos mit guten Freundschaften umgegangen bin und für einen einzigen Menschen so viele liebe andere Freunde, Begleiter und Gefährten vernachlässigt habe.

Gewundert hat mich, dass ich nichts von Bernds Familie zu sehen oder zu hören bekam. Als alter Familienmensch, der mit den Eltern und den Geschwistern so eng verbunden war, konnte ich das gar nicht recht verstehen. Aber Bernd machte wenig Aufhebens davon. Er kommentierte das gar nicht erst, sondern stellte nur fest, dass er wenig Kontakt zu seinen Eltern habe. Alles andere wäre Stress für ihn. Damit war das Thema für ihn erledigt.

Ich fand das zwar traurig, wäre aber nie auf die Idee gekommen, dass das irgend etwas mit mir, mit meiner Person, zu tun haben könnte. Die sehr kühle offizielle Version war, dass Bernds Vater enttäuscht sei, dass sein Sohn nicht Bankmanager geworden war, sondern sich ins Filmgeschäft gestürzt hatte.

Kapitel 17
Ein Mann für eine Familie

Der Liebe wegen, des Lebens wegen ging ich nicht ins Ausland. Ich blieb da, obwohl der deutsche Spielfilm Mitte der siebziger Jahre am Boden lag. Aber ich hatte Angebote zum Theaterspielen, und da ich meine Theatererfahrung sowieso ausbauen wollte, passte mir das gut. Für 1975 waren es zwei Stücke und zusätzlich ein Film. Ich war also reichlich ausgelastet.

Die Theaterstücke waren höchst unterschiedlich. Mit dem einen, *Zweimal Hochzeit*, gingen wir im Frühjahr von München aus mit Siegfried Rauch und Claus Wilke auf Tournee. Es war ein Lieblingsstück von mir. Im Original hieß es *Mary, Mary*. Wir spielten es gut hundertmal und mit großem Erfolg. Im Juli begannen dann im Deutschen Theater in München die Proben für Nestroys *Der Färber und sein Zwillingsbruder* unter der Regie von Axel von Ambesser. Die entzückende Doppelrolle spielte der Burgschauspieler Josef Meinrad, der Träger des Iffland-Rings.

Mit Josef Meinrad spielte ich am Deutschen Theater in einem Stück von Nestroy (1975)

Dieser Ring gehört dem bedeutendsten deutschsprachigen Schauspieler, der testamentarisch den nächsten Träger des Iffland-Rings bestimmt. Sowohl Ambesser als auch Meinrad waren vollendete Kavaliere und von umwerfender Kollegialität. Meinrad, der immer im Rolls-Royce angefahren kam, war unglaublich liebenswürdig und hochdiszipliniert bei den Proben.

Meine Agentin konnte ihre Enttäuschung nicht verhehlen, dass ich alle Auslandspläne aufgegeben und mich nicht nur entschlossen hatte, in Deutschland zu bleiben, sondern auch, mich mehr um mein Privatleben zu kümmern. Ich hatte bis dahin so heftig gearbeitet und für die Karriere so viele Abstriche an meiner persönlichen Freiheit in Kauf genommen, dass es mir richtig schien, jetzt einmal andere Akzente zu setzen.

Meine Agentur argumentierte, man könne doch auch in Paris sein und verliebt. Warum, um alles in der Welt, ich deshalb gleich in München kleben bleiben müsste? Die treue Carla Rehm, die von Anfang an bei der Agentur Alexander war und sie später von Ilse Alexander übernahm, kannte mich seit meinen ersten Schritten in der Filmbranche. Wir freundeten uns im Lauf der Zeit an, sie verstand viel von menschlichen Problemen. Oft musste sie, nicht nur bei mir, als Therapeutin oder Beichtmutter herhalten, miterleben, was ihren Schützlingen widerfuhr, und sie trösten. Sie hatte ein großes Herz und immer Verständnis für ihre Schäfchen. Das war für die Produzenten nicht immer leicht, so mancher hat schwer gestöhnt über sie.

Aber in diesem Fall vermochte sie nichts auszurichten. Bernd und ich kannten uns nun fast zwei Jahre, und ich wollte meine Liebe zu ihm, die weiter wuchs, nicht dem Beruf opfern. Die Beziehung zu Bernd sollte Vorrang haben. Für mich stand fest, dass er mein Mann sein würde. Und auch er wusste: Das ist meine Frau. Ein sehr schönes, starkes Gefühl war das für jeden von uns.

Wir schafften uns einen Hund an: Dino, einen Boxer, schwarz gestromt, herrlich anzusehen und von wunderbarem Charakter. Dino wurde Bürohund, Dino war auch Golfhund – er verstand das Spiel tatsächlich. Er machte »Sitz« beim Abschlag und wusste genau, wann alle abgeschlagen hatten, sogar den »Mulligan«, den zweiten Abschlag, verstand er, und dann flitzte er los. Er liebte Golfbälle. Wenn er einen zum Spielen bekam, knabberte er so lange daran herum, bis der äußere Mantel weg war und diese unendlich langen Gummischnüre zum Vorschein kamen, die den Ball wie verrückt herumspringen ließen. Dino wusste aber auch, dass er das Allerheiligste, das Green nie betreten durfte.

Dino und Besso, meine beiden Boxer

Bernd war unglaublich liebevoll mit dem Tier. Er nahm Dino überallhin mit, und als der Hund einmal von einem Auto angefahren wurde, brachte er ihn nachts in die Tierklinik und sorgte sich auch danach noch rührend um ihn, als Dino eine kleine Schiene am Hinterbein tragen musste.

Abends saßen Bernd und ich oft vor dem Kamin und malten uns die Zukunft aus. Wollten wir eine Familie werden? Sollten wir es wagen? Wären wir gute Eltern für unsere Kinder?

Mit meinen einunddreißig Jahren verspürte ich den Wunsch und die Hoffnung, ein Kind zu haben, schon sehr intensiv, und mein Bernie war der erste Mann, mit dem ich mir vorstellen konnte, eine Familie zu haben. Und er sagte einfach: »Herzlich willkommen«, als wir wieder einmal darüber sprachen, wie es wäre, wenn ich ein Baby bekäme. Es ist kaum eine schönere Begrüßung für einen neuen Erdenbürger denkbar.

Mein Bild von einer Familie war sehr geprägt von meinen eigenen Erfahrungen und der Art, wie ich aufgewachsen war. Solange wir Kinder im Haus waren, hatte meine Mutter sich abgerackert und geschuftet und mit knappsten Mitteln haushalten müssen. Sehr früh hat das meine Vorstellungen davon beeinflusst, wie es in meiner eigenen Familie eines Tages sein sollte. Ehe ich mich an das Wagnis Kind und Familie herantraute, wollte ich in jedem Fall erst einmal auf meinen eigenen Füßen stehen. Die Abhängigkeit, die ich bei meiner Mutter erlebt hatte, wollte ich in keinem Fall aushalten müssen. Ich wollte gern das Gefühl haben, dass ich es mir leisten könnte, eine Weile nichts anderes zu tun, außer mich einem Kind, meinem Kind, voll und ganz zu widmen. Außerdem hatte ich eine ziemlich konkrete Vorstellung davon, was ich erst erreicht und gelebt haben müsste, bevor ich ein Baby bekam. Ich hatte zu viele Freundinnen erlebt, die in ganz jungen Jahren Kinder bekommen hatten und nun das Gefühl nicht loswurden, sie hätten etwas versäumt im Leben. Davon konnte bei mir nicht die Rede sein.

Ich wusste oder meinte zu wissen, wo mein Platz im Leben war: an Bernds Seite. Mit den Zugeständnissen, die ich machte, die man machen muss, wenn man zu zweit ist und nicht mehr ein

Mensch alleine, konnte ich gut leben. Ich konnte mich einordnen, ohne mich dabei aufzugeben. Aber es gab Freunde, die mit etwas spitzen Bemerkungen feststellten, dass ich mich verändert hätte und doch sehr auf Bernd hören würde.

Meine Entscheidungsfreude und meine eigene Meinung hätte ich nie aufgegeben. So weit wäre es nie gekommen. Aber vieles von dem, was Bernd an mir kritisierte, fand ich richtig, und außerdem wollte ich auch gerne so sein, dass es ihm gefiele. Manchmal wollte ich es einfach nur dem geliebten Menschen recht machen. Man könnte auch sagen, dass ich ihm schlicht ergeben war. Das fand ich nicht falsch. Was sollte eine tiefe Beziehung denn sonst sein, wenn nicht ein konstruktives Miteinander, das gegenseitige Kritik wohl einschloss?

Wenn ich sage, dass ich Bernd ergeben war, empfinde ich das als einen Liebesbeweis. Aber das funktioniert nur so lange, wie man sich dabei nicht selbst verbiegt und unecht wird. Er und ich haben das damals für uns beide hingekriegt, wenn auch unter Schmerzen, für beide Seiten. Für Bernd Tewaag, der unter seinen Freunden immer eine unangefochtene Stellung als »Chef« hatte, muss es schwer gewesen sein, mit dieser frechen Uschi Glas zurechtzukommen. Denn ich nahm es nicht einfach so hin, dass einer sagt, wo es langgeht, und alle anderen nicken brav mit dem Kopf. Wenn aber einer gewöhnt ist, dass alles um einen herum genau so funktioniert, hat er natürlich Mühe, mit neuen Verhältnissen zurechtzukommen.

Aufgeben darf man sich nicht – anpassen wohl. Wenn man jemanden liebt und großartig findet, ist die Bereitschaft zur Anpassung sehr groß. Man muss nur darauf achten, dass die Anpassung nicht einseitig ist und sich als Struktur verfestigt. Sonst verliert einer dabei ganz grundsätzlich.

Als die Pragmatikerin, die ich immer war, habe ich damals aber auch einfach festgestellt, dass dies ein komplizierter Mann ist. Weil ich ihn aber haben wollte, würde ich das schon alles mit ihm hinbekommen. Ich ahnte mehr, als dass er es mir richtig gesagt hätte, dass es auch für Bernd eine Herausforderung war, eine Frau wie mich zu haben. Jemand mit einem eigenen Kopf, mit eigenem Beruf und mit der Möglichkeit, jederzeit sein eigenes Leben zu führen.

Diesen Prozess der gegenseitigen Annäherung machten wir beide lange und gründlich und mit mancherlei Schmerzen durch. Bis wir den Dreh- und Angelpunkt unserer tiefen Beziehung zueinander gefunden hatten, dauerte es noch eine ganze Weile. Aber das Band zwischen uns war so fest, dass wir noch so große Auseinandersetzungen haben konnten, ohne dass es riss. Das war immer das Geheimnis unserer Liebe: Es konnte sein, was wollte, im Endeffekt waren wir eins.

Kapitel 18
Das Wunderkind

Meine Traumhochzeit war ganz klassisch: Ich stellte mir vor, wie ich in einem weißen Brautkleid in die Kirche einziehe, am Arm meines Vaters, der mich an den Altar geleitet. Eine Freundin hatte genau so geheiratet, inklusive des gehauchten »Ja« der Braut. Das hat mich tief gerührt und auf eine bestimmte Weise beeindruckt, und ich musste, wie die vielen anderen Gäste auf diesem Fest, ein paar Tränen weinen, weil es gar so schön war. Hollywood pur. So wünschte ich mir das auch.

Mit Bernd war das nicht zu machen. Für ihn stand das Thema Heirat nicht zur Debatte, weil er meinte, unsere Liebe sei eine derart unumstößliche Tatsache, dass sie keiner amtlichen Beglaubigung bedürfe. Dafür hatten wir eine andere Entscheidung gemeinsam gefällt, und nur das zählte letztlich: Wir wollten ein Kind.

Ich hatte einen gewaltigen Respekt vor dem Wunsch, ein Kind zu haben, gleichzeitig hatte ich auch eine Art Urangst in mir, ob dieses Wunder überhaupt geschehen würde. Wir waren die erste Generation, die mit der Pille groß geworden war, und die Freiheit der Entscheidung des Ob und Wann war damit ins Unendliche gewachsen, aber auch die Unsicherheit war gewachsen, ob man sich die Erfüllung des Kinderwunsches durch das Pilleschlucken vielleicht nachhaltig verdorben hatte.

Schon der gemeinsame Wunsch, ein Kind haben zu wollen, kam für mich einem mittleren seelischen Erdbeben gleich. Ich hatte einen heiligen Respekt vor einer Frage, die von so elementarer Größe war, dass sie das ganze Leben erschütterte.

Ich hatte einen wunderbaren Arzt, der auch Theaterarzt war: Dr. Hans Berthold, der von allen Schauspielern sehr geliebt wurde. Er war jederzeit für jeden von uns da und half, wo er nur konnte. Wir mochten uns sehr gerne, und mit ihm habe ich auch über meinen Kinderwunsch gesprochen. Er ermutigte mich und versprach, in jedem Fall für mich dazusein, wenn ich ihn brauchte.

Als ich an einem Abend ins Theater fuhr, spürte ich, dass sich etwas geändert hatte. Etwas war passiert. Ich war in besonders guter Stimmung, und Josef Meinrad meinte, ich würde ganz besonders strahlen, wenn ich das »Roserl« in dem Nestroy-Stück spielte.

Ich war schwanger. Ich war bei Hans Berthold gewesen, und ich hätte ihn küssen können vor Vergnügen, als er mir das positive Ergebnis mitteilte. Er bremste mich ein wenig in meinem Überschwang und warnte mich, ich solle nicht gleich durchdrehen, denn es könnte noch viel schiefgehen. Aber meine Gedanken spielten verrückt, alles kreiste um den kleinen Punkt auf dem Schwangerschaftstest.

Ich würde wirklich und wahrhaftig ein Kind haben. Ein Kind von dem Mann, den ich liebte. Von dem Mann, der die Entscheidung, dieses Wunder erleben zu wollen, mit mir getroffen hatte.

Es war der Sommer des Jahres 1975. Ich spielte Theater, und ich hatte einen Spielfilmvertrag für den Herbst. Das würde ich ohne Probleme hinkriegen, das machte mir keine Sorgen. Auch wenn ich erst mal niemandem etwas von der unglaublichen Neuigkeit verraten wollte, war das alles nicht schwierig zu lösen. Es gab aber ein anderes Problem, das überraschenderweise nicht so leicht zu lösen war.

Ich malte mir aus, wie es wäre, wenn ich mit der himmelstürzenden Nachricht vor meinen Liebsten treten würde, dass ich ein Kind bekomme. Sicher würde es so sein, wie in Romanen oder Filmen: Bernd würde mich in die Arme nehmen, mich ab sofort auf Händen tragen, mir bestätigen, dass ich ein wahrer Engel sei, und mich flehentlich bitten, nicht einmal mehr den Teelöffel selbst in die Hand zu nehmen. Kurzum, Glück und Tränen satt, Seligkeit auf beiden Seiten, und eine Wattepackung für mich, weil ich nun selbst zu einer Kostbarkeit geworden war mit meinem kleinen, neuen Geheimnis im Bauch.

Ich überließ den großen Moment nicht dem Zufall, sondern sorgte für eine besonders schöne Stimmung zwischen uns. Dann erzählte ich Bernd, dass wir ab kommenden Frühjahr zu dritt sein würden. Ich war so aufgeregt, glücklich und neugierig gleichzeitig.

Bernds Reaktion war niederschmetternd. Er schwieg. Von Hollywood keine Spur, und in die Arme genommen wurde ich auch nicht. Ich war fassungslos.

Es kam ja nicht als zufälliges Versehen oder Schicksal über uns, dass ich schwanger war. Wir hatten alles besprochen und uns ausgemalt, wie es sein würde. Und doch kam jetzt kein »Herzlich willkommen!« von ihm.

Irgendwie musste ich damit fertig werden. Vielleicht brauchte Bernd mehr Zeit, um sich mit dem Gedanken vertraut zu machen. Ich würde ihm die Zeit geben, die er brauchte, ich würde versuchen, ihn einfach zu verstehen.

In dieser Situation traf es sich gut, dass ich zu den Filmaufnahmen für *Ich denk, mich tritt ein Pferd* musste. Niemand in meinem gesamten beruflichen Umfeld wusste, dass ich schwanger war. Ich wollte es aus vielerlei Gründen nicht an die große Glocke hängen und fand sogar einen besonderen Reiz darin, dass ich mein Geheimnis mit mir herumtrug – im wörtlichsten Sinn! Immer wenn es hieß, die Kollegin X oder Y erwarte ein Baby, dachte ich bei mir: Wartet nur ab, was ich euch noch zu sagen habe! Wenn mich jemand um die Taille fasste, wie man es manchmal ganz vertraut tut, fürchtete ich jedesmal, man könnte mir etwas anmerken. Doch offenbar war mein Geheimnis gut gewahrt.

Ich hatte vom ersten Augenblick an das Gefühl, dass ich mit dem klitzekleinen Wesen da in mir ein ständiges Zwiegespräch führe, ich fühlte mich tief verbunden mit dem Kind, das mit der Zeit natürlich auch anfing, sich bemerkbar zu machen: mit kleinen Tritten in den Bauch, wo dann blitzschnell eine kleine Ausbuchtung erschien, wenn er oder sie dagegen trat.

Da niemand davon wusste, konnte niemand auf mich Rücksicht nehmen. Bei den Filmaufnahmen ging denn auch einiges hart an die Grenzen des Erträglichen. Die schlimmste Geschichte passierte, als ich für eine Szene in den See springen sollte, um ein kleines Mädchen zu retten, das laut Drehbuch weit draußen hilflos in einem Ruderboot trieb, das zu sinken drohte. Es war Oktober, als wir drehten, eine Zeit, in der man nicht mehr so gerne in Seen springt in unseren Breitengraden. Also steckte man mich in einen Neoprenanzug, der mich vor der schlimmsten Kälte bewahren sollte. Ich überprüfte noch mal die Wassertemperatur, fand sie gar nicht so schlimm, und alle anderen, die ebenfalls ihre Hand ins Wasser hielten, wollten mir wohl Mut machen und erklärten das Wasser sogar eher für warm. Also sprang ich hinein – kopfüber, wie es das Drehbuch erforderte.

Das Wasser war so kalt, dass mir die Luft wegblieb, es war wie ein Schlag, der mich traf. Ich dachte, mein Kopf explodiere, und rang nach Luft. Einfach wieder an Land klettern konnte ich nicht, ich musste ja das Kind »retten«, das voll bekleidet in seinem sinkenden Boot saß und mich aus angstgeweiteten Augen ansah. Es dauerte eine kleine Ewigkeit, ehe ich an dem Kahn war. Zwar hatte ich mal einen Rettungskurs mitgemacht und wusste im Prinzip, was zu tun war, aber das hier war kaum noch ein Spiel, so nah war es an der brutalen Wirklichkeit. Ich packte das Mädchen am Kinn und versuchte, auf dem Rücken schwimmend das Ufer zu erreichen. Ich musste gewaltig kämpfen, meine Kleider waren schon mit Wasser vollgesogen, alles wurde von Sekunde zu Sekunde schwerer. Das Mädchen hatte auch noch Reitstiefel an, die sich natürlich ebenfalls mit Wasser gefüllt hatten – ich dachte wirklich, ich würde es nicht mehr schaffen, lebend ans Ufer zu kommen. Die Kleine hatte panische Angst und ich weiß Gott auch, aber kein Mensch griff ein. Vielleicht hielten das alle für eine besonders gelungene Darstellung.

Endlich am Ufer angekommen, konnte ich vor lauter Schwäche nicht mehr aufstehen, beide lagen wir nur noch da und keuchten.

Man brachte uns in ein nahe gelegenes Haus, wo man das Mädchen in eine heiße Badewanne steckte. Mir gab man etwas, das meinen Kreislauf wieder auf Trab bringen sollte. Ich aber dachte nur an mein kleines, heranwachsendes Baby, das diese grässliche Tortur hatte aushalten müssen. Ich war in heller Panik und wütend, dass man mir unter diesen klimatischen Bedingungen das Ganze überhaupt zugemutet hatte. Doch der anwesende Arzt, dem ich Vorhaltungen machte, wie er mich kopfüber in vierzehn Grad kaltes Wasser hatte springen lassen können, sagte in seinem gemütlichen Österreichisch: »Entweder packt das einer, oder er packt's nicht. Da wär er sonst tot.« Vor soviel Kaltschnäuzigkeit blieb mir allerdings der Mund offenstehen.

Der Film war abgedreht, und ich kehrte zurück zu Bernd. Der wand sich noch immer, offenbar wusste er nicht, wie er mit all dem Neuen umgehen sollte. Mir blieb nichts anderes übrig, als auf die Zeit zu setzen.

Immer noch hoffte ich, dass der Tag kommen würde, an dem er mich in den Arm nehmen würde, um mit mir gemeinsam froh und glücklich auf das Baby zu warten. Doch die Zeit verging, und der Tag kam nicht. Ich konnte ihn ja nicht zwingen, sich zu freuen.

Das konnte nicht ewig so weitergehen, ich musste handeln, koste es, was es wolle. Ich konnte nicht mehr in seiner Wohnung bleiben, ich musste weg.

Carla Rehm war eingeweiht, sie half mir, eine Wohnung zu finden. Ich wollte einfach weg, raus.

Ich war traurig, aber ich hatte ja mein Kind bei mir, Tag und Nacht. Auf eine merkwürdige Weise fühlte ich mich beschützt mit dem Wesen, das da heranwuchs, und war bei aller Traurigkeit darüber, dass es zwischen Bernd und mir so schwierig geworden war, doch von einem ungeheuer starken Gefühl beseelt, das mich nahezu unverwundbar machte. Ich freute mich riesig auf mein Baby.

In Grünwald bei München fand ich ein Häuschen. Weil ich so tief verletzt war und meine Kräfte nicht in einem Streit abnützen wollte, bin ich ganz alleine mit meinem Hab und Gut aus der Sollner Wohnung weggegangen. Ich bat Carla Rehm, niemandem zu sagen, wo ich war. Ich wollte nur meine Ruhe haben, zu mir finden und mir dann eben alleine ein neues Nest bauen. Die Hollywoodträume waren ausgeträumt, ich hatte zu akzeptieren, dass ich alleine war – alleine mit diesem Wunder in mir, das ich sehnlichst und neugierig erwartete.

Bernd wusste nicht, wo ich hingezogen war. Für drei oder vier Wochen war ich »unbekannt verzogen«. Carla hielt lange dicht, aber irgendwann musste sie es ihm doch sagen, denn er war kurz vor dem Durchdrehen. Sie informierte mich, damit ich nicht unvorbereitet war, und sagte, sie habe einfach nicht anders gekonnt.

Dann klingelte es an meiner Haustür – und da stand er, der Mann, den ich liebte. Trotz allem liebte.

Es war alles nicht leichter geworden. Nach wie vor wechselten gewaltige Auseinandersetzungen mit glücklichen Momenten ab.

Da ich mich in der Schwangerschaft körperlich kaum verändert hatte, war bis Mitte Februar in der Öffentlichkeit nichts bekannt geworden. Irgendwann kam es dann aber natürlich doch raus. Das Medienecho war gewaltig. Sehr gewaltig sogar. Es war eine Riesengeschichte, dass Uschi Glas ein Kind bekommt, nicht verheiratet ist und mit dem Kindsvater noch nicht einmal zusammenlebt.

Der errechnete Geburtstermin war Ende April, und jetzt erst war es bekannt geworden. Es war mir eine richtige Freude, dass ich das Geheimnis ganze sieben Monate lang hatte für mich behalten können.

Die Reaktionen auf meine Schwangerschaft waren hochinteressant. Ich, die deutsche »Sauberfrau«, setzte mich über gängige Konventionen hinweg. Vor allem aber entsprach ich an einem ganz entscheidenden Punkt in meinem Leben so ganz und gar nicht dem Bild, das sich andere von mir gemacht hatten, und das war natürlich unverzeihlich. Entsprechend hämisch fielen manche Kommentare aus. Als wäre ich ein besonders verlogenes Wesen, das allen immer nur vorgespielt hatte, es sei so brav und bürgerlich. Grotesk!

Es hat mich schon stutzig gemacht, wie viele Menschen daran Anstoß nahmen, dass ich eine unverheiratete Mutter war. Manche maßten sich eine Art von Kritik an, die weit darüber hinausging, was Fremde einem Menschen sagen dürfen.

Sicher auch deshalb nahm ich mittlerweile eine Art Trotzhaltung ein, wenn mal wieder die Frage aufkam, weshalb Bernd und ich nicht heirateten. Nachdem aus meinem Hollywood-Hochzeitstraum nichts geworden war, war das zwischen Bernd und mir kein Thema mehr. Mir wollte wirklich nicht einleuchten, warum es für ein Paar nur die eine Möglichkeit geben sollte, die Heirat um jeden Preis. Ich hatte das für mich nun anders akzeptiert und verteidigte meinen Standpunkt auch. Wir hatten uns beinahe lustvoll gegen die bürgerliche Variante entschieden und lebten in unserer lockeren Gemeinschaft ganz gut damit.

Heute würde sich kein Mensch öffentlich darüber aufregen, wenn eine beliebte Schauspielerin ein uneheliches Kind hätte oder gar deren zwei oder drei. Aber die Zeit damals war noch viel stärker den traditionellen bürgerlichen Vorstellungen verhaftet. Gott sei Dank hat sich die Einstellung zu diesen Fragen gewaltig geändert.

Unabhängig davon, dass die Presse sich zu Dingen äußerte, die sie nichts angingen, legte ich keinen Wert darauf, dass meine Schwangerschaft, dieses ungemein private Ereignis, in den Medien weit und ausladend besprochen wurde. Damit, dass ich ein

Kind haben würde, wollte ich mich gerne erst mal für mich alleine befassen.

Schlimmer als die öffentliche Neugier war, dass ich während der Schwangerschaft eine Reihe von Unannehmlichkeiten zu bewältigen hatte. So verbrachte ich den Jahreswechsel 1975/76 in einer Klinik, weil meine Blutwerte derart schlecht waren, dass Dr. Berthold es besser fand, mich stationär zu behandeln. Sonderlich komisch fand ich die Aussicht, Silvester in der Klinik zu verbringen, nicht gerade. Ich teilte mein Schicksal mit Claudia Butenuth, einer Kollegin, die ich besonders gerne mochte. Wir waren ziemlich allein auf unserer Station, und als wir in der Silvesternacht von unseren Krankenhauszimmern aus das Feuerwerk über der Stadt ansahen, haben wir uns beide ein bisschen elend gefühlt.

Abgesehen von dieser Geschichte mit den Blutwerten fühlte ich mich immer wunderbar, mir war nie schlecht, und ich hatte nur mäßige Fressattacken.

Trotz aller Unstimmigkeiten war immer klar, dass Bernd grundsätzlich zu seinem Kind stehen wollte, nie hätte er sich völlig distanziert. Es war wohl eine Riesenportion Angst, die ihn zunächst lähmte und unsicher machte. Ihm war passiert, was nicht selten vorkommt: Mein geliebter Freund, ein ganz normaler Mann, konnte sich zwar wunderschön theoretisch mit mir darüber unterhalten, dass Kinder etwas Herrliches wären. Aber in der Praxis sieht das plötzlich ganz anders aus. Dass er Vater werden wird, ist eine völlig abstrakte Tatsache für einen Mann. Weder bleiben seine Tage aus, noch verändert sich sein Körper, noch wird er von Hormonen überschwemmt – nichts geschieht mit ihm direkt. Trotzdem soll von einem Tag auf den anderen alles anders sein; er soll Verantwortung übernehmen, er fühlt, dass es vorbei ist mit dem selbstbestimmten Leben, in dem er jederzeit, überall und solange er wollte, tun konnte, wonach ihm der Sinn stand. Deshalb und wohl auch aus Furcht vor der bürgerlichen Kette, an die er sich gelegt fühlen mochte, war Bernd so stumm geworden.

Männer sind einfach ausgeschlossen aus dem Gefühl, was es heißt, ein Kind zu erwarten. Von der Sekunde an, wo eine Frau weiß, dass sie schwanger ist, und manchmal fühlt sie das ganz instinktiv, von dieser Sekunde an ist alles anders. Man ist eins mit dem Wesen und macht keinen Schritt mehr ohne es. Männer sind angewiesen auf Berichte, auf erzählte Gefühle. Wenn sich das kleine Baby zum ersten Mal bewegt, wenn man es wirklich fühlen kann, ist das noch einmal so ein unglaubliches Glücksgefühl. Für mich war es immer so, als ob mich von innen heraus eine kleine Feder streicheln würde. Ich denke, dass diese Glücksgefühle Frauen oft so eine besondere Ausstrahlung geben, sie schön machen. Man sollte seinem Mann immer wieder von den kleinen Tritten in den Magen erzählen und ihn fühlen lassen, wie es ist, wenn sich eine winzige Ferse in die Bauchdecke drückt, so fest, dass man sie sogar fassen kann.

Mit niemandem außer Carla Rehm und Hans Berthold habe ich über meine eigenen Gefühlsverwirrungen gesprochen, auch nicht mit meiner Familie. Im Zweifelsfall hätte man mir nur den Rat gegeben, den Mann zum Teufel zu jagen. Aber darum ging es ja gerade nicht.

Ich liebte diesen Menschen trotz allem, ich wollte mit ihm sein und ich wollte es hinbekommen, dass irgendwann alles gut würde. Niemand durfte sich herausnehmen, etwas Schlechtes über Bernd zu sagen, das habe ich nicht zugelassen. Das ist nun einmal so, wenn man jemanden bedingungslos liebt.

Meine Schwangerschaft war die schönste Zeit, die ich bis dahin in meinem Leben gehabt hatte. Ich war eins mit dem Kind, das in mir wuchs, und sprach ständig mit ihm. Einige Male hatte ich diese furchtbare Angst, es könnte etwas nicht stimmen, die wohl alle Frauen kennen, die zum ersten Mal schwanger sind. Zum Beispiel spürte ich einmal ganz seltsame

Rumpler in meinem Bauch, die in rhythmischen Abständen immer wieder kamen, sehr gleichmäßig. Es war nachts, ich war alleine, und ich geriet in Panik, wagte es aber so spät nicht mehr, meinen Arzt anzurufen. Als ich ihm am nächsten Tag, immer noch aufgeregt, die Symptome schilderte, lachte er nur und erklärte mir, dass mein Kind wohl einen Schluckauf gehabt habe. Schluckauf! Das konnte ich mir wirklich nicht vorstellen. Ein anderes Mal war ich mit Bernd in einem Konzert, und die Musik war ziemlich laut. Mein Kind trampelte derart heftig gegen meinen Bauch, dass ich glaubte, er würde jeden Moment platzen. Wir mussten aufstehen, uns von unserem Platz in der Mitte der zweiten Reihe hinauszwängen und das Konzert verlassen.

Ich hatte zwar ein paar seelische Einbrüche in dieser Zeit, aber so viele Menschen freuten sich mit mir. Meine Eltern nahmen es einfach hin, dass es keine Hochzeit gab, nie äußerten sie auch nur ein Wort der Kritik, obwohl ihre Tochter ein uneheliches Kind in die Familie brachte! Keine Bedenken kamen von ihnen, dass nun ihre Uschi alles gar nicht nach bürgerlichem Plan machte, wie man es von ihr vielleicht erhofft hatte. Ich bin mir sicher, sollte je jemand in Anwesenheit meiner Eltern die Nase gerümpft haben über mich, dann hätten sie ihre Tochter eisern verteidigt und behauptet, ihre Uschi würde das schon richtig machen. Dass ich immer auf sie zählen konnte, war das Schöne an der tiefen Beziehung zu meinen Eltern. Nie hätten sie anderen gegenüber zugegeben, dass manches sicher nicht ganz in ihrem Sinn ablief.

Es gab aber nicht nur die guten Feen. Einmal rief mich spätnachts eine Frau an, sie nannte keinen Namen. Sie glaubte mir unbedingt mit rauchiger Stimme mitteilen zu müssen, dass mein Lebensgefährte eben aus ihrem Bett gestiegen sei.

Natürlich habe ich Bernd von dieser Ungeheuerlichkeit erzählt. Er meinte, dass es sich nur um irgendeine Schwachsinnige handeln könne. Erst viel, viel später habe ich diese Stimme wiedererkannt, sie gehörte der Frau eines Freundes.

Ich hatte nie das geringste Interesse, irgendeinem Geschwätz auf den Grund zu gehen, ich war nie misstrauisch. Ein Versprechen muss gelten.

※

Beim Ultraschall stellte sich heraus, dass sich das Baby partout nicht mit dem Kopf nach unten drehen wollte, um dann auf ganz normale Weise zur Welt zu kommen. Ich hatte jedes verfügbare Buch gekauft, um zu erfahren, wie das geht mit dem Kinderkriegen, und darin stieß ich jetzt auf einen Ratschlag, wie man das Ungeborene ganz leicht dazu veranlassen könnte, sich zu drehen: Es handelte sich um die »Indische Brücke«; dabei sollte man sich rücklings über eine Couchlehne beugen und in dieser Haltung so lange ausharren, bis das Baby sich dreht. Ein ziemlich abenteuerlicher Vorschlag. Genützt hat es gar nichts. Also blieb nur ein Kaiserschnitt. Am 26. April 1976 fuhr ich in die Klinik, und am nächsten Tag sollte es soweit sein.

Die Warterei und die ganzen OP-Vorbereitungen machten mich ziemlich nervös, beklommen lief ich in meinem kleinen Zimmer auf und ab. Auf einmal ging die Tür auf, und Dr. Berthold und seine Frau Hilde kamen herein. Sie wollten mich zum Essen einladen. Obwohl ich sicher war, dass ich vor Aufregung nichts hinunterbekommen würde, habe ich bei dem deftigen bayerischen Essen dann doch ordentlich zugelangt. Es gab »Lüngerl« mit Semmelknödel – nicht gerade leichte Kost, aber vom Geburtshelfer sozusagen verordnet. Es war köstlich, und danach ging es mir besser!

Als ich wieder in meinem Zimmer war, klopfte es erneut – und herein kam ein Bote mit zweihundertsiebzig Rosen. Bernd wollte mich für jeden Tag der Schwangerschaft mit einer Rose beschenken, aus Freude, aus Dankbarkeit. Mein Herzliebster konnte so überwältigend sein!

Benjamin kam am Morgen des 27. April 1976 um 7.48 Uhr auf die Welt. Er war 51 Zentimeter groß und wog 3120 Gramm. Das erste, was ich nach der Narkose fragen konnte, ehe ich vor Müdigkeit wieder wegdämmerte, war, ob es ein Mädchen oder ein Junge war. Bei den Voruntersuchungen hatte ich mich nie für das Geschlecht des Kindes interessiert, ich wollte immer nur wissen, ob alles gesund und in Ordnung war.

Als ich Benjamin dann zum ersten Mal im Arm hielt, empfand ich keine Spur von diesem Schauer, den Mütter dann angeblich sofort bekommen. Ich war eher zu Tode geängstigt, dass ich ihn versehentlich erdrücken oder zerquetschen könnte, dieses kleine Wesen, das eben noch so beschützt in meinem Inneren gelebt hatte und nun da vor mir in diesem neuen, frischen Leben lag. Mit rabenschwarzen Haaren und blauen Augen schlummerte er friedlich vor sich hin.

In Benjamins erstem Lebensjahr habe ich von Zeit zu Zeit einen kleinen Brief an ihn geschrieben, oder besser: eine Art Tagebuch für ihn geführt. Da konnte ich ihm alles erzählen, ihm von seinem neuen Dasein berichten, seine Fortschritte notieren und meinem ganzen großen Glück Ausdruck geben. Es war einfach das pure Glück, ihn im Arm zu haben und beobachten zu können, wie er reagierte, wie er lächelte, wenn er seine Eltern sah.

Mein Leben war derart ausgefüllt durch dieses Kind, dass jeder meiner Gedanken in bezug zu diesem geliebten Wesen gedacht wurde. Benjamin war absolut einmalig, ein Wunderkind, wie es kein zweites gab. Die Welt muss voller solcher Wunderkinder sein, weil wohl jedes Kind für seine Mutter absolut einzigartig ist.

Bei aller Problematik, die es bedeutet, im Scheinwerferlicht der Öffentlichkeit zu stehen, gab es auch eine Seite der öffentlichen Reaktion, die mich überwältigte: Zur Geburt meines Kindes wurde ich überschüttet mit einer unglaublichen Fülle an liebenswürdigen Glückwünschen, Gedichten, Briefen und Geschenken von meinen Fans oder jedenfalls von Menschen, die mich einfach mochten.

Mitten hinein in dieses Hoch der Gefühle kam der sogenannte Babyblues. Dr. Berthold und seine Frau hatten mich gewarnt, dass es um den dritten Tag nach der Geburt herum einen Hormonschub gebe, der fast alle Frauen zum Heulen bringe. Wenn mir das auch passieren würde, sollte ich es einfach so hinnehmen. Ich war mir jedoch völlig sicher, dass ich davor gefeit wäre. Aber als nach ein paar Tagen mal wieder mein vertrauter, lieber Arzt zu mir kam, saß ich im Bett, und mir liefen die Tränen in Strömen über das Gesicht. Dr. Berthold war ganz liebevoll, nahm mich in den Arm und versuchte mich zu beruhigen.

Ich hatte plötzlich die Panik bekommen und bildete mir ein, dass ich nie richtig für mein Kind sorgen könnte, denn ich wusste ja überhaupt nicht, wie man das macht. Das arme Wesen war mir hilflos ausgesetzt, und was immer mir Dr. Berthold auch sagte, ich schluchzte nur und wiederholte, dass er mich einfach nicht verstehen würde.

Kaum eine Woche später hatte ich Todesängste um mein Baby auszustehen. Es war der 6. Mai, und ich war mit dem kleinen Benjamin noch im Krankenhaus. Da sah ich auf einmal, wie sich sein Kinderbettchen langsam in Bewegung setzte. Ich wusste nicht, ob mir schwindlig war oder ob mich meine Sinne täuschten – jedenfalls riss ich mein Kind aus dem Bett und raste hinaus auf den Gang, wo lauter Menschen mit verstörten Gesichtern umherliefen. Niemand verstand zunächst, was geschehen war. Tatsächlich waren das die Ausläufer eines starken Erdbebens, das in Oberitalien viele Todesopfer forderte.

Schließlich durften wir dann endlich heim, ins Häuschen in Grünwald. Dass ich Bernds Eltern immer noch nicht kennengelernt hatte, war für mich ein seltsames Gefühl. Sie dürften ziemlich irritiert gewesen sein, als sie eines schönen Tages aus der *Bild*-Zeitung erfuhren, dass ihnen ihr Sohn und seine Freundin ein Enkelkind bescheren würden. Wenigstens Bernds Geschwister hatten daraufhin den Kontakt zu mir gesucht und gefunden, so dass wir uns langsam kennenlernten.

Kapitel 19
Familienleben

Den Sommer nach Benjamins Geburt habe ich mir wirklich eine Auszeit gegönnt. Ich habe mich einfach nur dem Kind und meiner Freude an ihm gewidmet. Das war ja auch immer mein Wunsch gewesen: dass ich für ein Kind auch die nötige Zeit hätte.

Zu meinem und zu Benjamins Glück wurde es ein besonders schöner und heißer Sommer, so dass kein Tag verging, ohne dass ich mit dem Baby an der frischen Luft war.

Ich hatte mich natürlich beizeiten um ein Kindermädchen gekümmert, die für Benjamin dasein würde, wenn ich wieder arbeiten musste. So fand ich Margit, die sehr lieb zu Benni und mir war. Als dann später die Filmaufnahmen begannen, schleppte ich meine kleine Familie einfach mit; ich wollte mich nicht eine Stunde länger als unbedingt nötig von meinem Kind trennen, und wann immer es die Umstände erlaubten, reiste ich mit Kind und Kegel zu den Aufnahmen. So begann ein neues Zeitalter, das bis zum Schulbeginn anhielt.

Als sehr viel später die Familienzusammenführung mit Bernds Eltern stattfand, erzählte ich davon, wie ich immer mit »Kind und Kegel« zu den Dreharbeiten anreiste. Mein potentieller Schwiegervater lächelte mich über den Rand der Teetasse – aus feinstem Porzellan, wie er hoheitsvoll festgestellt hatte – an und fragte, ob ich eigentlich wüsste, was »Kegel« in diesem Zusammenhang bedeute? Ich hatte keine Ahnung, es war halt ein gängiger Ausdruck, den wir alle benützen, ohne Genaueres darüber zu wissen. Mit feiner Ironie in der Stimme erklärte mir Bernds Vater, »Kegel« meine das uneheliche Kind. So hatte ich zu meinem unermesslichen Glück wieder etwas dazugelernt. Wer weiß, wofür es gut war. Schließlich hatte ich ein uneheliches Kind vom Sohn dieses Mannes ...

Kaum war ich mit meinem kleinen Glücksprinzen zu Hause, standen irgendwelche Fotografen im Gebüsch herum und versuchten Fotos zu machen, wenn ich das Kind ins Auto hievte, um zum Kinderarzt oder zu einer Freundin zu fahren. Wie schon in der Schwangerschaft hätte ich gerne auch jetzt mein persönliches Glück für mich behalten, aber es war klar, dass ich die Problematik besser lösen würde, wenn ich einen Fototermin machte und alle Welt sehen konnte, dass mein Benjamin süß, gesund, schwarzhaarig und mittlerweile auch braunäugig war. Einer der Gründe für diese Aktion war, dass meine Agentur berichtete, man wundere sich schon über mich, wie fotoscheu ich plötzlich sei, und munkle, das Kind sei wohl nicht gesund. Das fuhr mir in die Knochen, weil es mir vorkam wie die dreizehnte Fee bei Dornröschen, die aus Rache dafür, dass man sie nicht hatte vorlassen wollen, ihren bösen Fluch über das Kind schickt. Der Fotograf Horst Ossinger, mit dem ich bis heute befreundet bin, hielt unser Familienglück dann im Bild fest, samt dem stolzen Vater natürlich.

Eine richtige Familie waren wir aber noch nicht. Bernd hatte weiterhin seine eigene Wohnung.

Das war keine schlechte Form des Zusammenlebens für uns. Bernds Ängsten und Vorbehalten vor einer zu bürgerlichen Bindung wurde so der Boden entzogen, während er gleichzeitig die Freude an seinem Sohn genießen konnte. Allerdings hätte es sich mit seinem Selbstverständnis nie vertragen, einen Kinderwagen durch die Straßen zu schieben oder das Baby zu wickeln und zu füttern. Nun hatte ich mir auch nicht im geringsten zum Ziel gesetzt, aus meinem Bernd einen pamperswechselnden Mann zu machen.

Sicher, ich hätte mich gefreut, wenn er nicht so oft zum Golfspielen mit seinen Spezln verschwunden wäre und ich mir keine leicht hämischen Reden hätte anhören müssen, dass ich wohl gar nichts anderes mehr im Sinn hätte als unser Kind. Natürlich hätte ich mich gefreut, wenn er seine traditionelle dreiwöchige Reise zum Jahresanfang mit seinen Golffreunden einmal abgesagt hätte. Mir zuliebe, dem Kind zuliebe. Aber ich habe mir immer gewünscht, dass das von selbst kommen möge und nicht, weil ich darum gebeten oder ihn gar dazu gezwungen hätte. Mir war klar, dass ich einen schwierigen Mann hatte, einen Eigenbrötler dazu, mit dem ich aber leben wollte, den ich liebte und der es mir wert war, in manchen Dingen nachzugeben oder mich gar nicht erst unrealistischen Erwartungen hinzugeben.

Bernd war für mich mehr als bloß ein guter Typ. Er war, wie er war, und das habe ich bedingungslos akzeptiert.

Ich genoss diesen wunderbaren Sommer. Benjamin, Margit und ich hatten es uns in unserem kleinen Häuschen gemütlich gemacht.

Eines Tages rief Carla Rehm an und wollte wissen, ob ich schon bereit sei zum Drehen. Zwar hatte ich mich an das Nichtstun schon ganz gut gewöhnt, aber ich wollte natürlich wieder arbeiten. Es sei eine Fernsehserie geplant, *Polizeiinspektion 1*, mit Walter Sedlmayr und Elmar Wepper, Max Grießer und vielen anderen. Ich sollte die Partnerin von Elmar Wepper sein. Das war ein super Einstieg in die Fernsehwelt, ob das nichts für mich wäre? Bis zu diesem Zeitpunkt hatte ich ja nur Kinofilme und Theater gemacht und ein bisschen Fernsehen mit Curd Jürgens. Carla Rehm machte mir das Projekt recht schmackhaft: Ich wäre nicht viel von zu Hause weg, Drehbeginn sei im Februar 1977, und Anfang März wäre schon alles zu Ende. Ich fand, das war zu verkraften.

Damals gab es eine scharfe Trennung zwischen Film und Fernsehen, es gab auch einen Unterschied zwischen Film- und

Fernsehschauspielern. Gelegentlich rümpfte man noch die Nase über das Medium Fernsehen. Allerdings begannen die Zeiten sich zu ändern. Es gab kaum eine nennenswerte Filmindustrie mehr, und das Subventionskino fing erst langsam zu atmen an.

Aus dem Projekt *Polizeiinspektion 1* hat sich ein »Traumpaar« herausentwickelt, das Helmut Ringelmann mit seiner Neuen Münchner Fernsehproduktion erfunden hatte: Elmar Wepper und Uschi Glas – durch diese Serie wurden wir zum Paar schlechthin. Ich mag beide Brüder, Elmar und Fritz Wepper, sehr gerne und verstehe mich prächtig mit ihnen, so verschieden sie auch sind. Dadurch machen sie sich aber auch nie Konkurrenz. Ich habe soviel mit den beiden gearbeitet, ich könnte über jeden von ihnen ein kleines Buch schreiben.

An den ersten Tagen, als ich zu den Dreharbeiten aus dem Haus musste, war mir schon etwas bänglich zumute. Ich wusste zwar, dass Benjamin bei Margit gut aufgehoben war, aber trotzdem brach es mir fast das Herz, ihn alleine zu lassen. Nach Drehschluss konnte ich gar nicht schnell genug wieder nach Hause kommen.

Polizeiinspektion 1 lief schließlich viele Jahre lang. Ich freute mich immer auf die Dreharbeiten.

Ein anderes Angebot war etwas komplett Neues. *Die blaue Maus* – Regie Kurt Wilhelm, Hauptdarsteller Maxl Graf – sollte eine Studioproduktion werden, eine sogenannte Aufzeichnung mit E-Kameras. Das heißt, dass man eigentlich Theater dreht, vier Wochen probt und dann wird das alles in Zwanzig-Minuten-Blöcken aufgezeichnet, aber in einem Stück. Das bedeutet, dass jede Position stimmen muss, dass man sich nicht gegenseitig im Licht stehen darf oder gar im Bild. Eine sehr interessante Sache, aber nicht unbedingt mein Ding.

Noch im Mai gab es ein Filmangebot nach Berchtesgaden. Horst Hächler, der Mann von Maria Schell, der Schöne, führte

Regie für eine Ganghofer-Verfilmung: *Waldrausch*. Schon als junges Mädchen hatte ich Hächler in den Hochglanzmagazinen bewundert, nun also war er mein Regisseur. Ich spielte in diesem Kostümfilm die Gräfin, Anton Diffring den Grafen. Diffring war ein hervorragender Schauspieler, der eigentlich nur noch internationale Projekte machte, vor allem viel Theater in London. Meine liebe Kollegin Rose Renée Roth spielte meine Gouvernante, sie kannte ich noch von meiner allerersten Theatertournee mit Karl Schönböck, sie war einmalig.

Ich wollte Benjamin, der gerade zu laufen anfing, bei mir haben, und so packte ich meine kleine Familie, und wir fuhren alle zusammen nach Berchtesgaden. Margit und Benni machten lange Spaziergänge durch die schöne Landschaft und kamen mich manchmal am Set besuchen. Das war eine wunderbare Art zu arbeiten. Anschließend sind wir wieder alle ganz zufrieden nach München zurückgekehrt.

Der Francis-Durbridge-Zweiteiler *Die Kette*, der dann auf dem Programm stand, führte mich wieder in mein geliebt-gehasstes London zurück. Obwohl von »Hass« natürlich nicht mehr im Ernst die Rede sein konnte, es waren ja nur die Erinnerungen an die einsame Zeit dort, die mich noch manchmal heimsuchten. Längst liebte ich diese verrückte Stadt, die zu jener Zeit voller Leben und auch ganz schön *crazy* war!

Regie für den Durbridge führte Rolf von Sydow, ein großartiger und hochsensibler Regisseur, mit dem ich später noch viele Produktionen machte. Er ist bis heute ein guter Freund geblieben. Mit von der Partie waren auch Beatrice Richter und Harald Leipnitz, den ich ja schon lange kannte. Nächtelang musste er sich meine Schwärmereien über meinen entzückenden kleinen Sohn anhören, ich konnte gar nicht aufhören damit. Die süßesten Kinderbilder von Benjamin habe ich ihm unter die Nase gehalten, damit er auch sehen konnte, wovon ich so hingerissen war. Irgendwann ist ihm der Geduldsfaden gerissen, und er brüllte mich an, er könne das ewige Gerede nicht mehr hören, ich sollte endlich damit aufhören. Ich war so stocksauer und beleidigt, dass ich eine Ewigkeit kein Wort mehr mit ihm gewechselt habe. Aber im nachhinein verstehe ich, dass mein seliges Mutterglück und die ständige Behelligung mit den Fotos nicht nur für ihn ziemlich nervig war.

Insgesamt bekam ich alles ganz gut unter einen Hut – die Arbeit, meine Freude mit Benjamin und das Familienleben. Wenn Margit am Wochenende nach Hause fuhr, war ich ganz alleine für mein Kind zuständig. Dann konnte ich nicht einfach auf den Golfplatz marschieren, aber das wollte ich auch gar nicht. Ich fand die Zeit, die ich mit meinem Kind verbringen konnte, viel schöner. Zwar habe ich verstanden, dass Bernd das anders

Alexander und Benjamin (*Mitte, re.*) genießen es, was für wundervolle Großeltern meine Mutter und mein Vater sind

sah, er war eben ein großer Sportler und liebte sein Golf über alles, ich aber setzte andere Prioritäten.

Benjamin entwickelte sich prächtig, und ich konnte mir die Arbeit so einteilen, dass ich immer genügend Zeit für ihn hatte. Arbeit und Familienleben teilten sich *fifty-fifty*, das war ein ungeheures Privileg für mich als berufstätige Mutter.

Meine Eltern unterstützen mich allerdings auch, wo sie konnten, sie waren wundervolle Großeltern geworden. Bei meiner Mutter hat mich das nicht überrascht, von meinem Vater hatte ich aber nicht erwartet, dass er sich zu so einem liebevollen Opa entwickeln würde. Er zeigte eine Engelsgeduld und erklärte alles, was man wissen musste. Als ein verkappter Künstler, der er war, hat er voller Phantasie und Begeisterung die schönsten Dinger für seine Enkelkinder fabriziert, Schaukelpferde hat er bemalt und ganze Bücher gezeichnet. Mit allen meinen drei Kindern waren meine Eltern immer rührend, immer präsent und voller Wärme.

1978 war wieder eine Folge *Polizeiinspektion 1* zu drehen, dann *Zwei Zimmer, Küche, Bad*, ein Fernsehfilm mit Bernd Herzsprung, Gerd Vespermann und der süß-verrückten Ute Willing.

Ich ging auch wieder auf Theatertournee: Mit Horst Janson und Gerda Maria Jürgens spielte ich *Barfuß im Park* – als Film war das einst mit Robert Redford und Jane Fonda besetzt. Horst Janson und ich sind immer in einem Auto gefahren und konnten uns aussuchen, wo wir wohnen wollten. Meist nahmen wir lieber eine längere Fahrt in Kauf, wenn wir dafür gemeinsam in einem schönen Hotel wohnen konnten. Ich hatte auf dieser Tournee ständig Besuch – entweder kam Bernd mit dem kleinen Benjamin, der ja nun schon zwei Jahre alt war, oder Margit oder meine Mutter kamen mit ihm. Es ging mir also richtig gut, ich musste auf nichts verzichten, und wir waren so viel unterwegs – in Österreich, in der Schweiz –, dass es fast wie im Urlaub war.

In unserem kleinen Haushalt bahnte sich ein Abschied an. Margit hatte ihren Traummann gefunden; sie wurde uns »weggeheiratet« und verließ uns, weil sie wieder nach Hause wollte. Ich habe mich so gefreut für sie, weil sie ihr Glück gefunden hatte, aber auf der anderen Seite war ich natürlich traurig, dass unser gutes Team auseinanderbrach.

Ich gab in der Zeitung ein Inserat auf, in dem ich ganz deutlich formulierte, um was es ging. Es sollte sich niemand falsche Vorstellungen davon machen, was gefordert war:

Berufstätige Mutter, alleinstehend, sucht ausgebildetes Kindermädchen für Buben, 2 Jahre alt. Ungeregelte Arbeits- und Freizeit, gegebenenfalls Mitreisen erforderlich.

Als ich das Inserat aufgab, meinte die Dame von der Anzeigenannahme am Telefon lakonisch, dass ich mir die Mühe gleich schenken könnte, auf so viel Unsicherheit und Beschränkung würde sich nie jemand melden.

Unsere heißgeliebte Nanni (mit Julia im Sommer 1987)

Sie täuschte sich. Ich bekam eine Menge Bewerbungen. Eine war darunter, die keinerlei Einschränkungen enthielt und keine Bedingungen stellte; ein Bildchen lag dabei, das eine sympathische junge Dame zeigte, die wohl in meinem Alter war.

Ich tat einen unglaublichen Glücksgriff und holte die von uns allen heißgeliebte Marianne ins Haus. Marianne, auch »Nanni« genannt, ist inzwischen seit fünfundzwanzig Jahren bei uns. Sie ersetzt uns allen alles: Vater, Mutter, Opa, Oma, Seelentrösterin, Patin, Komplizin, Freundin – ohne sie wäre das Leben für uns gar nicht denkbar. Wenn ich aus dem Haus ging – oft mit wehem Herzen –, hat mich der Gedanke beruhigt, dass Nanni da ist und ich mir keine Sekunde meines Lebens auch nur einen Hauch von Sorge zu machen brauche. Ein großes, dankbares Gefühl ist das in mir, es hat in vielen Lebenslagen zu meinem inneren Frieden beigetragen. Wie oft habe ich bei Kolleginnen erlebt, dass sie nervös wurden, weil der Babysitter ausgefallen war oder niemand da war, um das Kind aus dem Kindergarten abzuholen. Unsere Nanni ist mit mir und uns durch dick und dünn gegangen, alle Umzüge und gravierenden Veränderungen hat sie mitgemacht. Zuletzt hat sie sogar das Scheidungsdrama mit mir durchgeweint und durchgestanden. Sie ist auch für meine Kinder eine enge Vertraute und Freundin, alle drei lieben sie heiß.

In gewisser Weise gerieten Bernd und ich durch unsere Lebensform mit dem Gesetz in Konflikt. Es brachte nämlich ein paar unerwartete Knackpunkte mit sich, dass wir unser Leben nicht in eine ordentliche bürgerliche Form gebracht hatten. Das fing schon mit dem Schreiben des Stadtjugendamts an, in dem man sich im schönsten Amtsdeutsch erkundigte, »ob der Kindesvater seiner Unterhaltspflicht in vollem Umfang nachkommt«.

Außerdem kam von Zeit zu Zeit eine Fürsorgerin bei mir vorbei, um nach dem Rechten zu sehen – bei einer ledigen Mutter war das so vorgesehen. Ich konnte mich nur schlecht damit anfreunden, dass sich jemand bei mir zu Hause nach dem Wohlergehen meines Kindes erkundigen und nachprüfen wollte, ob mein Haushalt auch alle Bedingungen erfüllte, die für das Wohlergehen eines Kindes nötig sind. Aber das Gesetz sah nun einmal in meinem Fall eine derartige staatliche »Fürsorge« vor. Ich habe mich mit der netten Dame von der Fürsorge dann bei einer Tasse Kaffee darüber unterhalten, was sie alles so erlebte bei ihren Besuchen von Amts wegen.

Als Benjamin in den Kindergarten kam, machte mich die Kindergärtnerin darauf aufmerksam, dass Bernd unseren Sohn nur mit meiner schriftlichen Genehmigung abholen dürfe. Das verblüffte mich dann doch ziemlich, aber auch das entsprach natürlich einfach der Gesetzeslage, wonach ich die alleinige Erziehungsberechtigte war. Und so absurd es mir und Bernd auch erschien, solche Dinge mussten eben ganz formell geklärt und abgesichert sein.

Was würde eigentlich passieren, wenn ich plötzlich mit dem Auto gegen einen Baum fahren würde? Was wäre dann mit meinem Kind? Manchmal gingen mir solche Ängste durch den Kopf. Ich denke, dass das ganz verständliche Sorgen und Überlegungen waren, die wohl jede Mutter anstellt. In meinem Fall schlugen die Gedanken allerdings Rad, wenn ich mir vorstellte, dass der völlig rechtlose Vater dann erst wilde Anstrengungen machen müsste, um unser Kind aus dem Kinderheim zurückzuholen. Solche Alpträume befielen mich nicht täglich, aber von Zeit zu Zeit raubten sie mir doch die Ruhe. Da war dann meine ganze Coolness über unser unkonventionelles Dasein wie weggewischt.

Kapitel 20
Eine berufstätige Mutter

Ich habe mich oft als Ein-Mann- beziehungsweise Eine-Frau-Betrieb definiert. Wenn ich nicht arbeite, dann »steht« der Laden, dann geht nichts mehr. Kollegen haben mir zwar immer wieder geraten, ich solle nicht dumm sein und dann eben einfach stempeln gehen. Das allerdings hätte meinem moralischen Empfinden zutiefst widersprochen, ich hätte es nicht in Ordnung gefunden.

Ich habe immer so zu haushalten versucht, dass ich die Monate gut finanzieren konnte, in denen ich nichts tat und nur zu Hause war. Allerdings war ich so naiv zu denken, der Staat würde es mir mal danken, dass ich nie die Möglichkeiten ausgenützt hatte, um mich unterstützen zu lassen. Aber als ich von der Bundesversicherungsanstalt für Angestellte einmal eine Aufstellung über meine sogenannte Rentenanwartschaft bekam, habe ich erst gemerkt, was für Riesenlücken ich durch »Babypausen« habe, für die mir keiner etwas gibt.

Als »unstetig Beschäftigte«, wie es im Amtsdeutsch heißt, sind wir Filmleute für die Statistik ganz komische Leute. Wir wechseln zigmal im Jahr den Arbeitgeber, und das macht uns per se schon verdächtig. Ob da nicht was faul dran ist? Wir sind eben fahrendes Volk, so ist das mit uns, völlig unberechenbar.

»Sesshafter« wurde ich wohl erst 1984, als ich meinen letzten Kinofilm drehte. Es war ein ausgesprochen lustiger Film, den wir da machten: *Mama mia, nur keine Panik.* Helmut Fischer spielte meinen Mann, der in die Midlife-crisis kommt und zum Nachdenken über seine Probleme und seine Familie nach Ibiza reist, und Thomas Gottschalk spielte den Lehrer unserer Kinder, der sich in mich verliebte. Laut Drehbuch landeten wir natürlich im Bett. Solche Szenen sind immer ein bisschen unangenehm zu spielen, obwohl sie wirklich jeder Romantik entbehren, weil im wahrsten Sinn des Wortes immer Scharen von wildfremden Menschen mit im Bett stehen, angefangen von den Beinen des Kameramanns und seines Assistenten über das Stativ der Kamera bis zu dem für den Ton zuständigen Menschen, der mit seinem Mikrofon hinter dem Bett herumwedelt.

Wir hatten viel Spaß bei dem Dreh, und die Außenaufnahmen auf Ibiza waren ein Riesenvergnügen für uns alle. Auf der Insel

In meinem letzten Kinofilm spiele ich mit Thomas Gottschalk

fand sich damals alles, was zum hippen Leben gehörte. Der Bär tanzte, und Helmut Fischer war mit Wonne immer mittendrin.

Kino ist mir immer noch das allerliebste in meinem Beruf, mein ganz spezielles Baby. Aber schon 1978 hatte ich begonnen die Arbeit zu reduzieren und die Gewichtung auf die Familie zu verlagern. Anfang Oktober 1978 kam Marianne zu uns in die Schlehdornstraße in Grünwald. Sie hatte davor schon in sehr vornehmen Haushalten gearbeitet, wo sie durch eine noble

Haushaltsführung mit Chauffeur und anderen Annehmlichkeiten verwöhnt war, und nun war sie in einem ziemlich einfachen Reihenhaus gelandet.

Erst sehr viel später hat Marianne mir erzählt, dass sie schon Fotos von Benjamin und mir gesucht und gesammelt hatte und dass sie, als sie mein Inserat las, felsenfest davon überzeugt war, dass es sich um Uschi Glas und ihren Sohn handeln musste. Gesucht und gefunden, kann man dazu nur sagen. Für mich war das jedenfalls ein wunderbarer Glücksfall, zumal sie fließend Englisch sprach und für etliche Jahre auch in London gearbeitet hatte. Das war für die vielen Reisen, die wir zusammen machten, ein großer Vorteil.

Im Jahr 1979 habe ich viel Theater gespielt. Erst gab es die Wiederaufnahme von *Barfuß im Park,* und dann stand im Münchner Theater an der Brienner Straße das Stück *Spiel mit dem Feuer* an. Wir probten in Berlin, weil es vom Regisseur Jürgen Wölfer aus anders nicht möglich war, und gingen dann erst ans Münchner Theater. Hauptdarsteller war Harald Juhnke, der auf dem Zenit seines Erfolges war. Er machte damals neben dem Theater noch *Musik ist Trumpf* und war damit zum Superstar avanciert, hocherfolgreich und beliebt. Unser Stück lief denn auch hervorragend, wir waren ständig ausverkauft und mussten sogar immer wieder Doppelvorstellungen einschieben.

Juhnke hatte dieses Stück schon unzählige Male in Berlin gespielt. Es hätte mich überhaupt nicht gewundert, wenn er zu den ersten Proben nicht gekommen wäre, denn es kann schon sehr langweilen, wenn man ein Stück bereits dreihundertmal gespielt hat und es dann mit einem unwissenden Kollegen zum dreihundertersten Mal proben soll.

Aber Harald Juhnke kam zu jeder Probe. Ich habe ihn von zwei Seiten kennengelernt. Anfangs war er der Vollprofi, der sich von seiner besten Seite zeigt und alles mehr als kollegial mitmacht. Aber im Lauf der Spielzeit veränderte sich Harald. Unmerklich erst, schleichend. Niemand von uns bekam mit, dass er heimlich trank. Er ging in dem ganzen Stück eigentlich kaum von der Bühne, aber selbst die kleinsten Abgänge nutzte er, um sich einen zu genehmigen. Doch das haben wir erst sehr viel später festgestellt.

Juhnke sammelte damals jeden Bericht, der über ihn in der Zeitung stand, und wenn es nur eine Notiz in Briefmarkengröße war. Er regte sich wahnsinnig auf, wenn einer seine Frage verneinte, ob man diesen oder jenen Artikel über ihn gelesen habe. Dann schrie er herum und schimpfte, wie man so desinteressiert sein könne. Das war der andere Juhnke.

Einmal spielte er total verrückt und hielt den pünktlichen Beginn des Theaters auf, weil sein Freund Willy Brandt auf dem Weg von Nürnberg nach München zu uns ins Theater sei und unbedingt das Stück sehen wolle. Also warteten wir. Mir kam das ziemlich seltsam vor, denn wenn man durch das Spähloch im Bühnenvorhang sah, war nirgends ein freier Platz zu entdecken, und die Kasse wusste auch nichts von Brandt. Der Bühnenmeister erklärte, das müsse alles Unsinn sein, denn bei so hochrangigen Gästen gebe es vorher in der Regel immer eine Art Sicherheitscheck, aber hier sei kein Sicherheitsbeamter gewesen, um die örtlichen Gegebenheiten mal in Augenschein zu nehmen. Niemand wollte Haralds Angaben also so recht Glauben schenken. Das Publikum wurde unruhig. Der Inspizient drängte, dass endlich angefangen werden müsse. Nur Juhnke blieb stur – bis er dann auf einmal erklärte, Brandt habe ihn jetzt – hinter der Bühne! – angerufen, er komme wegen dichten Nebels nun doch nicht. Das war der verrückte Juhnke mit seinen Traumgeschichten.

Ein anderes Mal hatte er schon vor der Vorstellung so viel getrunken, dass er seinen Text nur mühsam und schlecht verständlich sprechen konnte. Entsprechend mager fiel der Schlussapplaus aus. Als der Vorhang zuging und wir uns auf der Bühne zum Verbeugen versammelten, zischte Harald mir zu: »Scheiß

Münchner Publikum.« Bei den Einzelverbeugungen bekam ich hörbar mehr Beifall als er, und bei der ersten Gelegenheit fauchte er wieder: »Scheißbayern, die haben eben keinen Humor!« Auf dem Weg in die Garderobe stänkerte er dann immer weiter. Ich schämte mich sowieso schon für ihn, aber jetzt reichte es mir wirklich, denn ich war der Meinung, dass das Publikum für sein Geld eine anständige Aufführung erwarten kann und nicht einen fast lallenden Darsteller. Jedenfalls drehte ich mich zu Harald um und zischte meinerseits: »Das war kein Scheißpublikum, das war einfach eine Scheißvorstellung.« Damit wollte ich in meine Garderobe.

Harald jedoch verlor derart die Nerven, dass jeder, der in unserer Nähe war, Todesängste ausstand. Er wurde handgreiflich, schrie: »Wer ist eigentlich Uschi Glas?«, griff mich und wollte mich zwingen, mit ihm zu skandieren: »Harald Juhnke ist der Star, Harald Juhnke ist der Star ...« Meine Garderobiere versuchte mich zu beschützen, wurde dabei aber irgendwie verletzt und blutete stark. Es war ein wahrlich gespenstischer Auftritt.

Ich erzähle das nicht, um Harald Juhnke schlechtzumachen oder um den vielen Geschichten über seine Alkoholkrankheit noch eine weitere hinzuzufügen. Ich weiß, dass er damals schon sehr, sehr krank war, und es gibt keinen Grund, mit einer Mischung aus Bewunderung und Abscheu über den »Alkoholiker der Nation« herzuziehen, wie es viele Medien taten, die bis heute sein Schicksal ausschlachten. Er war einfach ein kranker Mann, und es war traurig zu sehen, wie er sich zugrunde richtete.

Nach jenem Abend im Theater versuchte ich Juhnkes Frau Susanne anzurufen, die ich ja noch von meinem allerersten Miniauftritt als Filmschauspielerin her kannte und die mir erklärt hatte, wie Harald tickt. Ich nahm an, sie sei zusammen mit ihrem Mann und ihrem kleinen Sohn in München, doch ich konnte sie nicht erreichen. Wenig später probierte ich es in Berlin. Da kam sie ans Telefon, mit einer ganz kleinen Stimme, sehr verzweifelt klang sie. Sie war nach Berlin »geflohen«, denn Harald hatte eben wieder einen seiner Quartalsanfälle. Susanne Juhnke hat Schweres miterleben müssen, über sie dürfte niemand auch nur ein böses Wort sagen.

Es gibt ein Interview mit Juhnke und mir, in dem wir keinen Hehl daraus machten, dass wir beide es nicht ganz leicht fanden, miteinander zu arbeiten. Aber das hinderte verschiedene Journalisten nicht daran, uns ein Verhältnis anzudichten. Mit großer Einfalt und ebenso großer Regelmäßigkeit machte die Presse immer wieder die zwei Hauptdarsteller eines Films oder eines Theaterstücks zu einem Liebespaar. Das gehörte geradezu zum schlechten Ton.

Noch Jahre später hat mein Mann Bernd mir verschiedene dieser nie stattgefundenen Liebesbeziehungen vorgeworfen. Am Ende unserer Ehe kramte er zu meinem Erstaunen gerne solche Uraltkamellen aus. Das muss wohl damit zu tun haben, dass man den anderen in einer Beziehung immer genau der Dinge verdächtigt, die man selbst tut und von denen man wohl weiß, dass sie nicht in Ordnung sind.

Ich hatte natürlich kein Verhältnis mit Harald Juhnke. Es war absurd, dass man überhaupt auf die Idee kam.

In einem Doppelinterview, das wir 1979 mit der *Bunten* führten, sagte er über mich: »Das Schlimme an Uschi ist, dass sie gar keine Schwächen hat. Oder sie wenigstens nicht zeigt. Sie ist ungeheuer beherrscht. Ich zum Beispiel bin das genaue Gegenteil. Ich zeige alle meine Schwächen.« In demselben Interview werde ich mit den Worten zitiert: »Deine Susanne muss sehr stark sein. An ihrer Stelle würde ich Amok laufen mit so einem Ehemann.«

Juhnke war manchmal ungeheuer verletzend; dann konnte er die unmöglichsten Dinge sagen, er machte einen fertig und war total unbeherrscht. Am nächsten Tag war er wieder der liebenswürdigste Kollege, Mensch und Freund, als wäre nichts geschehen. Ich passte wohl nicht in sein Schema, weil ich ihm widersprach, anstatt ihn anzuhimmeln. Er charakterisierte mich so: »Sie ruht in sich selbst und ist ein bisschen altmodisch. Wo findet man das heute noch – Moral und Treue.«

In der Tat, das war die Basis meines Lebens. Und das hat mich immer gestärkt, hat mir Kraft gegeben und mich die unvermeidlichen Schwierigkeiten des täglichen Daseins mit einer gewissen Leichtigkeit bestehen lassen. Bernd und Benjamin waren damals die beiden wichtigsten Menschen für mich auf dieser Welt.

In diesen Jahren spielte ich besonders gerne und viel Theater. Nach dem Erfolg mit Juhnke bot man mir 1980 eine Rolle an, von der ich immer geträumt hatte – die Eliza in George Bernard Shaws *Pygmalion*.

Ich bin normalerweise nicht jemand, der sich nach Rollen verzehrt. Aber bei der Eliza war es tatsächlich so, dass ich mir Gedanken gemacht hatte über diese Figur, die ich gerne mal spielen wollte. Ich fürchtete nur, dass mir mit meinen sechsunddreißig Jahren irgendwann die Zeit davonlaufen könnte. Ein Problem war auch, dass der schnoddrige Gassenjargon, den Eliza am Anfang noch sprechen muss, in Deutschland meist Berlinerisch war – und das war nun nicht gerade meine Sprache.

Dass ich dann doch noch die Eliza spielen sollte, begann mit einer zufälligen Begegnung. Als ich eines schönen Tages durch die Maximilianstraße in München ging, schoss plötzlich von der anderen Straßenseite ein Mann auf mich zu, der sich als Herr Axmann vorstellte, die rechte Hand von Ilsebil Sturm, der Prinzipalin der Kleinen Komödie am Max-II.-Denkmal und der Komödie im *Bayerischen Hof*. Mitten auf der Straße fragte er mich, ob ich nicht Lust hätte, die Eliza bei ihnen zu spielen. Lust? Freilich hatte ich Lust, und was für eine! Auf meinen Einwand, dass ich aber wirklich nicht berlinern könne, bat er mich kurzerhand in sein Büro. Dort saß Frau Sturm, und sie klärte mich auf, dass die Uraufführung des Stückes in deutscher Sprache im Burgtheater in Wien stattgefunden hatte, und da sprach Eliza den Dialekt der Bewohner des Wiener Arbeiterviertels Ottakring. Also sagte sie: »Wo ist das Problem, bitte schön?« Ich war selig. Gemeinsam mit Alexander Golling arbeitete ich dann die bayerische Version aus.

So ging mein Traum in Erfüllung. Wir waren ein wunderbares Team: Rolf von Sydow führte Regie, Karl Heinz Vosgerau spielte den Professor Higgins, Fee von Reichlin seine Mutter, Erik Ode den Pickering und ich Eliza Doolittle. Die Premiere war im Februar 1980, und wir spielten dieses köstliche Stück mit riesigem Erfolg bis Ende Juni in der Kleinen Komödie.

Benjamin war damals vier Jahre alt, und weil er natürlich mitbekommen hatte, dass seine Mutter zu Theaterproben ging, nahm ich ihn zusammen mit seiner heißgeliebten Nanni zur Generalprobe mit.

Benjamin saß also im Theater und sah sich konzentriert ein Stück an, das Vierjährige bestimmt noch nicht in jedem Detail verstehen können. Ab und zu hörte ich ihn lachen, ansonsten war er voll und ganz auf unser Spiel konzentriert. In der Generalprobe waren wir im vollen Kostüm, und auch sonst war alles, wie es sein sollte, nur dass kein Publikum im Saal war. Nach der Vorführung kamen mein Sohn und Marianne hinter die Bühne, wo ich die beiden meinen Kollegen vorstellte. Brav gab Benjamin jedem die Hand, nur bei Vosgerau, der den Professor Higgins spielte, weigerte er sich. Er steckte die Hand auf den Rücken, schaute verstockt und dachte gar nicht daran, in irgendeiner Form auf die Freundlichkeit von Vosgerau einzugehen. Zurück in meiner Garderobe, fragte ich ihn, warum er so komisch gewesen war, und er sagte ganz wütend, dass der »böse Mann« doch meine Kleider verbrannt habe, und das sei so gemein … Da hatte er scharf aufgepasst, denn es wird im Stück ja nicht gezeigt, wie Higgins Elizas Klamotten verbrennt, sondern er berichtet nur davon, als ihn Mr. Doolittle danach fragt.

Der »böse« Karl Heinz Vosgerau

Mir sind immer viele Etiketten angeklebt worden. Eines davon ist die »Supermutter«, das Bild einer tollen Mutter, die Erfolg im Beruf hat und sich auch noch aufopfernd um ihre Kinder kümmert. Richtig ist, dass ich meine Kinder wirklich über alles stelle in meinem Leben. Ich habe seit Benjamins Geburt immer darauf gesehen, hauptsächlich in München zu arbeiten. Zum Glück gab es viele Angebote in München, so dass ich andere, die mich weiter weggeführt hätten, ablehnen konnte. Außerdem arbeitet man als Schauspieler ja nicht jeden Tag, und wenn eine Produktion fertig ist, hat man erst einmal Pause und kann daheim sein. Insofern war ich natürlich privilegiert. Privilegiert war ich außerdem, weil es Marianne gibt, die mir immer zur Seite stand. Die Frau, die täglich an der Kasse des Kaufhauses sitzt und sich dann am Abend noch um ihre Kinder kümmert, verdient viel mehr das Lob der tollen Mutter als ich.

Kapitel 21
Der Verfolger

Einmal erlebte ich eine Geschichte, die jedem Psychothriller zur Ehre gereicht hätte. Es war in der Zeit, als wir *Pygmalion* in der Kleinen Komödie spielten.

Damals ergab es sich, dass ich beim Fernsehen mit einem neuen Format begann, einer Art Show, *Schwabinger Bazar*. Deshalb musste ich oft vom Fernsehstudio in München-Unterföhring direkt in die Stadt zum Theater fahren. Ich arbeite zwar nicht so gerne auf zwei »Baustellen« gleichzeitig, aber das war in diesem Fall unvermeidlich.

Irgendwann fiel mir auf, dass immer wieder ein Mann vor meinem Häuschen in Grünwald herumstand. Das Haus war nur von einem lebenden Zaun umgeben, man konnte also ohne jede Beschränkung direkt an die Haustüre kommen. Dieser Mann tauchte in ziemlich regelmäßigen Abständen auf. Er sagte nichts, er stand nur da. Einmal stand er nachts an der Garage, einmal auf der gegenüberliegenden Straßenseite, dann wieder direkt an meiner Tür. Er sah immer gleich aus in seinem olivgrünen Parka. Er tat auch nichts, er schaute nur. Was wollte der Mann? Er machte mir angst.

Als ich bei der Polizei anrief, bekam ich die Auskunft, dass wegen bloßen Stehens und Schauens niemand belangt werden könne. Rumstehen darf man in Deutschland. Das leuchtete mir zwar ein, aber es änderte nichts daran, dass mir der Mann unheimlich war. Außerdem hatte ich Angst wegen meines Kindes.

Eines Nachts fing der Klingelterror an. In Abständen von ein paar Minuten klingelte es Sturm, dann war es einen Moment lang still, bevor es wieder von vorne losging. Nächtelang. Ich war fast wahnsinnig vor Angst und rief die Polizei, die mir versprach, so schnell wie möglich zu kommen.

Das war der erste Einsatz gegen diesen Mann, und es war nicht der letzte. Immer wieder kam der Kerl, es war ein Alptraum. Kaum nahmen ihn die Männer vom Polizeirevier mit, war er schon wieder da. Irgendwann fingen die Polizisten an, ihn einfach ein Stück weiter stadteinwärts wieder abzusetzen. Nachts führen gar keine Straßenbahnen nach Grünwald, trösteten sie mich, der Mann würde also nicht so schnell wiederkommen.

Ich traute meinen Augen nicht, als ich den Mann eines Tages am Set sah. Bei Fernsehaufnahmen wieseln unendlich viele Menschen herum, die man unmöglich alle kennen kann – aber er fiel mir sofort auf und machte mir das Herz zentnerschwer. Ich hatte Angst, und ein grenzenloses Unbehagen erfasste mich, weil ich nicht einordnen konnte, was der Mann wollte. Er bedrohte mich nicht, aber er hatte an diesem Ort nichts verloren. Und im Hinterkopf tickte immer die Sorge um meinen kleinen Sohn zu Hause.

Als ich die anderen fragte, was der Mann hier zu suchen habe, sagte mir einer, er habe sich als ein Freund von mir ausgegeben. Ein Freund! Ausgerechnet dieser Peiniger!

Ich ging sofort ins Produktionsbüro und erklärte, dass ich diesen Mann nicht kenne und dass er mich auf widerwärtige Weise verfolge. Daraufhin erteilte ihm der Produktionsleiter umgehend Studioverbot. Mir zitterten die Knie vor Aufregung und Zorn.

An diesem Tag wollte ich mich nach dem Drehen noch ein wenig in meiner Garderobe im ersten Stock der Studios ausruhen, ehe es wieder zum Theaterspielen in die Stadt ging. Ich bat den Portier, mich um 18.30 Uhr zu wecken, damit ich nicht die Vorstellung versäumte.

Ich wurde davon wach, dass jemand an die Milchglastüre meiner Garderobe klopfte. Es war erst halb sechs. Schon wollte ich sagen, dass die Uhr des Portiers wohl falsch ginge, als ich durch die Scheibe erkannte, dass es gar nicht der Portier war, der da draußen stand. Es war unverkennbar die Silhouette meines Verfolgers. Die Tür war zwar verschlossen, aber nichts leichter, als das Milchglas einzudrücken. Der Mann sagte: »Uschi, lass mich rein, mach auf.«

Mein Puls raste. Verzweifelt überlegte ich, wie ich auf dem um diese Zeit völlig verlassenen Gelände einen Menschen zu Hilfe rufen könnte. Ich steckte in der Falle, und keine Seele weit und breit. Ich war im ersten Stock, ein Telefon gab es in dieser kleinen Garderobe nicht. Er klopfte und klopfte, ich geriet in Panik. Mit einem Sprung aus dem Fenster hätte ich mich auf dem harten Betonboden darunter zumindest schwer verletzt. Jeden Augenblick konnte der furchtbare Mensch die Tür eindrücken. Er klopfte und klopfte, und ich wagte nicht, auch nur ein Wort zu sagen oder um Hilfe zu rufen.

Behutsam öffnete ich das Fenster. Hoffentlich quietschte oder knackte es nicht! Genau in diesem Moment kam ein Sicherheitsmann auf seiner Runde vorbei. Ich wagte nicht, mich laut bemerkbar zu machen, und so machte ich nur ganz leise *pssst, psst!* Ich weiß nicht, ob ich so kläglich aussah oder ob der Mann dort unten so ein feines Gespür für meine Verzweiflung hatte, jedenfalls machte er sofort kehrt, raste in den ersten Stock und schrie den Mann schon von weitem an, was er hier zu suchen habe. Der antwortete ganz frech, er sei der Chauffeur von Frau Glas und solle mich abholen. Aber die Nummer zog nicht bei meinem Retter. Er packte den Kerl und beförderte ihn mit ein paar unfreundlichen Worten aus dem Haus.

Meine Nerven flatterten, ich war der Auflösung nahe. Erst auf dem Weg zum Theater in der Stadt beruhigte ich mich langsam wieder. Ich musste mich beruhigen. Ich hatte ja Vorstellung.

Ich parkte den Wagen und ging zum Bühneneingang. Da stand er und sah mich an auf seine unheimliche Art. Ich raste an ihm vorbei und schlug die Tür hinter mir zu.

Ich bebte am ganzen Leib. Die innerliche Anspannung war so groß, dass ich kaum noch atmen konnte. Meine Kollegen versuchten, mich zu beruhigen, und ich versuchte, mich total auf meine Rolle zu konzentrieren, damit mir nicht ständig das Bild dieses Mannes im Kopf herumging. Irgendwie musste mir das gelingen.

Kurz bevor sich der Vorhang heben sollte, schaute ich durch den Spion ins Publikum. Da saß er. Mitten in der zweiten Reihe.

Ich stürzte zum Inspizienten und sagte, dass ich in keinem Fall auftreten würde, solange der Kerl da sitze. Um nichts in der Welt wäre ich auf die Bühne gegangen. Die Stunden der Angst hatten mich völlig erschöpft, und jetzt flammte die Verzweiflung schon wieder auf.

Tatsächlich verließ der Mann das Theater, und das Spiel konnte beginnen.

Am nächsten Tag saß er wieder im Theater. Diesmal ließ die Direktion die Polizei kommen. Er wurde zur Feststellung seiner Personalien ins Polizeipräsidium in der Ettstraße gebracht. Dort gab er an, er müsse mit mir sprechen. Die Polizei fragte mich, ob ich mir das zutraute. Ich stimmte zu, ich wollte endlich wissen, was dieser Mensch im Schilde führte. Alles, was man von ihm wusste, war, dass er ein freigekaufter Häftling aus der DDR war, von Sozialhilfe lebte, verheiratet war und zwei Kinder hatte. Schon in der DDR hatte er Probleme wegen psychischer Störungen. Mehr war nicht von ihm bekannt.

Doch im Polizeipräsidium bestand der Mann darauf, alleine mit mir zu reden, ohne Anwesenheit eines Polizisten. Man versuchte stundenlang, ihn umzustimmen, und ich saß die halbe Nacht herum, frierend und zitternd vor Aufregung und Kälte, und wartete auf das Gespräch.

Es wurde nichts daraus. Die ganze Sache verlief im Sand, der Mann musste wieder freigelassen werden. Mir gab man eine Telefonnummer, bei der ich mich melden konnte, wenn er mich wieder belästigte.

Der Mann verlegte sich zunächst aufs Briefeschreiben und

schickte mir komisches Zeug. Dann verfolgte er mich weiter, ohne dass man ihn für irgend etwas hätte zur Rechenschaft ziehen können. Manchmal hörte und sah ich monatelang nichts von ihm, dann tauchte er plötzlich wieder auf.

Dann passte er mich einmal ab, als ich gerade Benjamin vom Kindergarten abholte. Das versetzte mich weit mehr als alles andere in Panik, denn jetzt schien mir Benni unmittelbar bedroht. Er hatte mich völlig eingekreist, es gab keinen Bereich meines Lebens, der vor ihm sicher war, überall war er, beobachtete mich und hatte es in der Hand, mein ansonsten harmonisches Leben völlig aus dem Gleichgewicht zu bringen. Und jetzt lag dieser Schatten auch noch auf meinem Kind. Es war unerträglich. Er stand vor meinem Auto, die Hände auf der Kühlerhaube. Benjamin sagte noch: »Mami, da steht doch ein Mann!«, als ich ganz langsam losfuhr. Ich dachte nur: Der Kerl muss wegspringen, sonst ist's um ihn geschehen, ich halte nicht an ...

Da machte er einen Schritt zur Seite und schlug mit der Faust auf den Kofferraum. Ich trat aufs Gaspedal.

Irgendwann hörte die Belagerung auf, und ich vergaß die Bedrängnis. Bernd hatte ein Haus mit großem Garten gemietet, wo wir alle miteinander glücklich lebten.

Bis zu dem Abend, als der Mann sich Einlass verschaffte bei uns. Ausgerechnet meine arme Mutter hatte ihn hereingelassen, weil er angab, er müsse etwas für mich abgeben. Als ich vom ersten Stock herunterkam und den Mann in seinem grünen Parka da sitzen sah, stieß ich einen solchen Schrei aus, dass Bernd aus seinem Zimmer herausgeschossen kam. Instinktiv wusste er, dass das der Mann sein musste, der mich schon so lange peinigte.

Bernd brüllte ihn an, packte ihn am Kragen, drängte ihn zur Tür hinaus, während er ihn weiter anbrüllte, schmiss sich auf ihn und kugelte zusammen mit dem Eindringling die Treppen hinunter. Ich war starr vor Schreck und Angst. Benjamin klammerte sich an mich und fragte verängstigt: »Was macht der Papi, was ist denn los?« Meine Mutter war genauso starr vor Entsetzen wie ich. Bernd schmiss den Kerl mit solcher Wucht in die Tonnen, dass sie alle umfielen. Jammernd saß der Mann am Boden. Und dann verschwand er, diesmal für immer.

Ich habe nie erfahren, was der Mann von mir wollte.

Kapitel 22
Wir werden eine Großfamilie

Es ging mir gut. Ich hatte einen süßen Sohn und einen Partner, den ich liebte. Ich spielte Theater und stand fürs Fernsehen vor der Kamera, in der Hauptsache für die *Polizeiinspektion 1*. In dieser Serie trafen Elmar Wepper und ich zum ersten Mal zusammen, und wir harmonierten so gut, dass für uns eine neue Serie geschrieben wurde: *Unsere schönsten Jahre*. Drehbuchautor Franz Geiger war genial. In den beiden Serien waren Elmar Wepper und ich zu *dem* Traumpaar schlechthin geworden. Wieder lachten wir von den bunten Titelbildern herunter, wieder wurden wir endlos gefragt, ob wir auch privat etwas miteinander hätten oder gerne etwas miteinander anfangen würden. Das Übliche halt, und wie üblich konnten wir mit dem besten Gewissen versichern, dass wir uns sehr schätzen als Kollegen und dass das aber auch alles sei.

Wahrscheinlich waren diese Fragen unvermeidlich, weil vor allem in Serien die im Film dargestellten Beziehungen eine solche Intensität bekommen, dass es offensichtlich schwer ist, sie als das zu nehmen, was sie sind: erfundene Geschichten. So vermengen sich dann Wirklichkeit und Fernsehschein für viele Menschen, und die Presse tut das Ihre dazu.

In meinem wirklichen Leben entwickelte sich manches neu. Unsere Beziehung begann aus der Beliebigkeit herauszuwachsen. Bernd hatte beschlossen, ganz mit uns leben zu wollen, und auf Dauer wollten wir einfach näher und stärker miteinander verbunden sein.

Wir waren umgezogen in ein schönes Haus mit genügend Platz für eine große Familie. Nachdem ich selbst aus einer sechsköpfigen Familie stammte, hatte ich immer die Sehnsucht, dass es nicht bei einem einzigen Kind bleiben sollte.

Bernd und ich waren uns einig, wir wollten noch ein Baby.

Es war ein bisschen wie im Märchen, denn alle guten Feen schienen ihre guten Wünsche über uns ausgeschüttet zu haben. Ich brauchte nur den Wunsch in den Kosmos zu schicken, schon ging er in Erfüllung.

Der errechnete Termin für die Geburt unseres Kindes war Anfang März 1982. Wieder ging es mir in der Schwangerschaft sehr gut. Ich arbeitete nach bewährtem Muster so lange wie möglich. Nie war mir schlecht, ich fühlte mich immer wohl.

Mit der bevorstehenden Geburt unseres zweiten Kindes stellte sich die Frage, wie wir unser weiteres gemeinsames Leben gestalten wollten. Wir haben stundenlang debattiert. Wollten wir eine große Hochzeit feiern, eine kleine, kirchlich oder nur standesamtlich? Wollten wir nur Verwandtschaft oder auch Freunde dabeihaben, oder wollten wir gar nur mit Freunden feiern? Wir spielten alle Variationen durch, einschließlich der Möglichkeit, dass wir mit Benjamin nach Las Vegas fliegen, dort heiraten und beim Zurückkommen alle vor vollendete Tatsachen stellen. Und dann verwarfen wir jeden Plan wieder.

Natürlich hatte ich immer noch meinen Traum von der schönen großen Hochzeit im Hinterkopf, bei der alle vor Rührung ein bisschen weinen müssen. Aber nun hatten wir schon nach einem anderen Muster gelebt, und da waren die alten Träume nicht mehr angebracht.

In Grünwald war ich oft in die Kirche gegangen, und Pfarrer Schmidt dort war im Lauf der Jahre fast so etwas wie mein Vertrauter geworden. Bei ihm suchte ich manchmal Rat. Seine lebenskluge Art tat mir gut. Er war so menschlich, und in seinen Predigten zeigte er immer Wege der Hoffnung auf, die Hilfe geben konnten. In einer schönen, kleinen Feier, die einen ganz eigenen Zauber hatte, hatte er auch Benjamin getauft.

Bernd und ich kamen nicht weiter mit unseren Überlegungen. Die Zeit verging, und immer wieder haben wir das Problem vertagt, immer wieder haben wir von Neuem nach einer guten Lösung gesucht.

Dabei spielte auch eine Rolle, dass zwischen Bernds Eltern und uns die absolute Eiszeit herrschte. Herzlich und freundlich war nur der Kontakt mit seinen Geschwistern, und ganz besonders liebevoll war Bernds Großmutter, die wunderbare Omama, die in Garmisch-Partenkirchen lebte. Sie hatte so ein großes Herz, war warmherzig und liebevoll, und ich bin ihr noch heute, lange nach ihrem Tod, innerlich verbunden.

Auch ohne dass wir eine Entscheidung trafen, ging das Leben weiter. Wir hatten das Haus, in dem wir glücklich lebten, Bernd und ich machten wunderschöne Reisen, wir waren an den herrlichsten Plätzen der Welt – nur mit dieser einen Frage taten wir uns so schwer. Es wurde Dezember 1981, die Zeit drängte, wir mussten Nägel mit Köpfen machen.

Wir wollten heiraten. Das war unser Entschluss. Endgültig. Und nun bekam ich doch noch so ein kleines Kribbeln, obwohl wir schon seit zwei Jahren zusammenlebten. Wir würden offiziell Mann und Frau werden.

Wir waren uns einig: keine Presse, keine Information, keine Freunde, niemand aus der Familie, ganz allein zu zweit wollten wir auf das Standesamt in Grünwald gehen und uns dort das Jawort geben.

Vorher hatten das Schicksal und Bernds Anwalt allerdings noch ein paar Prüfungen für mich parat, die bestanden sein wollten. Als Bedingung für die Eheschließung wurde mir ein Ehevertrag vorgelegt, der mich sprachlos machte. Trotz meiner finanziellen Selbständigkeit fand ich mich plötzlich in eine merkwürdige Rolle gedrängt. Ich fühlte mich, als ob unsere Heirat eine Art Belohnung für mich wäre und ich dafür einiges hinnehmen sollte. Zur Absicherung, wie es hieß. Damit ich, so sagte man mir, für den unwahrscheinlichen Fall, dass Bernd mit seiner Firma pleite ginge, nicht auch noch mit drinhängen würde und dann dafür geradestehen müsste. Alles sollte also nur zu meinem Besten sein. Trotzdem wehrte ich mich gegen einen Vertrag, denn ich war mir sicher, dass Bernd zum einen nie pleite gehen und ich ihn zum anderen dann nie im Leben sitzen lassen würde.

▬▬▬▬▬ .wanger mit unserem zweiten Kind und wollte nicht ▬▬▬ argumentierend eine Ehe mit dem Vater meiner beiden Kinder eingehen. Ich wollte das Ganze nicht in der Kälte akzeptieren, in der man es mir vorlegte. So, wie argumentiert wurde, fühlte ich mich tief verletzt. Ich hatte noch einen allerletzten Rest an Romantik in meinem Kopf, denn es war ja doch eine sehr schöne und sehr endgültige Entscheidung, die wir miteinander getroffen hatten. Vielleicht schwang bei mir auch etwas die Hoffnung mit, es könnte sich doch noch alles in eine kleine rosarote Wolke hüllen lassen, auf der Bernd und ich in aller Seligkeit heiraten und dann bis ans Ende unserer Tage miteinander glücklich sein würden.

Also weigerte ich mich, zum Notar zu gehen. Meine Argumentation, dass mir doch vollkommen gleichgültig sei, ob Bernd mehr Geld habe als ich, wurde mir dann selbst entgegengehalten: Dann bräuchte ich ja keine Hemmung zu haben, den Vertrag zu unterschreiben, denn dann hätte ich ja sicherlich auch bei einer möglichen Scheidung keine Ansprüche. Das war es also, was ich beurkunden sollte.

Sich als Schwangere mit der Möglichkeit der finanziell abgesicherten oder eben nicht abgesicherten Scheidung befassen zu sollen empfand ich als niederschmetternd. Aber Bernds Anwalt, der auch sein Freund war, setzte mich massiv unter Druck.

In aller Naivität sprach ich davon, dass es sich doch um Liebe und Vertrauen handle und um den Wunsch, ein ganzes Leben miteinander zu verbringen, darüber müssten keine knochenharten Verträge geschlossen werden. Wortreich erklärte man mir daraufhin, Liebe sei Liebe, und Vertrag sei Vertrag. Mehr gebe es dazu nicht zu sagen.

Ich musste das erst verdauen, das war ein Schock für mich. Bernd war nicht der erste wohlhabende Mann, der mir über den Weg gelaufen war, ich hätte die sogenannte gute Partie längst mit jemand anders machen können, wenn mir daran gelegen wäre. Aber ich hatte immer noch mein eigenes Geld verdient und noch nie jemandem auf der Tasche gelegen. Um so unverständlicher fand ich, dass mir hier offensichtlich mitgeteilt werden sollte, dass ich gefälligst für mich selbst zu sorgen hätte – im Falle eines Falles.

Das tat weh. Ich verstand die Welt nicht mehr. Es machte mich todtraurig, dass mein Partner unbedingt dieses Papier unterschrieben haben wollte. Ich zermarterte mir das Hirn, wozu das gut sein sollte. Nächtelang habe ich nachgedacht und geweint. Ich konnte mit niemandem darüber sprechen, so sehr schämte ich mich, wie man mit mir umging.

Meine Marianne, unser guter Geist des Hauses, hat mir nach Jahren mal erzählt, dass es ihr fast das Herz gebrochen hätte, morgens meine verheulten Kleenex-Tücher im Abfalleimer zu finden.

Kurz vor Weihnachten ging ich zum Notar und unterschrieb das unwürdige Papier. Ich konnte kaum die Tränen zurückhalten, als ich das tat. Aber ich wollte Bernd verstehen, ich wollte es wenigstens versuchen.

※

Ich schmückte unser Haus für Weihnachten, ich verzauberte es, wie ich es immer getan hatte und wie ich es von meiner Mutter gewöhnt war. Benjamin mit seinen mehr als fünf Jahren wartete aufgeregt auf das Christkind. Es kribbelte und duftete, endlich läutete das Christkind sein Glöckchen, dann durften wir hinein ins Zimmer und Bescherung feiern. Es war schön wie immer, und wie immer habe ich mich gefreut, dass meine Eltern da waren und meine Geschwister, dass Benjamin strahlte und dass ein Zauber über allem lag.

Dann war Weihnachten vorbei. Der Tag kam näher, an dem unsere Hochzeit stattfinden sollte, der Tag, den ich mir immer in den schönsten Farben ausgemalt hatte. Die Heirat sollte auf dem Standesamt in Grünwald stattfinden. Da dies eine eigene kleine Gemeinde mit Rathaus und einem Bürgermeister ist, den wir ganz gut kannten, war es kein Problem gewesen, Aushänge und Veröffentlichungen unserer Eheschließung zu vermeiden.

Es war der 30. Dezember 1981, und ich war mit Bernd im Auto unterwegs zum Grünwalder Rathaus. Um zu heiraten. Es war alles so unwirklich, dass ich mich viel eher tief verzweifelt fühlte und nicht als glückliche Braut. Wie in einem Film ließ ich die letzten Jahre an mir vorüberziehen. Was wurde mir hier für eine seltsame Prüfung bereitet, musste das sein? Plötzlich fasste ich einen Entschluss: Ich saß neben meinem zukünftigen Mann, spürte mein zweites Kind im Bauch und nahm mir vor, das Schicksal Schiedsrichter spielen zu lassen: Bevor wir zum Rathaus abbogen, würde noch eine Ampel kommen. Wenn die Ampel rot wäre, würde ich aussteigen und alles hier und jetzt beenden. Ohne Rücksicht. Auch nicht auf mich selbst.

Die Ampel war grün.

Wir heirateten im Rathaus, und baten zwei völlig fremde Personen, unsere Trauzeugen zu sein. Von Stund an waren wir Herr und Frau Tewaag.

Danach fuhren wir wieder in unser Haus.

Jedes Jahr Anfang Januar fuhr Bernd mit seinen Freunden, der »Honorable Society of Gambling Golfers« an die schönsten Plätze dieser Erde zum Golfen und Zocken. Ich hatte das nun schon mehrmals miterlebt und hatte es immer akzeptiert. Es war ein Teil von Bernd, und es war ihm wichtig, das zu tun.

Dennoch hatte ich ein bisschen gehofft, gewünscht, mir vorgestellt, dass er in diesem Januar, wenige Tage nach unserer seltsamen Hochzeit, vielleicht nicht wegfahren würde. Die Hoffnung war nicht allzu groß, aber im tiefsten Inneren dachte ich, es wäre ja möglich, dass einmal alles anders ist als gewöhnlich. In unserem Leben war ja schließlich auch alles anders als gewöhnlich.

Aber Bernd wäre nicht Bernd gewesen, wenn er nicht auch in diesem Januar an seinen Gewohnheiten festgehalten hätte. Er fragte zwar, ob es mir etwas ausmache, wenn er wegführe. Aber was sollte ich darauf sagen? Sollte ich ihn annageln? Und so startete er in den ersten Tagen des neuen Jahres frohgemut in die Ferne.

Ich hatte meinem Mann bisher immer alle Freiheit gelassen, also musste ich das auch jetzt tun, selbst wenn es mich traurig machte. Ich wollte immer, dass er freiwillig bei mir und uns war.

Jahrelang hat Bernd die lustige Geschichte erzählt, er habe so eine tolle Frau, dass sie ihn sogar alleine auf Hochzeitsreise hätte fahren lassen. Irgendwann, als ich das wieder einmal mit anhören musste, sagte ich ihm, dass ich diese Geschichte nie wieder hören wolle, sie sei nichts als demütigend für mich. Er verstand gar nicht, was ich wollte, ich würde doch wahnsinnig gut abschneiden in dieser Story. Er hat nie verstanden, wie sehr er mich damals verletzt hatte.

Aber auch wenn ständige Achterbahnfahrten unser Zusammenleben prägten, war ich unter dem Strich immer überzeugt davon, dass Bernd und ich letztlich durch dick und dünn gehen würden, ich war überzeugt, dass er mir jederzeit hundertprozentig zur Seite stehen würde, wenn ich es bräuchte. Diese felsenfeste Überzeugung war das Verbundmaterial, das alles zusammenhielt.

Mir war der gutgelaunte Mann, der vergnügt nach Hause kam, lieber als der schlechtgelaunte, der mir zuliebe vielleicht übers Wochenende bei mir und den Kindern geblieben wäre, aber dabei ein langes Gesicht gemacht hätte. Ich habe mir das Leben leichter zu machen versucht, indem ich mir vorstellte, ein Mann, oder besser: mein Mann würde mir ständig auf der Pelle hocken, mir sagen, wo es langgeht, und obendrein noch Anweisungen geben. Keine drei Tage würde ich so was aushalten!

Also nahm ich Bernds »Kumpels« hin, ich wusste ja, dass er das Zusammensein mit ihnen brauchte, und blieb selbst mit den Kindern zu Hause. Langweilig oder anstrengend habe ich das nie gefunden, denn ich war ja beruflich so ausgelastet, dass nicht gerade die große Ödnis bei mir ausbrach, wenn ich mal zu Hause war.

Unser zweites Kind, Alexander, kam am 1. März 1982 durch Kaiserschnitt auf die Welt. Er war ein Riese, 3880 Gramm schwer und 53 Zentimeter groß. Der große Bruder Benjamin musste zwar lernen, dass es noch ein Weilchen dauern würde, bevor sie zusammen spielen könnten, aber er fand es trotzdem toll, dass er nun einen Bruder hatte.

Natürlich mutierte Bernd auch mit dem zweiten Sohn nicht plötzlich zum legobauenden Supervater. Das war er nicht und das konnte er nicht, und dabei blieb es. Bernd war einfach nicht der Vater, der sich – vor allem nicht, solange sie noch klein waren – mit den Kindern hingesetzt hätte, um ihnen eine Geschichte zu erzählen oder etwas mit ihnen zu basteln. Nun gibt es viele Väter, die das nicht tun, und für mich war das auch keine himmelstürzend neue Erkenntnis. Ich hatte nur immer ein wenig davon geträumt, dass es vielleicht doch noch eines Tages anders werden würde.

Dafür verbrachten wir die herrlichsten Ferienzeiten miteinander, machten Urlaub an den schönsten Orten der Welt und hatten dabei fröhliche und lustige Zeiten, die uns zusammenschmiedeten. Wir verreisten immer mit den Kindern, und Marianne begleitete uns treu nach Bali und nach Florida, nach Jamaika und Mauritius. Ich bin dankbar, dass wir so schöne Erinnerungen haben.

Später entschlossen wir uns dann, in La Manga in Spanien ein Haus zu bauen. Dorthin kamen wir dann nicht mehr nur in den Ferien, sondern es wurde unser zweites Zuhause. Es ist nah genug, und außerdem hat die Anlage drei Golfplätze; man kann tauchen, surfen und Tennis spielen, es ist einfach alles da, was

Gerade mal ein Jahr alt, genießt Alexander seinen ersten Spanienurlaub (1983)

Freude macht. Unser drittes Kind, Julia, war acht Monate alt, als wir dort einzogen.

ॐ

Von heute aus betrachtet, würde ich jungen Frauen sagen, sie sollten von Anfang an darauf achten, dass kein Ungleichgewicht in einer Ehe mit Kindern herrscht. Ich würde dazu raten, nicht allzu viele Kompromisse einzugehen und nicht allzu nachsichtig zu sein – wenn unser Verständnis für den schwierigen Mann übergroß ist, geht es letztlich immer uns Müttern oder Frauen an den Kragen. Man sollte von Anfang an klarer in seinen Forderungen oder Erwartungen sein, als ich es war. Mag schon sein, dass dann manche Beziehung früh in die Brüche gehen würde, aber unter Umständen ist das besser, als wenn sie erst viele Jahre später zerbricht.

Natürlich liebte ich Bernd, und weil ich ihn liebte, habe ich akzeptiert, dass er für vieles, das mir wichtig war, nicht zu haben war. Dass er selbst dabei eine Menge versäumt hat, dass er kaum mitbekommen hat, auf welch atemberaubende Weise seine Kinder groß geworden sind, ist vor allem für ihn traurig. Aber Bernds Prioritäten waren nun mal sein Golfspiel und nicht die Bastelerfolge seiner Kinder.

Vater oder Mutter zu sein kann man nicht lernen. Das heißt natürlich auch, dass man viele Fehler macht und dass es größere und kleinere Begabungen im Elternsein gibt. Ich weiß nicht, zu welcher Sorte ich zu rechnen bin, ich weiß nur, dass ich mein Möglichstes versucht habe. Das heißt ja noch lange nicht, dass ich immer alles gut und richtig gemacht hätte. Bernd jedenfalls war nicht der Meinung. Er warf mir oft vor, ich sei zu milde – was immer das heißen mag.

Es kann schon sein, dass er recht hatte mit seiner Kritik. Aber dann hätte er es auch selbst durchziehen müssen. Dieser Vater war so sehr abwesend, dass ich zuletzt immer alles alleine entscheiden und beschließen musste. Und wenn die Kinder fragten, wo der Papi sei, musste ich meist sagen: beim Golfspielen. In gewisser Weise hat das Golfspiel den Kindern ihren Vater gestohlen. Golf war immer ein Synonym für »Papa weg«. Auch das war schade, und zwar für alle Beteiligten.

Dabei hätte man mit ein wenig gutem Willen die verschiedenen Bedürfnisse durchaus zusammenlegen können, zum Beispiel indem der Vater die Kinder mitgenommen und ihnen auf dem Weg zum Golfplatz noch ein bisschen etwas erzählt hätte. Das hätte zumindest zu einer besseren Verteilung der elterlichen Gewichte führen können.

Bernd hatte für mich immer zwei Gesichter: eines für die Außenwelt und eines für zu Hause. Der charmante und lustige Geschäfts- und Golfpartner Bernd Tewaag war witzig, originell, lebhaft und konnte sehr unterhaltsam sein. Der Vater war eher in sich gekehrt und zog sich gerne zurück. Ich bin überzeugt, dass es nicht mir alleine so ging, sondern dass es sich um ein weitverbreitetes Phänomen handelt, das viele Ehefrauen und Mütter kennen.

Ich versuchte, das Beste aus allem zu machen.

Natürlich liebte Bernd seine Kinder. Aber das Familiengewusel war ihm zuviel, er brauchte seine Freiheit. Das wusste ich, und damit konnte ich leben. Schließlich waren wir zwei erwachsene, recht erfolgreiche und selbständig denkende Menschen, die sich aufeinander einließen mit allem Verstand und dem Maß an Gefühl, dessen sie fähig waren. Die Ehe, die wir führten, war alles in allem aufregend, spannend, auch liebevoll und sehr temperamentvoll.

Mein Vertrauen und meine Überzeugung waren grenzenlos, dass ich unverwundbar wäre und alles bestehen würde, was über uns kommen könnte, solange ich nur bei meinem Mann geborgen, geschützt und respektiert wäre. Dass ich später für dieses

Vertrauen bestraft und eines Schlechteren belehrt worden bin, habe ich noch nicht wissen können, als unsere Familie langsam immer größer wurde. Und wenn es mir jemand erzählt hätte, hätte ich es nicht geglaubt.

Kapitel 23

Die Liebe zurückgeben

Mit meinen Kindern aufzustehen, auch wenn ich noch so müde war, war mir ebenso wichtig wie das gemeinsame Frühstück oder die Fahrt in die Schule. Wenn irgend möglich, habe ich meine Kinder in die Schule gebracht oder sie von dort abgeholt. Dann kann man noch ein wenig miteinander sprechen, man kann etwas Tratsch oder auch Wichtigeres aus der Schule hören oder sich aneinander wärmen – was auch immer gerade fällig ist. Zufällig vorbeikommende Passanten staunten manchmal, weil sie sich anscheinend gar nicht vorstellen konnten, dass auch eine Filmschauspielerin ihre Kinder zur Schule bringt. Anfangs stießen sich auch Mitschüler meiner Kinder gegenseitig an nach dem Motto: »Ui, die Uschi Glas holt ihr Kind ab.« Aber natürlich hatte sich nach einer Weile fast jeder daran gewöhnt.

Als Alexander ins Gymnasium wechselte und ich ihn am ersten Tag abholte, musste ich erst mal endlos Autogramme geben. Alexander kam gar nicht bis zum Auto durch. Als wir endlich losfuhren, sagte er: »Ich versteh die alle nicht, dass die Autogramme von dir wollen. Wenn du Bon Jovi wärst, zum Beispiel, aber so ...«

Wir hatten ein sehr lebendiges Haus, auch dank unserer lieben Marianne, der nie etwas zuviel wurde. Ich fand es immer herrlich, wenn meine Kinder möglichst viele Freunde im Haus hatten; jeder konnte kommen, wann er wollte, und mitbringen, wen er wollte. Dazu hatten wir Tiere, die einfach zu unserem Haushalt dazugehörten.

Ein Zufall verhalf uns zu einer unserer ungewöhnlichsten Tiergeschichten. Alles begann auf einem meiner Theatergastspiele, als ich einmal nach Erlangen kam. Hier besuchten mich Marianne und mein Sohn Benjamin, der damals fünf Jahre alt war. Horst Ossinger war auch gekommen und wollte uns für Ostern fotografieren. Wir überlegten, was wir machen konnten, damit auch Benjamin Spaß daran hätte, und entschieden uns für einen

Bauernhof. Auf dem Hof liefen unzählige süße kleine Küken herum, und mein süßer kleiner Sohn war begeistert von den dottergelben Tieren. Es kam, wie es kommen musste, die Bäuerin vermachte meinem Sohn sieben Küken, der nahm sie selig an sich, ich protestierte schwach – Küken? Wohin sollten wir sie im Hotel tun? Wohin zu Hause damit? Aber zu spät, die entzückenden Piepmatze gehörten schon uns.

Marianne und Benjamin fuhren nach Hause zurück, ich machte meine Gastspiele. Als ich auch wieder zu Hause eintrudelte, waren die Küken schon etliches größer geworden, und im Lauf der Zeit stellte sich heraus, dass wir im Besitz von drei Hennen und vier Hähnen waren. Das war ungewöhnlich für einen Privathaushalt in einem Münchner Vorort. Die vier Hähne krähten am frühen Morgen um die Wette. Bald bekam ich einen dezenten Hinweis, dass die »Nutztierhaltung« in Grünwald verboten sei. Das war auch meine Meinung, aber unsere Hühner trugen alle die Namen von Benjamins Kindergartenfreunden und -freundinnen und waren Teil der Familie. Ich konnte sie beim besten Willen nicht als Nutztiere sehen.

Aber dann stürzte sich ein Hahn einmal fast auf Marianne, und unser Hund vergriff sich an einer Henne, so dass sie leider verblich. Spätestens da war auch mir klar, dass die lieben Tiere uns über den Kopf wuchsen. Aber wohin mit ihnen? Mein Schwager schlug vor, sie einfach zu schlachten, dann wäre alles vorbei. Das wäre ja wohl die leichteste Übung, meinte er. Sein Versuch jedoch, die noch verbliebenen sechs Hühner tatsächlich ins Jenseits zu befördern, scheiterte kläglich: Er trank sich Mut an für die Tat. Schließlich war er volltrunken, und das liebe Federvieh erfreute sich weiterhin seines Lebens. Er brachte sie uns allesamt wohlbehalten zurück.

Meine Mutter kam auf die wunderbare Idee, die Hühnerkompanie, die mehr und mehr den Unwillen der feinen Grünwalder Nachbarschaft erregte, einer Bäuerin in Niederbayern zu geben.

Eine gute Idee, die auch nicht allzuschwer durchzuführen sein sollte. Also packte ich die Hühner in mein Auto und fuhr die ungewohnte Fracht aufs Land, in die Freiheit.

Wenige Wochen später erkundigte ich mich bei der Bäuerin nach dem Import aus München. Sie war nicht besonders glücklich. »Ja, da schaugn S', dass S' weida kemma mit dene Viecher, dene damischen. Die san so fein, dass d' a jede einzeln in Hühnerstall tragen magst auf d' Nacht. A solcherne Sauviecher a!« Die feinen Hühner aus der Stadt dachten offensichtlich nicht daran, abends mit dem gewöhnlichen Hühnervolk in den Stall zu kommen, sondern warteten auf eine Extraeinladung. Bei uns waren sie natürlich gehätschelt worden, weil wir sie ja auch nicht als »Nutztiere« gehalten hatten. »Des san ja die reinsten Hollywood-Hühner«, fluchte die Bäuerin. Wir mussten über die Geschichte sehr lachen, und auch die Bäuerin konnte sich ein Grinsen nicht verkneifen.

Ich war nun schon ein paar Jahrzehnte im Geschäft, die Zeit verging wie im Flug. Zu meiner großen Freude habe ich etliche Preise und Ehrungen, ja sogar Orden und hohe Auszeichnungen entgegennehmen dürfen: zweimal den Bambi, dreimal die Goldene Romy der österreichischen Zeitung *Kurier,* sechsmal den Goldenen Otto von *Bravo,* zweimal die Goldene Kamera, 1995 den Bayerischen Fernsehpreis. Und als ich am 15. Juli 1992 im Antiquarium der Residenz München von Ministerpräsident Streibl den Bayerischen *Pour le Mérite* umgehängt bekam, der nie mehr als 2000 lebenden Trägern verliehen wird, war ich richtig stolz. Der Vollständigkeit halber sollte ich auch noch den Großen Goldenen Gong aufzählen, den man mir 1997 mit dem Zusatz überreichte »Uschi Glas – Quotenqueen mit Zivilcourage«.

Natürlich habe ich mich auch über das Bundesverdienstkreuz unglaublich gefreut, mit dem man mich 1998 ausgezeichnet hat.

1992 verleiht mir Ministerpräsident Max Streibl den Bayrischen Verdienstorden

Aber eine Auszeichnung gibt es, für die ich besonders dankbar bin: der Courage-Preis Bad Iburg. Ich habe diesen Preis 1999 für mein Engagement für die Hospizbewegung bekommen. Seit der Gründung 1996 bin ich Schirmherrin der Deutschen Hospiz Stiftung. Das ist die Patientenschutzorganisation der Schwerstkranken und Sterbenden. Ich habe in meiner Familie eine sehr persönliche Erfahrung gemacht, die mich für dieses große und weithin ungelöste Thema hellhörig und bereit gemacht hat.

Mit Bundespräsident Roman Herzog anlässlich der Verleihung des Bundesverdienstkreuzes (1998)

Ich habe das Glück, einen Traumberuf zu haben. Die Selbständigkeit, die ich schon als ganz junges Mädchen erreichen wollte, hatte ich mir erarbeitet, ich hatte mir ein Stück Unabhängigkeit und Freiheit erworben. Diese Freiheit verstand ich immer als eine wunderbare Möglichkeit, auch anderen etwas geben zu können, zumal ich mir einen Stand erarbeitet hatte, der mich in die Lage versetzte, über die Fragen des täglichen Lebensunterhalts hinaus auch ein bisschen großzügig sein zu können.

Ich konnte tun, was mir sehr am Herzen lag: meinen Eltern ein Dankeschön sagen. Sie hatten ein Leben lang gerackert für ihre vier Kinder, und es war ihnen nichts geschenkt worden im Leben, aber sie waren dabei immer aufrecht, selbstbewusst und fröhlich geblieben.

Ich wusste, dass vor allem meine Mutter vom eigenen Haus mit Grund und Boden darum herum träumte. Es war wie ein

Geschenk für mich selbst, als ich eines Tages meinen Eltern sagen konnte, sie sollten schon mal schauen, ob sie etwas Passendes finden, mit dem sie diesen Traum verwirklichen könnten. Eines Tages rief also wirklich meine Mutter an und sagte, sie hätte etwas sehr Schönes gefunden, ein Haus in Moosthenning, das genau ihren Vorstellungen entspräche. Ich fuhr nach Niederbayern, sah es mir an, und es wurde das Zuhause für sie beide bis zum Schluss.

Ich erzähle das nur, weil ich so glücklich war, dass ich durch meine Arbeit etwas weitergeben konnte. Etwas zurückgeben zu können kommt mir wie ein Geschenk für mich selbst vor. Auch das ist das Schöne an der Unabhängigkeit: dass man selbst entscheiden kann, wo man helfen möchte.

Meine Mutter war im eigenen Haus ganz in ihrem Element. Sie liebte ihren Garten und erntete viel Obst, das sie unermüdlich einkochte. Marmeladen, Apfelmus und Kompotte zauberte sie, die dann an die ganze Familie verteilt wurden. Es war ihr höchstes Vergnügen, uns alle damit zu verwöhnen.

Mein Vater wurde eingespannt und musste ständig mithelfen, aber was hat er nicht alles für sein geliebtes Bepperl getan. Zehn Jahre konnte er mit seiner Frau noch im neuen Haus werkeln, dann erkrankte er an Lungenkrebs und musste unter großen Leiden und Schmerzen sterben. Sein langsamer Tod und die Hilflosigkeit, die uns befiel, waren die Auslöser, warum ich sofort und gerne bereit war, mich für die Deutsche Hospiz Stiftung einzusetzen, als man mich danach fragte. Durch den Tod meines Vaters habe ich zum ersten Mal darüber nachgedacht, dass in unserem scheinbar so perfekten medizinischen System etwas fehlte: die Begleitung eines Sterbenskranken.

Mich ließen die Bilder nicht los, die ich mit mir herumtrug. Und wie so oft in meinem Leben half mir ein Zufall weiter, und ich kam mit Eugen Brysch, dem Geschäftsführer der Hospiz Stiftung, in Kontakt. Er sagte, er hätte eine »knifflige Aufgabe« für mich, die ein wenig Courage erforderte. Dann klärte er mich über die Hospiz-Idee auf und erzählte mir vom tief menschlichen Hintergrund dieses Anliegens. Schnell überzeugte er mich, dass man für die sterbenden Menschen, die keine Lobby haben, etwas tun muss.

Ich habe keine Minute gezögert mitzumachen. Denn neben dem persönlichen Schmerz, den mir das Thema Sterben bereitet hat, verstand ich, dass das große Tabu, das der Tod in unserer Gesellschaft darstellt, nur durch tätige Mithilfe aufgebrochen werden kann. Deshalb stelle ich, die »lustige« Uschi Glas, die immer und überall Heiterkeit verkörpert, mich gerne zur Verfügung, um den Gedanken der Sterbebegleitung und Schmerztherapie bekannter zu machen. Um eventuellen Missverständnissen gleich vorzubeugen: Es geht um Lebenshilfe, nicht um Sterbehilfe!

Zu erleben, was für eine positive Atmosphäre in Hospiz-Häusern herrscht, und Menschen zu begegnen, die wissen, dass ihr irdisches Dasein bald zu Ende sein wird, zählt zu meinen tiefgreifendsten Erlebnissen. Nach anfänglicher Beklommenheit teilt sich einem der Geist mit, der dort herrscht, und man versteht, welche Art von luzidem Bewusstsein die Menschen dort haben, wie sie fast fröhlich oder in jedem Fall mutig ihrem Ende entgegensehen können. Hier erhält unser Leitspruch »Weil Sterben auch Leben ist« seinen tiefen Sinn.

Meine Eltern waren über fünfzig Jahre miteinander verheiratet gewesen, als unser Vater 1992 starb. Unsere Mutter lebte dann alleine in dem Haus, sie werkelte und wirkte dort, wie es ihr gefiel, wenn auch manche sagten, die alte Dame müsse ja nun wirklich nicht so üppig wohnen. Ich fand das herrlich für sie. Wenn es ihr gefiel, sollte es allen recht sein. Sie weckte immer noch unermüdlich ein, ging zur Liedertafel und zum Kegeln – es waren noch ein paar gute Jahre, die sie dort hatte. Und wenn wir sie brauchten, war sie immer noch für jeden von uns da.

Als sich dann langsam herausstellte, dass unsere Mutter wirklich nicht mehr alleine leben konnte, zog sie zu uns nach München. Wir wohnten unterdessen in einem großen, geräumigen Haus und hatten auch schon unser drittes Kind, Julia, die 1986 auf die Welt gekommen war. Es war ein sehr lebendiges Haus: drei Kinder, Hunde, Katzen – und meine Mutter mittendrin.

Unsere Mutter ist ganz plötzlich gestorben, 1996, von einer Minute zur anderen. Es ist so furchtbar, wenn man keine Möglichkeit gehabt hat, sich zu verabschieden, wenn man ganz unvorbereitet getroffen wird von dem endgültigen Verstummen.

Mit dem Tod der eigenen Eltern fällt auch ein Stück des eigenen Selbst weg. Es wird kühler um einen herum, man muss sich bewusstmachen, dass da niemand mehr ist, der hinter einem steht. Man ist alleine.

An einer wichtigen Stelle in meinem Leben tat sich eine Leere auf. Glücklich der Mensch, der dann seine eigene Familie hat. Dass das so war, dafür war ich sehr dankbar.

Kapitel 24
Unsere glücklichsten Jahre

Im Oktober 1982 wurde die erste Staffel von *Unsere schönsten Jahre* produziert, Franz Geiger hatte dazu die ersten sechs Drehbücher geschrieben. Die waren ein Traum für jeden Schauspieler, die Texte zu lernen war das reine Vergnügen. Elmar Wepper brillierte in seiner absoluten Glanzrolle, Helmut Fischer als Hallodri war unschlagbar, dazu Veronika Fitz als Ehefrau, Werner Kreindl als Schreinermeister – es war einfach toll, so zu arbeiten. Helmut Ringelmann als Produzent ist ohnehin dafür bekannt, auch die kleinste Rolle exzellent zu besetzen, das ist seine ganz spezielle Qualität. Ich spielte die Elfi, die die Nase voll davon hat, ewig nur die heimliche Geliebte zu sein und an jedem Wochenende alleine zu Hause zu sitzen, weil der Geliebte bei Frau und Kindern sein will. Wir hatten einen so guten Erfolg, dass nach den ersten sechs Folgen gleich sechs weitere in Auftrag gegeben wurden.

Die Wiesingers wurden ebenfalls zu dieser Zeit produziert. Ich hatte eine sehr reizvolle Rolle, nämlich die einer emanzipierten Frau, Josephine, die um die Wende zum zwanzigsten Jahrhundert ein Miedergeschäft betreibt und später Fabrikantin wird. Bei den Dreharbeiten in Prag traf ich Heidi Kranz wieder, die ich schon von der *Polizeiinspektion 1* her kannte. Sie und Bernd Fischerauer waren ein Paar; er führte Regie bei den *Wiesingers*, sie war die Regieassistentin. Heidi Kranz ist seitdem eine gute Freundin, genauso wie die Münchner Modedesignerin Gabriele Blachnik, die die Kostüme für *Die Wiesingers* anfertigte.

Einer der besonderen Filme aus dieser Zeit war *Sechs Fenster* mit dem von mir hochverehrten Werner Hinz, ein feiner, wunderbarer Schauspieler. Mit seinem Sohn Michael Hinz hatte ich schon viel Theater gespielt. Michael war ein Lieblingspartner von mir auf der Bühne. Einmal spielten wir *Mary, Mary* in der Komödie im *Bayerischen Hof*, da kam er eines Abends in meine Garderobe und sagte, sein Vater sei gestorben. Auf meine Frage, ob er denn auftreten könne unter diesen Umständen, schaute er mich nur an, und ohne viel Worte sah ich die Antwort in seinem Gesicht: Schauspieler müssen so etwas können, es gibt kein Pardon für uns, auch nicht in solchen Situationen. Weinen kann man dann nach der Vorstellung zu Hause, aber solange man gefordert ist, muss man sich zusammenreißen und durchstehen, was man sich als Aufgabe vorgenommen hat.

Bernds und mein Leben unter einem Dach lief gut. Bernd hatte sich an das Familienleben gewöhnt, wir hatten eine gute Zeit, waren beschäftigt und kamen trotz der einen oder anderen kleinen Hackelei super miteinander aus. Bernd blieb ein Eigenbrötler, das hatte ich längst akzeptiert. Dass ich es mehr oder minder gelassen hinnahm, dass Bernds Wochenenden dem Golf und seinen Golffreunden gehörten, trug mir zwar die Kritik von anderen Frauen ein, deren Männer mich immer als leuchtendes Beispiel hinstellten, aber schließlich musste ich irgendwie

Michael Hinz (li.), mein absoluter Lieblingspartner auf der Bühne

meinen Frieden damit machen. Mit Bernd ging das eben nicht anders. Dass allerdings alle meine Kinder Golf hassen, zeigt, wie problematisch die Situation für sie war.

※

Im Frühjahr 1986 begann ich mit der Vorbereitung für eine längere Produktion, *Der Landarzt*. Die Kostüme waren bereits fertig, als ich feststellte, dass ich schwanger war. Mein sehnlichster Wunsch, noch ein Baby zu bekommen, war in Erfüllung gegangen. Ich kam meiner Idealvorstellung einer großen Familie immer näher.

Ich gab die Rolle ab. Die Produktion war darüber wohl nicht ganz so selig, aber da die Serie mit »Open end« gestartet werden sollte, war das unumgänglich.

Diese Schwangerschaft veranlasste einige Menschen dazu, sich den Kopf darüber zu zerbrechen, ob man mit dreiundvierzig

Die kleine Julia

Jahren noch ein Kind bekommen sollte. Für mich war das Alter nie ein Thema, ich habe auch nie darüber nachgedacht, wie man sich fühlt, wenn man so oder so alt ist. Ob ich mich wohl fühle oder nicht, ist keine Frage des Alters.

Meine beiden Söhne waren schon zehn und vier Jahre alt, und ich fand die Vorstellung herrlich, noch einmal so ein kleines Wesen im Arm zu halten. Die Schwangerschaft war wieder ein Traum, und ich fühlte mich wohler denn je.

Auch Julia kam mit einem Kaiserschnitt auf die Welt. Mein lieber Freund und Arzt Hans Berthold, der mir soviel menschlichen und medizinischen Beistand gegeben hatte, lebte leider nicht mehr. Ich war aber im Harlachinger Krankenhaus bei Professor Jonatha bestens aufgehoben und hatte bei diesem Kaiserschnitt das überwältigende Erlebnis, dass ich dank einer Periduralanästhesie – einer Narkose, mit der sich nur der Unterleib betäuben lässt – den ganzen Geburtsvorgang voll mitbekommen konnte. So habe ich bei Julia zum ersten Mal eine Geburt miterlebt, ich habe zum ersten Mal auch den ersten Schrei gehört und war da, als mir das neugeborene kleine Baby in den Arm gelegt wurde.

Als der Arzt sagte: »Gnädige Frau, ich gratuliere Ihnen zu einer gesunden Tochter«, dachte ich, er wollte einen faulen Witz mit mir machen, so sicher war ich mir gewesen, dass ich wieder einen Buben bekommen würde. Äußerlich hatte alles darauf hingedeutet, jedenfalls glaubte ich das, wie man als Mehrfachschwangere nun mal meint, alles zu wissen. Ich habe geheult vor Glück, ich konnte es gar nicht fassen.

Meine drei Männer, die mir am Morgen dieses 31. Dezember in aller Herrgottsfrühe noch ein kleines Feuerwerk gemacht hatten, ehe mich Bernd in die Klinik brachte, waren auch glücklich, erleichtert und froh über unsere Silvesterfreude. Sie waren ganz selig über diese süße, schwarzhaarige, stupsnäsige Schwester und Tochter.

Immer wenn ich über einen Mädchennamen nachgedacht hatte, war ich mir sicher, dass nur Anna-Maria in Frage käme. Das war für mich einer der schönsten Namen, die ich kannte. Aber als ich das kleine, sehr frech aussehende Neugeborene ansah, kamen mir auf einmal Zweifel, ob das passte. Ich bat Bernd um ein bisschen Zeit zum Nachdenken und schlug dann vor, sie solle Julia heißen. Anna-Maria wurde dann der zweite Name, und mit drittem Namen heißt unsere Tochter Sylvia. Da Julia an Silvester geboren wurde, lag ihr dritter Name geradezu auf der Hand. Nun wird mancher, der die verschiedenen Serien kennt, in denen ich gespielt habe, aufhorchen und verstehen, warum die Filme so heißen.

Mit unseren drei gesunden Kindern schien unser Leben sich vollends dem Glück und der Dankbarkeit dafür zugewendet zu haben.

Anfang der neunziger Jahre war mal wieder rundherum der Teufel bei uns los. Allerdings im besten Sinn: Seit 1989 lief mit durchschlagendem Erfolg die Serie *Zwei Münchner in Hamburg*. Etliche Zufälle hatten zu dieser Serie geführt, die dann bis ins Jahr 1992 lief. Das Publikum schien Elmar Wepper und mich gerne zusammen zu sehen. Man kannte uns und liebte uns. Eines Tages kam der Produzent Markus Trebitsch aus Hamburg und bat uns um einen Termin. Wir aßen zu Abend, und er sagte, dass er gerne etwas Neues mit uns beiden machen würde. Wie schoben Ideen hin und her, wir spielten ein bisschen herum mit der Gegensätzlichkeit zwischen Nord- und Süddeutschen und nahmen sie aufs Korn – und schon war die Grundidee zu einer neuen Serie geboren.

Einige Zeit nach diesem Treffen bekam ich einen Anruf, dass es nun ein Treatment gäbe, das heißt, die Grundidee der Geschichte war skizziert, aber noch nicht ausgearbeitet. Ich fand die Idee großartig, alles gefiel mir daran – nur einen Pferdefuß gab es: Für die Dreharbeiten hätte ich ein halbes Jahr nach Hamburg gehen müssen. Das kam einfach nicht in Frage. Als Markus Trebitsch wissen wollte, welche Bedingungen ich an eine Zusammenarbeit stellen würde, habe ich darum gesagt, wie ich es mir vorstellen konnte: Alle Innenaufnahmen müssten in München gemacht werden, und die Außenaufnahmen in Hamburg sollten in jeder Woche für mich nicht länger als drei Tage am Stück dauern. Nach diesem Telefonat hörte ich eine Weile nichts mehr, und ich dachte, dass mir das ganz recht geschehe, denn was ich da gefordert hatte, war schon etwas unverschämt.

Um so mehr freute ich mich, als ich eines Tages doch wieder einen Anruf bekam und mir bedeutet wurde, dass alles genau so laufen könne, wie ich es vorgeschlagen hatte. Markus Trebitsch mochte mich einfach, und auch wenn er damals noch Junggeselle war, hatte er immer Verständnis dafür, dass ich auf meine Familie Rücksicht nehmen wollte. Heute hat er selbst zwei Kinder und eine ganz tolle Frau.

Der Drehbuchautor Karlheinz Freynik und ich haben über viele einzelne Stellen des Drehbuchs miteinander gefochten, wir waren uns nicht immer einig, Zum Beispiel sollte ich erst Walburga heißen – aber da bekam ich sofort eine Gänsehaut und bat dringend um einen anderen Namen. Als Trebitsch dann fragte, wie ich denn heißen wollte, schlug ich »Julia« vor, und das wurde auch angenommen. Außerdem setzte ich durch, dass Gabriele Blachnik die Julia stylen durfte.

֍

Wir waren in unserem Ferienhaus in La Manga, als mir wieder und wieder ein Stoff durch den Kopf ging, den ich immer schon mal aufarbeiten wollte: das Schicksal des Fuhrunternehmers Wamprechtshammer und seiner Frau.

Ich dachte darüber nach, wie es weitergegangen wäre, wenn die Frau damals nicht auf ihre Berater gehört und nicht aufgegeben hätte. Auf ein paar Seiten schrieb ich nieder, wie ich mir diese Story vorstellte. Ehe ich die Idee Trebitsch zeigte, sollte Bernd sein Urteil abgeben. Er war mir Maßstab und Instanz für das, was ich vorhatte und ausprobieren wollte. Schließlich war er vom Fach und arbeitete sehr erfolgreich als Filmkaufmann und Produzent. Er las, was ich geschrieben hatte, und sagte: »Das mache ich selbst – und du musst die Anna-Maria spielen!« Das war ein dickes Kompliment. Ich hatte die Figur ursprünglich jünger angelegt, als ich war, aber Bernd meinte, dass nur eine Frau mit Erfahrung schaffen könne, was diese Anna-Maria dann schaffen sollte. Sonst wäre das nicht glaubwürdig.

Also machten wir uns daran, die Geschichte zu verwirklichen.

Bernd Tewaag war der Produzent, Uschi Glas die Hauptdarstellerin, Sat 1 hat den Stoff gekauft. Eines Tages, als das Geschäftliche geklärt war, gingen wir mit Leo Kirch, der Bernd und mir immer freundschaftlich verbunden war, zum Mittagessen. Ich mochte Kirch sehr gerne. Nach einem Mahl, das für uns beide unter die Rubrik »Sünde« fiel – unter anderem gab es Blutwurst auf Apfelmus –, standen wir an meinem Auto, um uns zu verabschieden. Ich war noch nicht mit dem Titel zufrieden, der bis dahin nur *Eine Frau geht ihren Weg* hieß. Ich fand das so karg, ohne Herz, aber Leo Kirch drängte, dass der endgültige Titel nun entschieden werden müsste. Als ich vorschlug, dann wenigstens den Namen *Anna-Maria* davor zu setzen, damit etwas Leben in die ganze Sache käme, schlug er mit der flachen Hand aufs Autodach und stellte fest: »So ist es!«

Dabei blieb es. *Anna-Maria* wurde eine der erfolgreichsten Serien im Fernsehen und brachte mir die Bezeichnung »Quotenqueen« ein. Tatsächlich hatten die Filme bis zu zehn Millionen Zuschauer, und manchmal schlugen wir sogar die *Tagesschau*.

Wir alle waren sehr glücklich über diesen enormen Erfolg. Es war einfach schön.

Bernd war ein angenehmer und großzügiger Produzent. Dass wir beide plötzlich auch beruflich ein Team waren, gab uns einen unglaublich positiven Schub. Zwar hatten wir früher immer gesagt, privat bleibt privat, und wollten uns nicht das Abenteuer

Anna-Maria ist ein Publikumsrenner

einer gemeinsamen geschäftlichen Unternehmung aufladen, aber es ging gut.

Natürlich brachte diese Konstellation viel Neues zwischen uns. Ich war nun nicht mehr die Schauspielerin, die abends nach Hause kam und erzählen konnte, wie alles gelaufen war. Wir waren tatsächlich vierundzwanzig Stunden lang miteinander verbunden, und ich konnte mich nicht mehr rausziehen nach einem Drehtag. Auch für Bernd war es neu, dass seine Frau mit ihm arbeitete, dass sie nicht seine Geliebte, seine Ehefrau oder die Mutter seiner Kinder verkörperte, sondern einer harten Arbeit nachging, für die er jede Verantwortung übernommen hatte.

Es lief hundertmal besser, als manche uns prophezeit hatten, wir haben es sehr gut miteinander ausgehalten und waren so erfolgreich, dass es nicht unsere letzte gemeinsame Arbeit blieb.

1993 lief neben *Anna Maria* auch noch *Tierärztin Christine*, eine Produktion mit Karl Spiehs. *Christine* war bei RTL ein großer Erfolg und hatte neun Millionen Zuschauer. Bisher war ich immer nur Co-Autorin gewesen, aber *Christine* schrieb ich alleine. Nach dem Treatment habe ich auch das Drehbuch geschrieben und an Carl Spiehs geschickt, und mit allen Ängsten, die man hat, wenn man schreibt, wartete ich auf seine Antwort. Ich hatte Glück, die Geschichte kam gut an. Weniger gut kam der Name an, den ich für die Hauptfigur gewählt hatte: Theresa, ein unglaublich schöner Name, wie ich fand. Carl Spiehs jedoch telefonierte mit mir und sagte, das Buch nehme er eins zu eins, aber der Name müsse weg. Ich war einverstanden, es blieb mir auch gar nichts anderes übrig. Unsere Tochter Julia war gerade im Garten, und ich rief hinaus, sie solle mir einen besonders schönen Namen nennen. »Christine«, rief sie zurück. Das war die Entscheidung. *Tierärztin Christine* lief in drei Folgen, zuletzt 1998.

Ich hatte um 1990 herum zu schreiben angefangen, als der Computer gerade auch zur privaten Nutzung in Mode kam. Ich hatte zu Hause nur eine elektrische Schreibmaschine, auf der ich herunterhackte, was mir einfiel. Und jetzt sollte ich den Namen der Hauptdarstellerin ändern, der naturgemäß Hunderte Male in einem Drehbuch vorkommt, so dass man Hunderte Male zum Tipp-Ex greifen muss. Auch deswegen hatte ich mich so gegen eine Änderung des Namens gewehrt, weil ich dann in Handarbeit das ganze Manuskript hätte durchändern müssen. Eine grässliche Fuzelarbeit! Das war der Auslöser, mir einen Computer anzuschaffen.

Ein andermal rief Carl Spiehs mich an und fragte, wer denn eigentlich meinen Vater in dem Film spielen sollte. Ich hatte am Abend zuvor einen Film mit Ernest Borgnine gesehen und schlug kurzerhand vor, ihn zu fragen. Borgnine, den Oscar-Preisträger! Carl Spiehs zögerte nicht eine Sekunde, er sagte nur: »Okay, ich probier's, ich ruf in Hollywood an« – und er hat es geschafft, ihn zu engagieren.

In *Tierärztin Christine* spiele ich mit Oscar-Preisträger Ernest Borgnine

Beim dritten Film *Christine*, der in Afrika spielte, habe ich den Herzenswunsch meiner Tochter erfüllt, die immer wieder monierte, wieso andere Kinder im Film meine Kinder spielen durften und nicht sie. So schrieb ich ihr die Rolle der Jennifer auf den Leib. Ich musste Julia natürlich offiziell aus der Schule nehmen und eine Lehrerin dabeihaben, denn Julia sollte nichts versäumen, was ihre Mitschüler in der Zwischenzeit lernten.

In Südafrika wohnten wir in einer wunderschönen Lodge.

Marianne war dabei, die Lehrerin, alle Schauspielerkollegen – es war eine herrliche Zeit. Südafrika ist von überwältigender Schönheit. Es war für uns alle märchenhaft, wenn abends Zebras und Kudu-Antilopen bis an die Bungalows herankamen. Wir machten herrliche Ausflüge, man konnte sich kaum satt sehen an der Landschaft und den Tieren.

Die nächste große Fernsehserie, die ich mit Bernd als Produzent machte, war *Sylvia, eine Klasse für sich*. 1998 lief die erste Staffel, ein Pilotfilm und dreizehn Folgen. Es war nur eine Staffel geplant, und obwohl die Muster gut ankamen, hatte man es versäumt, weitere Treatments in Auftrag zu geben. Dann wurde *Sylvia* ein großer Erfolg, und plötzlich schrien alle nach einer zweiten Staffel.

Bernd hatte aber nach Beendigung dieser Produktion seine Produktionsfirma aufgegeben. Er hatte immer gesagt, er wolle bis fünfzig arbeiten und sich dann nur noch den lustvollen Dingen des Lebens widmen. Also dem Golf, dem Verreisen mit seinen Freunden, allem Schönen eben, das für ihn wichtig war.

Kapitel 25
Der Anfang vom Ende

Als der Sender unbedingt noch eine zweite Staffel von *Sylvia, eine Klasse für sich* haben wollte, gab es keine Drehbücher, und die Entwicklung von dreizehn neuen Folgen braucht natürlich Zeit. Außerdem existierte die bewährte Produktionsfirma nicht mehr.

In dieser Situation war guter Rat teuer. Sollte man das Paket an eine fremde Firma geben? Das war nur eine der Fragen, vor denen wir standen. Bei einer langen Besprechung bei *Käfer* in München kam auf einmal Leo Kirch daher und redete uns zu, dass wir allerschnellstens die nächste Staffel machen sollten, egal wie. Es war ein langes Hin und Her, und es tauchte sogar die Idee auf, dass ich selbst produzieren sollte, aber das konnte ich mir unmöglich zutrauen, denn das hätte bedeutet, dass ich Hauptdarstellerin, Koautorin und Produzentin gewesen wäre – alles in einer Person!

Schließlich entschloss sich Bernd, doch noch einmal eine Produktionsfirma zu gründen, die BTV, und so drehten wir tatsächlich weitere dreizehn Folgen von *Sylvia*.

Mein Bernie hatte sich aber verändert. Er kümmerte sich weniger als gewöhnlich um das Projekt. Ich machte mir Sorgen um ihn. Sicher hatte er auch eine satte Midlife-crisis, über die die Kinder und ich manchmal kicherten, erst recht, als der Zweitwagen ein silbergrauer Ferrari war ...

Die Kinder bekamen es natürlich mit, dass der Pap, wie sie ihn liebevoll oft nennen, schlechter Laune war. Wir durchlebten eine neue Eiszeit. Ich erklärte mir sein Verhalten auch damit, dass der Tod seines Vaters ihn verändert hatte und dass er damit erst fertig werden müsse. Ich kannte ihn nun schon siebenundzwanzig Jahre, und ich liebte ihn nach wie vor. Bernd war nie ein einfacher Charakter gewesen, er war im Gegenteil hochkompliziert, aber gerade das faszinierte mich ja schließlich an ihm.

Ich grübelte, ob es tatsächlich der Tod seines Vaters war,

der ihn so mitnahm. Mit Bernd konnte ich darüber nicht reden. Er sprach nicht darüber, er wollte das mit sich selbst ausmachen.

Ich litt. Ich litt auch für ihn, nicht nur an ihm.

Dann war er wieder wie ausgewechselt, und es war, als wäre nie etwas gewesen. Jedesmal hoffte ich, es wäre tatsächlich wieder gut.

Trotz des oft schwierigen Zusammenlebens war Bernd für mich der Held meines Lebens. Das mag naiv oder töricht klingen, vor allem vor dem Hintergrund des Endes dieser Heldenbeziehung. Aber es ging nicht um naive Heldenanbetung, es ging um mein Vertrauen in eine menschliche Beziehung, die auch und gerade durch die häufigen Zerreißproben ihre Festigkeit bewiesen hatte. Der nächste Sturm würde bestimmt kommen, die nächste Zerreißprobe auch, und dann würde man sich wieder zusammenraufen, das war ja auch das Spannende an unserer Beziehung. Ich bin noch heute froh darüber, dass ich diese Einstellung hatte, denn sie hat mir eine Menge an eigener Stabilität verschafft.

Aber Bernd konnte auch gut mit mir umgehen. Wenn es Streit gab, fiel es mir irrsinnig schwer, den ersten versöhnlichen Schritt zu machen. In solchen Fällen war Bernd immer derjenige, der es mit einem netten Wort oder einer lustigen Bemerkung geschafft hat, mich wieder zum Lachen zu bringen. Ich mochte es gerne, wenn er mir die gute Laune zurückgab. Das konnte er besser als ich.

In einem der witzigen Interviews, die das Magazin der *Süddeutschen Zeitung* lange Zeit unter dem Titel »Jüngstes Gericht« veröffentlichte, wurde auch ich befragt, »Uschi Glas, 52, Schauspielerin und Mutter«. Der Interviewer stellte fest, dass ich mir einen komplizierten Mann ausgesucht hätte, und ich antwortete: »Er ist sicher kein Softie, sondern eher ein Macho. Ich könnte aber mit einem Mann, der sich anpasst und wie ein Hunderl hinter mir herlaufen würde, auch nichts anfangen. Das wäre für mich der potenzierte Alptraum. Dafür bin ich viel zu stark.«

So sah ich das im Juli 1996, und so finde ich es immer noch richtig. Richtig ist allerdings auch etwas anderes, das ich im selben Interview sagte: »Das Wichtigste ist, glaube ich, dass man in einer Beziehung den anderen niemals als Eigentum betrachtet.« Allerdings müssen Treue und Ehrlichkeit die Grundlage sein. Das war mein Geheimrezept für eine glückliche Ehe.

Zwei mächtige Erschütterungen musste mein Mann innerhalb weniger Jahre verkraften: den Tod seines Vaters, 1998, und den Tod eines seiner besten Freunde im Februar 2001. Die Männer mochten sich richtig gerne und hatten sehr viel miteinander unternommen. Und nun hatte Bernd hilflos beim Sterben eines noch relativ jungen Menschen zusehen müssen, dem niemand helfen konnte und der ihm so ein enger Freund war.

Die Erfahrung, einem langen Leidensweg ohnmächtig zuschauen zu müssen und trotz aller finanzieller Möglichkeiten nichts weiter tun zu können, als den Freund auf dem sicheren Weg zum Tod zu begleiten, hatte Bernd sehr mitgenommen. Und sicher hat es ihm auch angst gemacht. Als starker Raucher wusste er natürlich, wie gefährlich sein Verhalten war. Ich habe mich selbst mitgeängstigt für ihn.

Als wir im Mai 2001 wieder Ferien in La Manga machten, schien doch wieder alles in gute Bahnen zu kommen. Bernie war wie ausgewechselt, fröhlich und übermütig. Es war wieder heiter bei uns, wir hatten Spaß und liebten einander von Herzen. Mein lieber Freund Horst Ossinger, der Fotograf, der uns besuchen kam, wunderte sich sogar, was denn »in den gefahren« sei, so nett habe er ihn ja noch nie erlebt.

Ich glaubte, wir wären wieder auf dem Weg nach oben, alles

schien darauf hinzudeuten, dass wir die Krise endlich bewältigt hatten. Bernd schenkte mir ein wunderschönes Armband, das sich aus den Buchstaben »I love you« zusammensetzte.

Es war einfach eine ganze Menge zusammengekommen in Bernds Seele, dachte ich. Auch sein Entschluss, die Firma aufzulösen, war nach meiner Meinung sehr bedauerlich. Aber nun sollte alles wieder besser werden. Die Voraussetzungen dazu waren da: Bernd hatte ein Auskommen, es gab die Kinder, die ihn brauchten, es gab mich und viele Möglichkeiten, das Leben zu genießen. Und gerade in diesen Ferien in unserem schönen Haus in La Manga sah es so aus, als ob er genau dazu imstande wäre.

Immer noch sah ich uns beide als altes Paar in Frieden und Freude, ohne Zank und Ärger miteinander leben, während die Enkelkinder um uns herumtobten. Und, wer weiß, zur silbernen Hochzeit vielleicht sogar noch mit dem göttlichen Segen ... Zwischendurch hielt ich meinen Mann zwar für einen Stinkstiefel, aber ich fand, dass Gemeinsamkeit und Zusammenhalt mehr wiegen müssten als alles andere. An Trennung oder gar Scheidung dachte ich nicht im entferntesten.

Ich war fest davon überzeugt, dass wir einen nicht nur einvernehmlichen, sondern einen fröhlichen Frieden miteinander erreichen und wieder zueinanderfinden könnten.

Kapitel 26
Im freien Fall

Es war mehr als nur die Hoffnung und der Wunsch, ich war hundertprozentig *überzeugt* davon, dass wir ehrlich miteinander umgehen würden, wenn die Zeit des Miteinanders für einen der beiden Partner zu Ende gehen sollte. Das musste natürlich für beide Seiten gelten. Schon 1999 schrieb ich in einer meiner vielen Notizen an Bernd, dass ich im vollen Bewusstsein des möglichen Endes unserer Verbindung sei – er möge es mir sagen, ich würde es verstehen. Er hätte nur zu sagen brauchen: »So ist es.« Aber er sagte: »Schwachsinn. Alles ist in Ordnung.«

Damit war ich beruhigt. Ich glaubte daran, dass Ehrlichkeit die Grundlage meiner Beziehung sei zu dem wichtigsten Menschen, den man hat. Ich vertraute ihm vollständig.

Als Bernd sich seinen Ferrari kaufte, da lachten viele und meinten, ich sollte nur ja gut aufpassen, es sei oft gefährlich, wenn Männer sich so ein Gefährt zulegten. Ich habe diese Bemerkungen nicht ernst genommen, denn ich hasse diese Art von vereinfachenden Definitionen. Du meine Güte, als ob die Welt von Dingen dieser Art bestimmt wäre! Wenn es ihm gefiel, warum sollte Bernd nicht so ein Auto haben? Ich hielt ihn für zu souverän, als dass er das Auto für sein Ego gebraucht hätte.

Dass bei Interviews zunehmend nach dem Zustand meiner Ehe gefragt wurde, erklärte ich mir so, dass die meisten Leute es einfach nicht aushalten konnten, dass zwei Menschen aus dem Showbiz schon so lange zusammen waren. Ich hatte keine Lust, auf diese Fragen zu antworten. Oder hätte ich sagen sollen, dass es natürlich manchmal saumäßig schwierig war? Wie bei unzähligen anderen Ehepaaren auch?

Ein Journalist, den ich kannte, aber nicht sonderlich schätzte, sprach seit einiger Zeit mir gegenüber immer wieder von Gerüchten, die aber durchaus handfest wären und nachprüfbar, wonach es da eine Dame gebe, die Freundin schon verschiedener eher älterer Herren gewesen sei und an einem Stammtisch damit renommieren würde, dass sie einen dicken Fisch an der Angel habe, nämlich den Mann der bekanntesten Schauspielerin Deutschlands. Sie würde außerdem immer sagen, so der Journalist weiter, dass sie die Bombe hochgehen ließe, wenn es an der Zeit sei, das würde dann einen tollen Skandal geben, der absolut einmalig wäre. Und dann krönte er seine Ausführungen damit, er sei zu dem Schluss gekommen, dass es sich nur um mich handeln könne beziehungsweise um meinen Mann.

Ich aber sagte stur und schlicht jedesmal, wenn ich mit solcher Art Geschwätz konfrontiert wurde, man möge mich doch bitte schön damit in Ruhe lassen.

Kurz nachdem die »Bombe« dann tatsächlich hochgegangen war, begegnete mir ebendieser Journalist auf der Straße. Er ging an mir vorüber und zischte im Vorbeigehen: »Bingo!« Das sollte wohl soviel heißen, wie: »Hab ich's nicht gesagt? Und du wolltest es nicht glauben?«

Die alte Weisheit »Wer den Schaden hat, braucht für den Spott nicht zu sorgen« fand hier ihre grausame Bestätigung.

Gemeinsam fuhren wir am 15. November 2001 zur Bambi-Verleihung nach Berlin. Bernd wollte mit, er wollte gern dabeisein, alles schien in bester Ordnung. Wenig später, Bernd war zu seinen Freunden nach Florida gefahren, saß ich zu einem Interview im *Hotel Vier Jahreszeiten* in München, und der Journalist fragte mich wieder einmal, ob ich denn wisse von dem Gerücht, dass Herr Bernd Tewaag eine Geliebte habe. Ich erwiderte, dass ich keine Lust hätte, Berufsfragen mit dem Privaten zu vermengen, wenn es denn tatsächlich eine solche Dame gebe, sollte man mir doch etwas Konkretes sagen. Dazu würde ich mich äußern, aber nicht zu Gerüchten.

Nachdem ich von dem Interview zurück war, rief Bernd mich

aus Florida an. Auf seine Frage, was ich denn so gemacht hätte, erzählte ich ihm von dem Interview und dass ich schon wieder auf das Gerücht angesprochen worden sei, dass er eine Geliebte habe. Was er eigentlich von all dem Geschwätz halte, fragte ich ihn. Dann hielt ich inne, denn ich hörte nichts von Bernd. Er schwieg genau eine Sekunde zu lange. Es war dieser Hauch einer Verzögerung, der mir klarmachte, dass es gar keiner Antwort bedurfte.

Schlagartig sah ich klar, und ich fragte in das Telefon hinein, einmal um den halben Erdball herum: »Sag bloß, es stimmt?«

Und er sagte: »Ja.«

Einfach so.

Aber, sagte er, Genaueres dazu müsste er mir in München erzählen, sobald er zurückkomme. Es würde sich alles klären lassen.

Das war ein Donnerschlag für mich. Ich fühlte mich wie in einem luftleeren Raum und musste erst mal tief durchatmen, ehe die Nachricht in mein Bewusstsein drang, dass auch Bernd, mein Held, wohl ein ganz normaler Alltagsmann war, einer von den Typen, wie ich sie oft genug beim Drehen kennenlernen musste, einer dieser ganz gewöhnlichen Lügner und Betrüger.

Das musste ich erst mal verkraften.

Als Bernd von dieser Reise zurückkam, versuchten wir alle miteinander, die Söhne, Bernd und ich, ein grundlegendes Gespräch zu führen. Bernd gab zu, eine Geliebte gehabt zu haben, das Verhältnis sei aber beendet. Außerdem könne er mir versichern, dass er diese Geliebte nie über die Stadtgrenze von München gebracht habe. Das sollte heißen, dass er mich nie kompromittiert habe.

Was sollte ich daraus machen? Heulen, mit den Zähnen knirschen, schreien, ihn verlassen, die Ehe hinschmeißen, ihm verzeihen, alles neu anfangen? Ich grübelte. Ich war getroffen, weil ich an Lüge und Verrat nicht geglaubt hatte. Nie hatte glauben wollen. Ich hatte uns wirklich für unschlagbar gehalten – bis dahin. Das Geständnis am Telefon machte plötzlich alles so mittelmäßig, es holte mich brutal auf den Boden der Gewöhnlichkeit.

Dabei war Bernd so streng mit anderen gewesen. Wenn jemand einen »Fehler« gemacht hatte, wie er das manchmal nannte, war er oft der allerschärfste Richter. Ich hatte manches Mal ein gutes Wort eingelegt für Menschen, deren Taten er verurteilte, hatte ihm vorgehalten, dass nicht jeder so hohe Maßstäbe an sich anlege wie er.

Und nun das. Bis zum Schluss hatte ich Bernd mein ganzes Vertrauen geschenkt. Er war das Maß aller Dinge für mich – und plötzlich war das alles in abgrundtiefe Leere gesunken. Wir waren nicht das unschlagbare Paar, das alles miteinander durchsteht. Einer hatte das stille Abkommen zwischen uns gebrochen.

Meine beste Freundin, Angeli, die Bernd sehr gerne mochte, versuchte mich zu beruhigen. Man müsse nicht alles hinwerfen, wenn einmal so etwas passierte. So ein Seitensprung sei auszuhalten, man müsse auch nachsichtig sein können. Außerdem solle ich an die Kinder denken.

Ich brauchte erst mal Zeit. In dieser Phase musste Angeli täglich stundenlange Telefonate mit mir ertragen. Bernd telefonierte auch mit ihr, sie wieder mit mir – es war ein rechtes Verwirrspiel.

Weihnachten stand vor der Tür, dieses Fest, das ich immer mit soviel Lust und Freude zelebrierte und mit meiner Familie immer so sehr genossen hatte. Was sollte ich tun? Mir war nur klar, dass ich nicht einfach zur Tagesordnung übergehen wollte. Ich war hilflos. Mein Traum war zerbrochen, daran gab es keinen Zweifel. Ich hatte mich lange gut eingerichtet darin, doch nun fragte ich mich, ob es vielleicht bloß ein Wolkenkuckucksheim war, in dem ich gelebt hatte. Der Gedanke tat mir weh.

Weh tat auch, dass Bernd mir gegenüber ganz rational und kühl meinte, wenn ich mit alldem nicht zurechtkäme, sollte ich mich doch scheiden lassen. Gleichzeitig telefonierte er mit Angeli und bat sie, mich wieder zur Vernunft zu bringen – ein Seitensprung sei schließlich nicht das Ende von allem.

Ich konnte nicht mehr schlafen, ich wusste nicht, was zu tun richtig war, und mir war mehr als elend zumute.

Weihnachten rückte immer näher, ich wollte mich wenigstens für die Kinder zusammenreißen.

Anfang Januar 2002 war Bernd trotz aller Krisen zu einer Harley-Davidson-Tour nach Neuseeland aufgebrochen. Zu seiner üblichen Jahresanfangsreise, wie ich sie seit zwanzig Jahren kannte. Zum allerersten Mal war ich froh, dass er wegfuhr. So konnte ich nachdenken, in Ruhe, mir den Kopf klarmachen.

Angeli war mit ihrem Mann zu mir nach Kitzbühel gekommen. Beide waren so freundschaftlich liebevoll, wie ich es brauchte. Wir kauten zum hundersten Mal alles durch. Einmal redete ich mir ein, dass es wohl leider doch normal sei, dass ein Mann fremdgeht, dann wieder war ich über mich selbst geradezu empört, so etwas auch nur zu denken.

Anfang Februar 2002 stand für mich fest, dass ich damit klarkommen würde. Bernd kam von seiner Reise wieder zurück, und ich begann zu glauben, dass man noch mal von vorne anfangen konnte. Wenn man nur wollte.

Am Morgen des 8. Februar telefonierte ich mit Angeli, um ihr zu sagen, dass ich jetzt glaubte, damit fertig geworden zu sein, und dass ich mir einen Neuanfang vorstellen konnte.

Am Nachmittag dieses 8. Februar 2002 erwischte mich ein Journalist der *Bild*-Zeitung. Ich wartete auf einen Anruf meiner Schwester, und statt abzuwarten, wer sich auf meinem Anrufbeantworter melden würde, hob ich sofort ab. Damit fing alles an.

Ich lachte, als der Redakteur behauptete, er habe Bilder meines Mannes vor sich liegen, die ihn mit einer gewissen Anke zeigten, wie sie händchenhaltend miteinander im Schilf spazieren gehen. Voller Überzeugung sagte ich ihm, ich würde kein Wort davon glauben, er solle sich seine Fotomontage sonstwohin stecken. Wenn es ihm Spaß mache, könne er ja die ganze Story meinem Mann erzählen, er sei in seinem Büro zu erreichen.

Hatte Bernd nicht betont, dass seine Affäre nicht nur beendet, sondern auch nie irgendwie öffentlich geworden sei? Also, was sollte das alles. Es konnte sich nur um irgendeine besonders perfide Fälschung handeln.

Doch die Lawine war losgetreten. Unaufhaltsam donnerte sie herab und riss alles mit sich.

Bernd kam abends nach Hause und fragte wie nebenbei, ob ich einen Anruf bekommen hätte. Ja, das hatte ich.

Mein Mann grinste breit, und mitten hinein in meine völlige Fassungslosigkeit sagte er, es stimme, dass man ihn mit Anke erwischt habe, dass man sie beide auch fotografiert habe, ja, dass er es sogar bemerkt habe und dass er nichts dagegen habe tun wollen. Weil es nun einmal so sei, wie es sei. Er hätte es verhindern können, wenn er wirklich gewollt hätte, sagte er, aber er habe dazu keine Lust gehabt.

Ich kann die nächsten Stunden nicht mehr beschreiben.

Noch am selben Abend bin ich zusammen mit unserer vierzehnjährigen Tochter förmlich geflohen, nach Kitzbühel.

Ich war weder souverän noch gefasst. Ich hatte mich nicht

im Griff, ich war im freien Fall mit meinen Gefühlen, und mein Verstand war auch nicht zu gebrauchen.

Es war entsetzlich. Ich fühlte mich auf eine unvorstellbare Weise hintergangen.

Warum? Warum hatte er das getan? Was hatte ihn getrieben? Ununterbrochen kreisten diese Fragen in meinem Kopf.

Schon am nächsten Tag, dem 9. Februar, einem Samstag, konnten alle, so auch ich, die berühmten Fotos im Schilf sehen. Zwei Menschen, die lachend durch das winterliche Moor stapften, sich an den Händen hielten und direkt in die Kamera schauten.

Was war passiert? Wie kam es, dass mir Bernd im Dezember ein längst beendetes Verhältnis gestanden hatte und nun hier vor aller Welt als fröhlich Verliebter durch die Gegend lief?

Wieso hatte er wochenlang mit unserer gemeinsamen Freundin Angeli telefoniert, wieso sollte sie mich dazu bewegen, wegen eines Ausrutschers nicht gleich die ganze Ehe hinzuschmeißen?

Kurz zuvor hatte ich mit der *Abendzeitung* in München ein Interview gemacht, dass bei Glas-Tewaag alles wieder in Ordnung sei. Nach der *Bild*-Veröffentlichung wollte die Journalistin natürlich gern wissen, wie sie das alles verstehen dürfe? Und wie es nun tatsächlich mit uns bestellt sei?

Konnte ich ihr das verübeln? Sie war immer eine gute Journalistin gewesen, ich musste ihr einfach erklären, dass nicht ich sie angelogen hatte, sondern dass ich von der ganzen »Sache« wirklich nichts gewusst hatte.

Konnte ich verhindern, dass die *Bild*-Zeitung am Tag nach der Veröffentlichung der Fotos berichtete, dass Frau Glas aus allen Wolken gefallen sei, als sie von der Geliebten ihres Mannes hörte? Nein, natürlich konnte ich gar nichts verhindern zu diesem Zeitpunkt. Nicht mehr.

Wenn einer etwas hätte verhindern können, dann er, der Ehemann und dreifache Vater. Er hätte sagen müssen, dass er abgelichtet worden war, als er zu seiner Verabredung am Grünwalder Parkplatz fuhr, wo nicht nur sie auf ihn wartete, sondern auch ein Fotograf. Er hätte sagen müssen, dass die Bilder eine Woche zuvor gemacht wurden, als er seine Tochter und mich beim Schifahren in Kitzbühel versetzt hatte und nach Grünwald zurückgefahren war, weil er am Schilift bedauerlicherweise keinen Parkplatz hatte finden können. Er hätte seine Kinder und mich schützen müssen.

Dann wäre ich vorbereitet gewesen und nicht ins offenstehende Messer gelaufen, ich hätte reagieren können. Dann hätten sich alle Beteiligten darüber freuen können oder weinen, je nach Position. Dann wäre alles sehr viel stiller abgelaufen und hätte nicht so viele Menschen verletzt.

In den ersten Schocktagen habe ich noch ein paar Mal öffentlich etwas gesagt, aber dann war es aus. Kein Interview, kein Porträt, keine Nachricht aus dem Hause Glas-Tewaag – ich hatte genug zu verarbeiten, und schließlich hatte ich mich auch noch um meine Kinder zu kümmern. Glücklicherweise waren gerade Faschingsferien, und wir konnten die ganze Woche nach dem großen Desaster in Kitzbühel bleiben. Dort habe ich versucht, mich zu verschanzen, mich einzuigeln, niemanden zu sehen außer meinen Kindern. Die waren mir übrigens alle drei ein echter Trost und nahmen mir vieles ab, jeder auf seine ganz besondere Art.

Ich habe mich der Öffentlichkeit nicht selbst zum Fraß vorgeworfen, ich wurde zum Auffressen aufgestöbert und vorgeführt. Nun auf einmal wussten alle, dass ich zu dünn, zu diszipliniert, zu ehrgeizig, zu großzügig, zu blauäugig war, immer schon, und dass mein Stern im Sinken sei.

Zu allem Unglück hatte ich wenige Tage vor dem großen Knall mein Mitwirken an *Klinik unter Palmen* abgesagt. Das passte wunderbar zusammen, um mich zur großen Verliererin zu machen.

Während die Medien ihre Schlagzeilen hatten, erhielt ich Unmengen von Post, von Zuwendung, von liebevollen Angeboten von so vielen Menschen. Unendlich viele Briefe von Frauen waren dabei, denen Ähnliches oder auch Schlimmeres widerfahren war, für viele schien es geradezu eine therapeutische Wirkung zu haben, mir alles zu berichten. Vieles, was mich sehr anrührte und berührte, war dabei.

Meine wirklich guten Freunde waren alle da, hüllten mich wie in einen dicken Wattebausch ein und gaben mir zu verstehen, dass ich, wann immer, wie immer und wo auch immer, auf sie zählen durfte, wenn ich sie bräuchte.

Unterdessen erklärte mein Mann in *Bild*, dass er mir längst reinen Wein eingeschenkt habe, ich hätte das nur nicht verstanden. Das konnte und wollte ich nicht auf mir sitzen lassen, also habe ich dazu Stellung bezogen. Er hatte mich doch im Dezember beschworen, dass seine Affäre längst beendet sei – was erzählte er denn jetzt?

Ich habe Bernd gefragt, warum er mich so dreist angelogen hatte, als er mir von der beendeten Affäre erzählte. Aber er meinte bloß, ob ich nicht einmal darüber nachdenken wolle, dass es sich um zwei verschiedene Frauen handelte; er habe effektiv nicht gelogen. Anke S. sei die andere, die Vertraute, die er seit neun Jahren kenne.

Die »Bombe« war geplatzt, und es war ein Riesenskandal, wie es dieses Mädchen verschiedentlich angekündigt hatte. Kein Mensch – und Kinder erst recht nicht – verdient es, so in den

Dreck gezogen zu werden. Trennungen passieren, leider. Aber es kommt auf das Wie an.

Diese öffentlichen Ratschläge, Angriffe, Meinungen, auch die Häme ... »Stets wiegelte die Quotenkönigin ab«, wenn man mich zum Zustand meiner Ehe befragte, schrieb die sonst über Klatsch erhabene *FAZ* in einer Glosse. Ja, freilich, hätte ich vielleicht Interviews dazu geben sollen, dass es sauschwierig war zu Hause?

Ich bin mir immer noch sicher, dass es richtig war, unsere Ehe so lange verteidigt zu haben. Dass es allerdings so enden würde, hätte ich mir in meinen ärgsten Alpträumen nicht vorstellen mögen.

Meine Kinder und ich durften uns dann noch eine Weile an den Recherchen erfreuen und nachlesen, was es alles über die junge Dame zu sagen gab. Es war fürchterlich.

Würde es möglich sein, wenigstens meine Tochter aus dem ganzen Schlamassel herauszuhalten? Ich schwankte zwischen Hoffnung und Sorge, wenn ich daran dachte.

Als wir nach den Faschingsferien wieder nach München zurückfuhren, versuchte ich trotz allem ein einigermaßen normales Leben mit meiner Tochter zu führen. Ständig waren die berühmten Autos mit dem DN-Schild hinter uns her, das auf Leihautos der Firma Sixt hindeutete und damit auf Reporter, die die Straße belagerten, das Haus, alles, was ich tat, und sei es, dass ich zum Einkaufen ging.

Die Beherrschung, die mich das kostete, war ungeheuerlich. Waren die ganze Affäre, der Kummer, die Trauer und die Enttäuschung nicht schon groß genug? Konnte man uns, und vor allem meiner Tochter, nicht mit ein wenig Respekt gegenübertreten? Konnte man uns nicht in Ruhe lassen?

In dieser Beherrschung, die ich mir auferlegte, habe ich mich auch dazu gezwungen, mir das gewesene Glück und die vielen schönen Zeiten aus meinem Leben vor Augen zu halten. Ich durfte nicht nur unglücklich sein. Hatte ich nicht unglaubliches Glück gehabt? Ich hatte doch meine drei Kinder. Gab es nicht Schlimmeres, das Menschen aushalten mussten? Aus den zahllosen Briefen, die ich bekam, habe ich Schicksale kennengelernt, die mich oft tief betroffen haben, unvergleichlich härter als das meine.

Und dennoch: Der Schmerz war sehr, sehr groß. Und wenn ich mir noch so sehr gut zuredete, der Kummer durchdrang doch alles.

Als ich etwas später im Februar noch einmal nach Kitzbühel fuhr, kamen Angeli und ihr Mann auch dorthin, um mich aufzumuntern und bei mir zu sein. Bernd, der Angeli auf dem Weg nach Tirol dringend hatte sehen wollen, traf sich mit ihr auf einem Autobahnparkplatz und sprach die ganze Situation noch einmal durch. Dann gab er Angeli zwei Briefe für mich mit.

Nachdem wir uns begrüßt hatten, überreichte mir Angeli die beiden Briefe. Ich riss sie vor den Augen meiner Freunde auf. Ich ahnte nicht im geringsten, was Bernd mir mitteilen wollte.

Es war die Nachricht, dass er über seinen Anwalt die Scheidung eingereicht hatte.

Unter Beachtung aller formalen Korrektheiten – einschließlich des Durchschlags an das Familiengericht und was sonst noch an Formalitäten zu erfüllen ist, wenn man die offizielle Trennung vom Ehepartner anstrebt – wurde ich über seinen Schritt informiert. Das war noch einmal ein Schock für mich. Warum musste ausgerechnet meine beste Freundin dazu herhalten, mir diese Post zu überbringen? Angeli war für einen Kurierdienst missbraucht worden, sie war entsetzt, als sie den Inhalt der Botschaft erfuhr.

Mir blieb nichts anderes übrig, als ebenfalls meinen Anwalt zu informieren. Ich habe seit Jahren einen juristischen Berater, den ich in allen beruflichen Fragen konsultiere. Nun aber musste ich ihm mein privates Leben offenlegen.

Neben diesen grässlichen Formalitäten gab es auch seelische Nackenschläge, die so weh taten, weil sie mein Innerstes berührten. So rief mich Anfang März ein Freund aus Spanien an und erzählte, dass Bernd mit seiner »Neuen« in unserem Haus in La Manga eingetroffen sei. Das fand ich einfach geschmacklos, ich wollte es nicht glauben. Unser Haus, das wir mit den Kindern so oft und so glücklich bewohnt hatten, in dem wir herrliche Zeiten zusammen verbracht hatten, wo jeder Löffel, jeder Teller, jede Kleinigkeit meine Handschrift trug – das war wirklich ein unerträglicher Gedanke. Einmal mehr tat mir in der Seele weh, dass aus meinem Ritter, dem Helden und Ehrenmann, nun ein ganz gewöhnlicher *Sugar Daddy* geworden war, wie Franz Josef Wagner in *Bild* notiert hatte.

Von Anwalt zu Anwalt, von Partner zu Partner mussten die unvermeidlichen Widerwärtigkeiten, die eine Ehescheidung oft mit sich bringt, geklärt werden. Als ich meinen Anwalt Dr. Unger über den Ehevertrag unterrichtete und ihm schilderte, wie unser gemeinsames Leben verlaufen war, meinte er, dass wir sicher mit einer vernünftigen Lösung rechnen könnten, denn Bernd und ich hatten uns in der Ehe ohne große Fragen das finanzielle Leben so geteilt, dass ich nie eine Überlegung darauf verschwendet habe, wer welchen Anteil übernommen hatte. Unger war sich sicher, dass wir das in aller Ruhe zur beidseitigen Zufriedenheit würden klären können.

Bernd hatte sein Haus in Grünwald mit dem schönen Garten gebaut, in das wir 1990 mit Mann und Maus und Hund und Katz eingezogen waren, ich aber hatte über die Jahre, für mich völlig selbstverständlich als berufstätige Frau mit eigenem Verdienst, immer alle Lasten für unser tägliches Leben getragen, von den Windeln und der Kleidung für die Kinder über Essen und Putzmittel bis zum Rasenmäher und anderen Maschinen. Als ich eine Aufstellung machte, was so ein Fünf-Personen-Haushalt im Lauf von fünfundzwanzig Jahren gekostet hatte, kam natürlich einiges zusammen. Ich bin ein ordentlicher Mensch, darum konnte ich alles in Ordnern nachschauen und es meinem Anwalt vorlegen. Dr. Unger war überzeugt, dass mein Mann nobel genug wäre, das alles in einem fairen Sinn zu regeln.

Nach langen Unterhandlungen und vielen Gesprächen stellte sich heraus, dass die von meinem Anwalt ins Auge gefasste Teilung der Lebenshaltungskosten von Bernd keineswegs akzeptiert wurde – keinen einzigen Cent sollte ich mir erwarten, es gebe gar nichts. Der Anwalt setzte noch einen obendrauf mit der launigen Feststellung, er verstehe das Gezeter ohnehin nicht, das die Frauen so oft anstimmen würden, es sei doch nichts Ungewöhnliches, dass man halt irgendwann eine alte gegen eine junge Frau austausche.

ஐ

Irgendwo mussten wir ja wohnen. Ich hatte darum gebeten, dass ich mit Julia, Marianne und meinen Tieren noch so lange in seinem Haus bleiben könnte, bis Julia die Schule beendet hätte. Das wären von diesem Zeitpunkt an noch drei Jahre gewesen. Natürlich würde ich mich bemühen, etwas Neues für uns zu finden.

Mit dem fast gebrüllten Hinweis, dass er seine Frau dann wohl bis an ihr Lebensende nicht mehr aus dem Haus hinauskriegen würde, empfahl der Anwalt seinem Mandanten, meinem Wunsch in keinem Fall zuzustimmen. Er müsse vielmehr selbst auch drin wohnen bleiben.

ஐ

In der ersten schlimmen Zeit habe ich mich unaussprechlich trostlos gefühlt. Eine beträchtliche Energielosigkeit hatte von mir Besitz ergriffen. Ich fühlte mich, als ob alles an Kraft und Mut aus mir herauskatapultiert worden wäre, eine Taubheit und eine tiefe Traurigkeit erfassten mich.

Ich denke, dass man zu dieser Art von überwältigender Schwäche stehen und diese Dumpfheit aushalten muss, die nicht einmal mehr dramatische Gefühle zulässt, sondern nur noch vollkommene, furchterregende Leere ist. Ich kann mehr denn je verstehen, dass tiefe Trauer echte Depressionen auslösen kann, dass man in ein Tal rutscht, das keinen Ausweg mehr zulässt.

In den schlimmsten Zeiten meiner Trauer habe ich allerdings immer mit Dankbarkeit akzeptiert, dass ich auch die Pflicht hatte, mich vor allem um meine Tochter und um meinen Sohn Alexander zu kümmern, der im Abitur stand. Obwohl es natürlich grotesk war, dann irgendwo zu lesen »Uschi Glas weint sich an der Schulter ihrer Tochter aus« – als ob eine erwachsene Frau ihrem fünfzehnjährigen Kind das zumuten würde. Wahr daran ist, dass die Pflicht, für Julia und Alexander da zu sein – eine Pflicht, die ja in Wirklichkeit eine Freude war –, den Kummer ein wenig erträglicher machte und eine stabilisierende Wirkung hatte.

Hilfreich war auch die anstehende Arbeit mit allen Aufgaben, die sich daraus wieder ergaben. Das hat mitgeholfen, dass ich die tiefen Täler durchschreiten und auch wieder verlassen konnte.

Seit 2001 habe ich meine eigene Kosmetiklinie, *Uschi Glas hautnah*. Damit verbunden ist nicht nur, dass ich regelmäßig die Kosmetik im Fernsehen vorstelle, sondern auch regelmäßig neue Produkte entwickele und teste. Das bedeutete für mich, dass ich auch in den dunkelsten Zeit präsent sein und mitarbeiten musste. Niemand hätte Verständnis gehabt, wenn ich, statt zu Meetings zu kommen, zu Hause geblieben wäre, um meine Wunden zu lecken.

Auch mein Engagement für die Hospiz Stiftung half mir durch die tiefsten Kümmernisse, denn in dieser Aufgabe relativierte sich viel von meinem sehr persönlichen Seelenkummer.

Pläne hatte ich ohnehin reichlich: Ich musste ins Studio, das schon fest gebucht war, um meine erste CD mit Weihnachtsliedern aufzunehmen. Die alte Binsenweisheit, dass nur Arbeit weiterhilft, hat sich auch bei mir als absolut richtig herausgestellt.

Aber eines möchte ich auch weitergeben als Erfahrung: Neben der wärmenden Zuwendung von Freunden und Familie braucht man auch Zeit für sich. Die muss man sich nehmen dürfen, die Wunden müssen ausbluten, damit sie wieder heilen können.

Gottlob habe ich diese schweren Tage überwinden können. Es ist mir gelungen, wieder Atem zu holen und einen Abschnitt in meinem Leben, der sich über neunundzwanzig Jahre erstreckt hat, als beendet zu betrachten, als eine Geschichte, deren Inhalt nie mehr umzuschreiben ist. Und wie es in Geschichten halt so zugeht – da gibt es Anfänge, Höhepunkte, Niederlagen und ein Ende.

Kapitel 27
Neue Wege

In München eine neue Wohnung oder ein Haus zu finden ist ziemlich schwierig. Ich weiß nicht, wie viele Objekte ich insgesamt besichtigt habe, aber ich war schon verzweifelt, weil ich nichts fand, was uns entsprach und uns gefiel fürs weitere Leben.

So schnell wie möglich wollte ich raus aus der unwürdigen Situation. In Scheidung zu leben und doch unter einem Dach hatte etwas Brutales. Dieses dumme Versteckspiel musste ein schnelles Ende finden.

Hinzu kamen neue Attacken in Form von dicken Balkenüberschriften: »Warum gibt sie ihren Mann nicht frei für die Jüngere?« Diese Schlagzeile im Januar 2003 gab mir den Rest. Als ob das die Frage gewesen wäre! Als ob ich, die rachsüchtige Ehefrau, den armen Mann, der sich halt was Neues gesucht hatte, nun nicht loslassen wollte ...

Im Herbst 2002 hatte ich endlich das Haus gefunden, in das ich gerne einziehen wollte. Innen sah es zunächst noch aus wie eine Großbaustelle, und man musste seine Phantasie schon sehr bemühen, um sich vorzustellen, wie es einmal sein würde. Wir wollten so schnell wie möglich einziehen, aber die Baustelle wurde immer größer statt kleiner.

Bernd war wieder mit seinen Kumpels auf Jahresanfangstour, da fasste ich einen Entschluss. Da ich annehmen musste, dass die einschlägige Presse mit Kameras und gespitztem Bleistift dastehen würde, wenn »die arme betrogene Ehefrau aus der Luxusvilla, dem gemeinsamen Heim im Münchner Prominentenvorort Grünwald« auszog – so oder ähnlich hätte das wohl geheißen –, wollte ich allen ein Schnippchen schlagen. Eine Freundin half mir, eine diskrete Umzugsfirma zu finden, und wir beschlossen, dass nur völlig unverdächtige Kleintransporter bei mir vorfahren sollten – Elektrofirmenwagen, Installateurautos, was auch immer –, die mit mir Stück für Stück den Umzug machten. Erst an einem Parkplatz an einer ganz anderen Stelle wartete der richtige

Umzugswagen, in den alles hineinkam. Ich musste vorläufig alles einlagern, denn die neue Bleibe war ja noch eine Baustelle, aber ich wollte endlich den andauernden ekelhaften Berichten und der Häme entkommen. Wir packten also wie verrückt, ohne dass jemandem etwas auffiel. Mein Plan war zwar zeitaufwendig und anstrengend, aber er klappte.

Julia und ich zogen ins Hotel *Bayerischer Hof*, solange das neue Haus noch umgebaut wurde. Ich brachte Julia jeden Tag in die Schule und holte sie auch wieder ab. Kein Mensch hat irgend etwas bemerkt, ich hatte alle Neugierigen abgehängt. Der *Bayerische Hof* liegt mitten in München, und zahllose Geschäftstermine finden dort statt, Journalisten treffen sich hier ebenso wie Geschäftsreisende. Kein Mensch hätte sich irgend etwas dabei gedacht, wenn man mich dort gehen gesehen hätte.

Noch nicht einmal Marianne, die mit unseren Haustieren in der Einliegerwohnung im Grünwalder Haus zurückgeblieben war, hatte ich eingeweiht, wohin wir für kurze Zeit gezogen waren. Für den Fall, dass jemand sie ausgefragt hätte, wollte ich sie nicht in Verlegenheit bringen. So konnte sie reinen Gewissens sagen, dass ihr unser Aufenthaltsort unbekannt war.

Alle, die zwangsläufig etwas wussten, auch die Männer von der Umzugsfirma, hielten dicht. Ich bin ihnen allen noch heute dankbar, dass sie zu mir gehalten haben.

Bernd hatte erreicht, was er wohl erreichen wollte: Er würde wiederkommen und das Haus endlich leer finden. Nach zwölf Jahren unseres gemeinsamen Lebens dort und nach fast dreißig Jahren unseres Zusammenseins war alles vorbei. Endgültig.

Am 21. Februar 2003, morgens um 9 Uhr, war der Scheidungstermin. Natürlich war alles gedrängt voll, denn das war der letzte große Braten: Wie wird *sie* aussehen, was für ein Gesicht macht *er*?

Ich hatte an diesem Morgen anderes im Kopf, als mir darüber Gedanken zu machen, ob ein weißer Pulli »unschuldsweiß« wirken würde, wie jemand schrieb. Hätte ich einen schwarzen angehabt, hätte wohl »trauerschwarz« in der Zeitung gestanden.

So eine Scheidung ist traurig genug. Man braucht niemanden, der dabei zuschaut und zuhört. Mein Anwalt hatte bei Gericht um einen »Zimmertermin« gebeten, bei dem die Öffentlichkeit nicht dabei gewesen wäre. Das war nicht genehmigt worden. Als der Präsident des Gerichts jedoch davon erfuhr, was sich vor dem Sitzungszimmer abspielte und wie die Fotografen einander überrannten, um mich abzulichten, hat er sich schriftlich bei mir dafür entschuldigt.

Von allen Seiten wurden wir fotografiert, die Kameras schlüpften einem förmlich in die Pupille hinein, um den letzten Blick, womöglich einen tränenumflorten, einzufangen. Das war schon eine gnadenlose Form von Indiskretion. Auch wenn man mir in einem Bericht einen »großen Auftritt« attestierte, gingen mir mein Beruf und meine Popularität an diesem Tag gewaltig auf die Nerven.

Es dauerte rund hundert Minuten, dann war es amtlich: Wir waren geschieden.

Erst mit dem Einzug ins neue Haus habe ich wieder Luft bekommen. Als wir tatsächlich am 1. Februar 2003 mit Sack und Pack dort erschienen, waren noch so viele Handwerker im Haus, dass von einem richtigen Wohnen gar keine Rede sein konnte. Aber die vielen Menschen, die da alle herumwerkelten, waren so nett und so hilfsbereit. Ich bat sie dringend, niemandem zu verraten, wer die neue Mieterin war. Sie hielten dicht, keiner hat irgend jemanden informiert und sich damit ein bisschen Geld verdient, niemand hat ein Sterbenswörtchen verlauten lassen. Erst nachdem wir fast schon drei Monate dort wohnten, wurde unsere neue Adresse öffentlich bekannt. Dann standen plötzlich wieder Kamerateams und Fotografen herum und wollten was ausspähen und die Nachbarn ausfragen – aber auch die spielten nicht mit.

Allen, die so liebenswürdig und so fair mit mir waren, danke ich von ganzem Herzen!

Nun haben wir wieder ein friedliches Zuhause. Ich habe einen wunderbaren Garten mit schönen alten Bäumen darin. Unser alter Hund schmeißt sich ins Gras, so gut gefällt es ihm, Kater Jeff kommt manchmal dazu, und die Hühner Adelheid, Emerentia und Rosi stolzieren herum, als hätten sie nie einen anderen Ort gekannt.

Ich bin an einem neuen Ufer angekommen.

Ich habe während all dieser ziemlich grässlichen Zeit im Jahre 2002 ganz normal weitergearbeitet, Gott sei Dank konnte ich das. Mit Fritz und Elmar Wepper und Heidelinde Weis drehte ich ein Lustspiel. Meine Weihnachts-CD wurde ein Riesenerfolg.

Im Frühjahr 2003 habe ich in meinem geliebten Kärnten mit Maximilian Schell und Peter Simonischek *Alles Glück dieser Erde* gedreht – mein Blick ist wieder nach vorne gerichtet.

Auch für Unsinn habe ich wieder Sinn, und so sagte ich ja, als man mir eine witzig ausgedachte Reportage vorschlug: die Zeitschrift *Max*, deren Publikum normalerweise eher unter meinen jugendlichen Kindern zu suchen ist, fragte an, ob wir eine witzige und originelle Fotostrecke in Bademoden zusammen machen könnten.

Die drei jungen Leute, die da bei mir ankamen, hätten meine Kinder sein können. Zuerst machten wir ein, wie ich meine, sehr gutes Gespräch mit David Baum, einem besonders guten jungen Journalisten. Dann kamen die Fotos. Mir malte man grüne Augendeckel – was ich im Normalleben nie tun würde –, und ich zog Lederbikinis mit dicken Gürteln an, wie ich sie mir nie für den Strand aussuchen würde. Und dann machten wir uns den Spaß, das abzulichten. Das war's fürs erste.

Was keiner voraussehen konnte, war die Dynamik, die sich daraus entwickelte. Es ist mir unbegreiflich, wie diese Bikinifotos derart zum Thema werden konnten, dass die halbe Nation meinte, dazu Stellung nehmen zu müssen. Man regte sich auf, erklärte, schmunzelte, signalisierte Ablehnung oder Zustimmung und urteilte immer wieder darüber, ob eine Neunundfünfzigjährige so etwas »darf«. Ich wurde davon völlig überrollt und fragte mich manchmal, was wir eigentlich für Sorgen haben, wenn uns solche Fragen tagelang beschäftigen.

Die Journalisten gaben sich die Klinke in die Hand, um zu erfahren, was mich denn geritten habe. Nichts hatte mich geritten, weder Jugendwahn noch Altersschwachsinn. Es sollte einfach ein harmloser Spaß sein. Wenn mich überhaupt irgend etwas geritten hatte, dann der Übermut, den Spaß mitzumachen, den sich junge, freche Leute ausgedacht hatten. Entgegen allen Mutmaßungen habe ich für diese Fotoproduktion auch keine Gage erhalten.

Der Spaß war ja wohl gelungen: Selbst in strenge Feuilletons haben meine harmlosen Bikinifotos Eingang gefunden. Zum Münchner Filmfest und auch im Fernsehen lief im Jahr 2003 der Film *Die weiß-blaue Leichtigkeit des Seins*, dazu haben die Bikinifotos eigentlich ganz gut gepasst. Vielleicht sollten sie doch ein kleiner Wink sein, dass »Uschi nationale«, Uschi, die freche und manchmal provozierende, wieder da ist. In gewisser Weise ist das ja auch ein Markenzeichen von mir – und Markenprodukte soll man ja nicht mehr groß verändern, wenn sie erst einmal eingeführt sind.

Ich bin neugierig, was da noch alles so kommt.

❧

Im Herbst 2003 habe ich den Film *Zwei am großen See* gemacht, mit Ruth Drexel, dieser wunderbar kraftvollen Frau, für die ich seit meinen frühesten Schauspielertagen die allergrößte Hochachtung und Bewunderung hege.

Seit bald vierzig Jahren stehe ich jetzt als Schauspielerin im Wind. Manchmal war es eine steife Brise, und ich musste mich vorsehen, nicht umgeweht zu werden. Oft waren es sanfte Winde, die mich gestreichelt haben und angenehme Kühlung brachten, und meist war der Wind genau in der richtigen Stärke, dass das Gleichgewicht erhalten blieb.

Dass mir das weiterhin vergönnt sei, das wünsche ich mir.

Bildnachweis

Fotos im Text

S. 1: Foto: © stern/Kurt Will

S. 9, 10, 12, 15, 18, 19, 21, 27, 28, 32: Fotos: © privat (10)

S. 35: Foto: © Peter Basch

S. 40: Foto: © privat

S. 45, 52: Fotos: © *unbekannt* (2)

S. 57: Foto: © Peter Basch

S. 60: Foto: © Roger Fritz

S. 67: Foto: © Rialto Film

S. 81: Foto: © stern/Kurt Will

S. 84: Foto: © *unbekannt*

S. 87: Foto: © *unbekannt*

S. 91: Foto: © Rialto Film

S. 97: Foto: © *unbekannt*

S. 109: Foto: © stern/Kurt Will

S. 112: Foto: © Horst Prange, Planegg

S. 115: Foto: © Peter Schamoni-Film

S. 121: Foto: © Landauer Zeitung/Vilstaler Zeitung

S. 129: Foto: © Peter Schamoni-Film

S. 133: Foto aus dem Film *Weibchen:* © KirchMedia

S. 137: Foto: © *unbekannt*

S. 138: Foto: © Wolfgang Kirkam, München

S. 139: Foto: © *unbekannt*

S. 141: Foto: © Bunte/Schirnhofer

S. 147: Foto: © *unbekannt*

S. 151: Foto: © stern

S. 158: Foto: © Mit freundlicher Genehmigung: Edition Rialto Hans Gerig KG, Bergisch Gladbach

S. 160: Foto: © Peter Langenbach, Langenfeld/Rhld.

S. 163: Foto: © Roberto Ferrantini/Agentur Alexander

S. 164: Foto: © privat
S. 167: Foto: © Terra Filmkunst
S. 169: Foto: © Helmut Neuper, Salzburg
S. 171: Foto: © *unbekannt*
S. 173: Foto: © *unbekannt*
S. 179: Foto: © privat
S. 187: Foto: © Helmut Neuper, Salzburg
S. 189: Foto: © Rialto Film
S. 193: Foto: © dpa/Horst Ossinger
S. 198: Foto: © Helmut Neuper, Salzburg
S. 199: Foto: © dpa/Horst Ossinger
S. 200: Foto: © Helmut Wald, Strasslach
S. 202: Foto: © Peter Bischoff, Worpswede
S. 205: Foto: © *unbekannt*
S. 209: Foto: © Pressebild Kindermann
S. 213, 216: Fotos: © dpa/Horst Ossinger (2)
S. 220: Foto: © dpa/Horst Ossinger
S. 223: Foto: © Roberto Ferrantini/Agentur Alexander
S. 229: Foto: © *unbekannt*
S. 230: Foto: © Horst Prange, Planegg
S. 232, 237: Fotos: © dpa/Horst Ossinger (2)
S. 253: Foto: © stern/Kurt Will
S. 259, 261: Fotos: © dpa/Horst Ossinger (2)
S. 265: Foto: © Theater an der Brienner Straße
S. 267: Foto: © Lisa Film/Roxy Film
S. 274: Foto: © Kleine Komödie im Bayerischen Hof
S. 277: Foto: © Roberto Ferrantini/Agentur Alexander
S. 285, 294: Fotos: © dpa/Horst Ossinger (2)
S. 299: Foto: © Roberto Ferrantini/Agentur Alexander
S. 303: Foto: © *unbekannt*
S. 304: Foto: © dpa/Andreas Altwein
S. 309: Foto aus *Unsere schönsten Jahre* (mit Elmar Wepper):
© unbekannt

S. 311: Foto: © Kleine Komödie im Bayerischen Hof
S. 312, 317: Fotos: © dpa/Horst Ossinger (2)
S. 319: Foto: © Lisa Film/RTL
S. 321: Foto: © stern
S. 327: Foto: © C. A. Rieger/SAT 1
S. 343: Foto: © Sigi Hengstenberg, München

Fotos im Farbteil
(zwischen S. 176 und S. 177)

S. II: Foto: © Sigi Hengstenberg, München
S. III: Foto: © Wolfgang Wilde, Hamburg
S. IV/V: Foto: © Jim Rakete, Berlin
S. VI: Foto © Niko Schmid-Burgk, München
S. VII: Foto © Michael Doster, München / New York
S. VIII: Foto © Karin Rocholl, Hamburg

Es konnten trotz gewissenhafter Recherche nicht alle Urheber ermittelt werden. Wir empfehlen Rechteinhabern, die hier nicht aufgeführt sind, sich an den Verlag zu wenden.